Genuss|krimi|bei KSB

Wenn man etwas recht gründlich hasst, ohne zu wissen, warum,
so kann man überzeugt sein, dass man davon einen Zug in seiner eigenen Natur hat.

Friedrich Hebbel

Prolog

Die Tür knallt hinter ihnen zu. Die Hände in den Jackentaschen schlendern sie lässig den Flur der Flüchtlingsunterkunft entlang. Zwei Männer wie Schränke vorne weg, Koffi Ahoua und Mamadou. Der kleinere, kompakte Farid hinter ihnen. Eine Zimmertür öffnet sich. Der junge Syrer macht einen Schritt Richtung Korridor, hält inne, als er die Männer sieht, schlüpft lautlos zurück ins Zimmer, schließt schnell von innen ab. Am Ende des Flurs postieren sich Koffi Ahoua und Mamadou rechts und links neben einer Tür, auf der ein Poster mit der Aufschrift *Refugees Welcome* klebt. Mamadou greift nach der Klinke, reißt die Tür mit einem Ruck auf, eine Frau kreischt erschrocken, verstummt aber, als Farid als Erster das Zimmer betritt.

»Pack zusammen«, herrscht er die junge Afrikanerin an, sie presst noch immer die Hand vor den Mund. »Abfahrt!«

»Aber, ich hierbleiben kann. Bekomme Arbeit, muss nicht weg.« Ihre Augen füllen sich mit Tränen.

Farid blafft sie an: »Ich gebe dir Arbeit. Ich bin ein Wohltäter, die Menschen küssen mir die Hände, wenn ich zuhause durch die Dörfer fahre. Jetzt bin ich bei euch und helfe euch, also küsst mich!«

Die Frau steht starr.

»Los, beweg dich oder …« Koffi Ahoua und Mamadou treten ins Zimmer, stehen Schulter an Schulter hinter Farid. Koffi tritt gegen die Tür, die krachend ins Schloss fällt.

»Du auch packen. Und du. Und du.« Farid zeigt auf eine Frau nach der anderen. »Wo ist die andere mit jeune fille?«, fragt er dann.

Hastig zerren die Frauen Kleidungsstücke aus den Regalen, stopfen sie in Plastiktüten und Taschen. Einer

Frau zittern die Hände.»Sie ist weg. Mit Tochter. Einfach weg. Keiner weiß, wo.«

»Wenn du lügst, du Schlampe, dann …« Farid umschließt mit beiden Händen den Hals des Mädchens, das wie erstarrt neben dem Etagenbett steht.

»Nein, nein!« Eine Schwarze mit Narben auf Stirn und Wange lässt sich auf die Knie fallen, hebt die Arme. »Wissen nicht, wissen gar nicht.« Sie hält den Blick gesenkt.

Koffi Ahoua greift nach einem der Stühle, zertrümmert ihn auf dem Tisch, hält ein Stuhlbein drohend hoch. »Was Farid sagt, Gesetz. Farid ist Gesetz, klar?« Die Frauen nicken, die Blicke angsterfüllt.

Die Tür öffnet sich. Ein Mann stürzt herein. »Was ist …?«

Doch weiter kommt er nicht. Mamadou greift zu, stellt sich hinter ihn und dreht ihm die Arme auf den Rücken, Koffi Ahoua holt aus, versetzt dem Mann einen Schlag mitten ins Gesicht. Der gurgelt nur, bringt keinen Ton hervor. Die Augen weit aufgerissen. Koffi schlägt systematisch und zielsicher weiter zu, auf Nase, Mund, in den Magen. Tritt dem Mann in den Unterleib. Er stöhnt leise, verliert das Bewusstsein. Mamadou lässt ihn zu Boden fallen. Farid hat gar nicht hingesehen, er interessiert sich nur für die Frauen. Sie hat er nicht einen Moment aus den Augen gelassen.

»Das passiert, wenn ihr nicht macht, was ich sage«, grinst er und deutet hinter sich. Dann scheucht er die Frauen und das Mädchen mit einer kleinen Handbewegung vor sich her, aus dem Zimmer. Sie wagen keinen Blick zurück auf die zwei Männer und ihr Opfer. Dumpfe Tritte, splitternde Knochen. Dann knallt die Tür zu. Stille.

1

»Schau mal, Ebony, hier liegen die Ausstecher für den Boden.« Theo Sander, Küchenchef im Kölner Schokoladenmuseum, zeigte auf einen Plastikkorb mit runden Aluförmchen.

Geschickt griff das etwa acht Jahre alte afrikanische Mädchen zu. Ihr Name passte zu ihr, Ebony bedeutete Ebenholz. Viele Mädchen hießen so an der Elfenbeinküste, hatte sie erzählt.

Sander kannte den Namen aus einem Song von Stevie Wonder und Paul McCartney, der Anfang der 1980er Jahre ein Hit gewesen war. Sander hatte damals in einem Wörterbuch nach der Übersetzung gesucht. Heute würde man das googeln, dachte er und grinste. »Ebony and Ivory, live together in perfect harmony …«, sang er leise.

Die Kinder hielten mit ihrem Geplapper inne, schauten ihn zuerst fragend und dann erstaunt an. Der Küchenchef konzentrierte sich. Aber ihm ging der Songtext nicht aus dem Kopf, während er die dreißig Kinder beobachtete, die aufgeregt zappelnd an dem langen Tisch saßen und ihn erwartungsvoll anschauten. *We all know that people are the same where ever we go. There is good and bad in everyone …* Jetzt hatte er einen Ohrwurm.

Sander mochte diese Kinder, die so begeistert an seinem Workshop teilnahmen. Dass sie viel Schreckliches gesehen und erlebt hatten, nahm man wahr, wenn man ihnen in die Augen sah. Fassungslose Traurigkeit zeigte sich oft darin, selbst wenn die Kinder, wie in diesem Moment, lachten. Nun waren sie hier gelandet, in Köln, an seinem Tisch. Er wollte ihnen so gern zeigen, dass sie bei ihm in Sicherheit und willkommen waren.

»Die Schokolade habe ich eben, als sie noch weich war, ausgerollt, damit ihr ausstechen könnt«, erklärte Sander langsam und wies auf die dunkle Masse auf dem Tisch. Er räusperte sich, denn er spürte einen Frosch im Hals. Um seine Rührung zu überspielen, reckte er die Hände hoch und fragte betont streng: »Habt ihr euch auch alle die Hände gewaschen?«

Dreißig Köpfe nickten und die Kinder hielten ihm stolz die sauberen Hände entgegen.

Der Küchenchef freute sich immer auf diesen Workshop am Donnerstagnachmittag. Mit welchem Feuereifer die afrikanischen und syrischen Jungen und Mädchen dabei waren! Und das Lied von Ebony und Ivory passte hier genau. Der legendäre Mc Cartney hatte es geschrieben und damit eigentlich die schwarzen und weißen Klaviertasten gemeint, die sich so perfekt ergänzten. Aber im Grunde handelte das Lied vom friedlichen Zusammenleben aller Menschen, egal welche Hautfarbe sie hatten. Jeder, der Hilfe brauchte, sollte sie auch bekommen. Ganz gleich, woher er oder sie kam. Sander fröstelte, obwohl es Mai war und die Temperaturen seit einigen Tagen richtig angenehm waren. Das Thema Flucht war ihm vertraut, denn die Geschichten seiner Mutter begleiteten ihn seit seiner Kindheit. Sie hatte mit ihrer Familie nach dem Zweiten Weltkrieg von Ostpreußen in den Westen fliehen müssen.

»Theo?« Ebony zupfte zunächst vorsichtig, dann immer fester an seiner Schürze, »weiter?«

Er brauchte einen Moment, dann war er mit den Gedanken wieder da. Freundlich schaute er das Mädchen an, obwohl es ihn nervte, wenn jemand an seiner Schürze oder an seinem Hemd zupfte. Sein Sohn hatte als Kind auch diese Angewohnheit gehabt, wenn er seine Aufmerksamkeit auf sich ziehen wollte. »Ja, du hast recht«, pflichtete Theo Sander ihr bei. »Es geht immer weiter. Was du mit Glauben und mit Mut begonnen, das hilft dir Gott vollenden, hat meine Mutter früher immer gesagt.« Er lachte betont fröhlich. »So fromm wollen wir's aber nicht halten. Komm, ich helf dir.«

Ebony sah ihn mit großen Augen an, hielt das Förmchen über den Kopf.

Sander griff danach, beugte sich über die vor ihm liegende Schokoladenplatte: »Schau, hier an dem Rand fängst du an.«

Das Mädchen stellte sich auf die Zehenspitzen, um besser sehen zu können, beobachtete genau jede seiner Bewegungen. »Auch. Ich. Auch!« Ein Kind nach dem anderen drängte sich neben und hinter sie.

»Rasul!« Jetzt donnerte Sander. »Was hab ich euch gesagt?! Ihr müsst die Papierhauben anziehen, sonst dürft ihr nichts machen. Und alle Haare drunter, dann noch mal die Hände waschen und erst dann kommt ihr hierher – verstanden?! Was meint ihr, wie das schmeckt, wenn man reinbeißt und Haare im Mund hat?«

Die Hygienevorschriften mussten eingehalten werden, da ließen der Küchenchef und seine Kollegen nicht mit sich spaßen. Zwei kleine Jungen schimpften und Sander verkniff sich ein Grinsen. Sympathische Kinder. Seine Frau hatte zwar gemeint, er solle sich statt um die Flüchtlingskinder lieber um den eigenen Sohn kümmern. Aber der war mit seinen zwanzig Jahren aus dem Alter heraus, wo er sich viel von ihm sagen ließ. Leider. Sven hatte sich verändert, besonders seit er sich einer Gruppe FC-Fußballfans angeschlossen hatte. Allein wie der Junge seitdem herumlief; schwarze Klamotten, Springerstiefel, millimeterkurze Haare, in die er sich das Vereinsemblem des 1. FC-Köln hatte rasieren lassen.

»Theheo!«, riefen die Kinder unisono. »Anfangen!«

»Ja, doch. Also, ihr nehmt das Förmchen, stecht eine kleine runde Platte aus und legt sie hier auf das Blech. Wenn das Blech voll ist, ruft ihr mich. Ich stelle es in den Kühlschrank, damit die Schokolade schön fest wird. Habt ihr das verstanden?«

Sander hatte, während er den Arbeitsgang erklärte, jeden Handgriff selbst durchgeführt. Die Kinder nickten. Zwei maulten, stellten sich aber trotzdem brav an. Der Küchenchef schob Ebony näher an den Arbeitstisch, sie durfte anfangen. Das Mädchen presste die Lippen aufeinander, er konnte ihr die Konzentration ansehen. Dann stach sie erst ein Plättchen aus, platzierte es vorsichtig mit dem Förmchen auf dem Blech, dann ein zweites.

Wirklich sehr geschickt, die Kleine, dachte Sander. Laut fügte er hinzu: »Als hättest du nie etwas anderes gemacht. Du kannst später bei mir in der Küche anfangen!«, lobte er das Mädchen.

Ebony strahlte und trat mit stolz gerecktem Kinn zur Seite. »Jetzt?«

»Komm mal mit.« Er winkte ihr, ihm zu folgen. Schon am Anfang hatte er den Kindern gezeigt, was sie heute machen würden – Schokoladenröschen in kleinen Blumentöpfen. Viele erstaunte Ausrufe hatte es da gegeben. Die Vorlage dazu hatte er im Internet auf der Homepage einer holländischen Chocolaterie entdeckt. Auf Sanders Frage, ob er die Anleitung verwenden dürfe, war von den Besitzern postwendend ein Okay gekommen. Sie stellten nur die Bedingung, dass er ihnen ein paar Fotos schickte. Eine Auszubildende begleitete den Workshop mit der Kamera, um die schokoladigen Ergebnisse, aber auch die Entstehungsgeschichte der Köstlichkeiten festzuhalten.

»Ich habe hier schon einmal vorgearbeitet.« Sander holte ein Tablett aus dem Kühlschrank und stellte es direkt vor Ebony. »So sollen die Rosen hinterher aussehen.«

Ihre Augen leuchteten. »So schön, Herr Theo«, rief sie und er dachte daran, wie schnell Kinder sich doch auf neue Lebensumstände einstellen konnten und eine fremde Sprache lernten, und diese Kleine war besonders helle. Er hatte sich immer eine Tochter gewünscht, aber für seine Frau war nach Sven Schluss gewesen. Die Geburt war ein Albtraum gewesen, stundenlang hatte der Junge im Geburtskanal festgehangen. Schließlich musste man ihn mit der Zange aus Karin herauszerren. Das war schrecklich gewesen. Sie hatte wochenlang nur auf einem aufblasbaren Ringkissen sitzen können. Und dann der Junge. Es hatte eine ganze Weile gedauert, bis die blauen Flecken an den Schläfen verblassten. Dann hatte der Winzling nächtelang durchgeschrien und anscheinend keinen Schlaf gebraucht. Das holte er jetzt nach, denn wenn man ihn nicht mit Gewalt aus dem Bett zog, schlief er jeden Tag bis mittags.

»Kinder, hört mal alle zu! Diese Formen hier kommen aus Belgien, das hier ist die Blüte einer Rose, könnt ihr das alle sehen?«

Sander hob die Form hoch, drehte sie nach rechts und links, zeigte sie von hinten und vorne. Hinter ihm stand plötzlich Raha, Ebonys Mutter.

Die junge Frau lächelte sanft und etwas scheu, schlug die Augen nieder. »Sprachkurs Ende, kann helfen mit Sprache, wenn du brauchst. Hände sauber.« Sie streckte die Hände vor und der Küchenchef registrierte wohlwollend, dass sie auch schon Schürze und Papiermütze trug. Die schnelle Auffassungsgabe hatte die Tochter wohl von ihr.

»Gut, dann werden Sie gleich mit den Kindern die Blumentöpfe gießen.« Sander griff nach einem neongrünen Silikonblumentopf, drehte sich zur Schokoladenmaschine, die die flüssige Schokolade konstant auf der Verarbeitungstemperatur von neunundzwanzig Grad und immer in Bewegung hielt. Mit einer schnellen Bewegung ließ er die Vollmilchschokolade in den Topf fließen und kippte sie wieder aus. Nun war der Becher innen braun. Sander stellte ihn auf die Arbeitsplatte. »Abkühlen lassen. Dann noch einmal mit Schokolade befüllen und ab in den Kühlschrank.«

Ebony klatschte in die Hände und ihre Mutter sah den Küchenchef voller Bewunderung an.

»Das kennt ihr ja auch schon von den Eierformen.« Sanders Wangen glühten. Er kochte leidenschaftlich gerne, aber das hier war für ihn die Kür, zu der er normalerweise viel zu selten kam. Sein Arbeitsplatz war die Küche im Schokoladenmuseum, aber da er das Flüchtlingsprojekt angestoßen hatte, wollte er auch mit dabei sein. Lange schon hatte er überlegt, wie er sich für die Flüchtlinge engagieren könnte. Geflüchtete hieß es ja eigentlich korrekt. Egal, die Bilder über die stetig strömenden Menschenmassen auf der Flucht, mit denen er jeden Tag in den Nachrichten konfrontiert wurde, gingen ihm nicht aus dem Kopf. Wie wenig freundlich sie in Ungarn aufgenommen wurden, behandelt wie Vieh, hatte Sander gedacht, als er die Berichte im Fernsehen und im Kölner Stadt-Anzeiger verfolgt hatte. Rein in den Bahnhof, raus aus dem Bahnhof. Rein in den Zug, raus aus dem Zug. So behandelte man doch keine Menschen. Wie hilfsbereit dagegen die deutsche Bevölkerung, zumindest in großen Teilen, reagierte. Dann hatte man die Balkanroute geschlossen. Trotzdem gelangten immer noch Flüchtlinge hierher. Der Küchenchef wollte auch so gern helfen.

Durch die Begegnung mit Tabio Stüttgen, einem jungen Studenten mit deutschem Pass und Adoptiveltern, der ursprünglich von der Elfenbeinküste stammte und neben seinem Sowistudium im Café des Schokoladenmuseums gearbeitet hatte, war Sander auf die Gründe aufmerksam geworden, warum die Menschen ihre Heimatländer verließen. Tabios Schicksal hatte ihn damals noch mehr aufgerüttelt als die Medienberichte heute, vor allem als der junge Mann im Affekt vor zwei Jahren einen Manager getötet hatte. Und je mehr sich Sander mit den Hintergründen der Tat beschäftigte, desto stärker meldeten sich auch die Erinnerungen an die Geschichten, die ihm seine Mutter über deren Flucht und Vertreibung erzählt hatte. Um seine eigene Familie zu ehren, hatte der Küchenchef eine besondere Praline entwickelt, die auf einem alten

Familienrezept basierte, also aus Zutaten bestand, die seine Großmutter schon verwendet hatte. Und seine Großmutter war in ihrem Heimatdorf für ihre besonders feinen Kuchen und Schokotorten und die Zitronen-Nachtische berühmt gewesen. Vermutlich hatte er von ihr seine Leidenschaft fürs Kochen und Backen geerbt.

»Ich zeige gleich noch allen, wie das mit den Rosen geht, und werde einige mit der anderen Gruppe herstellen. Aber wie schon gesagt, ich habe eine ausreichende Menge vorbereitet, denn das ist ganz schön knifflig.«

»Kniffelig? Was ist das?« Ebony beobachtete ihn aufmerksam.

»Schwierig, nicht leicht, man muss sehr geschickt sein«, erklärte Sander. Er wollte, dass die Kinder, und auch Ebonys Mutter spürten, dass er ihnen auf Augenhöhe begegnete. Auf keinen Fall sollten sie das Gefühl haben, er schaue auf sie herab. Auf seine Mutter waren damals Hunde gehetzt worden, wenn sie auf der Flucht um Essen oder Wasser bettelte.

»Sicher, da waren schon so viele gewesen«, hatte sie versucht, dieses Verhalten auch noch zu entschuldigen. »Da marschierte ja ein ganzer Strom von Flüchtlingen durch die Dörfer und alle hatten bestimmt schon gefragt, aber nicht mal eine Kleinigkeit, Junge, gaben die Leute uns, nichts.« Dann hatte sie geweint.

Und ihm hatten Hilflosigkeit und Scham den Hals zugeschnürt, weil niemand seiner Mutter geholfen hatte. Er hätte es so gern getan, aber ihn gab es ja damals noch nicht.

»Du traurig?« Raha legte kurz die Hand auf seinen Arm. Obwohl sie höchstens Ende zwanzig sein konnte, hatte sie die Augen einer alten Weisen.

Er schüttelte den Kopf. »Nur Erinnerungen.«

»Du haben drei Freund auf Welt: Mut, Verstehn und wisdom, Weisheit.« Die Augen der Frau glänzten schwarz. »Wird gut – alles.«

Sander schaute sie dankbar lächelnd an, dann räusperte er sich und griff nach einer Pralinenform mit zwölf Rosenblütenvertiefungen, die jeweils eine Hälfte darstellten.

»Guckt mal bitte alle her. Zuerst machen wir Striche mit der weißen Schokolade hier mit dem Spritztütchen in die Rosenformen. Dadurch sieht das nachher marmoriert aus.«

Fragende Blicke wandten sich ihm zu.

»Ach, es sieht dann schön aus – hier seht ihr es bei einer fertigen Blüte.« Jetzt nickten die Kinder.

»Und dann habe ich gefärbte Schokolade, rosafarbene, gelbe und die rote, und die lasst ihr dann in die Form fließen, natürlich erst, nachdem die weißen Schokoladenstriche fest sind. Dann ab in die Kühlung damit. Später kommt noch mehr Schokolade hinein. Wir befüllen die andere Pralinenform genauso, lassen sie auch wieder abkühlen und pressen sie feste auf die zuerst befüllte Form, befestigen sie aneinander und dann muss das Ganze lange kalt stehen. So haben wir dann eine vollständige Blüte, versteht ihr? Die von euch hergestellten Rosenblüten benutze ich dann später, die müssen ja erst einmal fest werden. Ihr nehmt die fertigen, die ich schon für euch vorbereitet habe.«

Auch wenn die Kinder seine Worte nicht ganz verstanden, so hatten sie doch alle zugeschaut und begriffen, was zu tun war. Konzentriert begaben sich beide Gruppen an die Arbeit, und als Sander seinen Blick über die gebeugten Köpfe mit den Papierhauben schweifen ließ, spürte er, wie ihm ganz warm ums Herz wurde. Die Liebe zur Schokolade verband die Menschen, ganz gleich, wo sie herkamen und wie alt sie waren.

2

Kriminalhauptkommissarin Anna Sabrowski klopfte kurz an die Bürotür ihres Kollegen, drückte die Klinke herunter und öffnete die Tür einen Spalt, sodass sie in das Büro lugen konnte. »Printz, hast du mal eben einen Moment, ich müsste dich was …?« Weiter kam sie nicht, sondern hielt abrupt inne.

Stephan Printz stand mit geröteten Augen mitten in seinem Blumendschungel, der jeden freien Platz in seinem Büro ausfüllte, und strich sich über seinen Riesenschnäuzer.

Der weint doch wohl nicht?, fragte sich Anna überrascht.

Printz war untersetzt, aber fast zwei Köpfe größer als Anna. Und für seine Mitte vierzig noch ziemlich dunkelblond mit beginnendem grauen Schimmer, allerdings hatte sich sein Haar an den Schläfen schon etwas gelichtet. Printz' Augen waren unglaublich blau, wie Anna kürzlich festgestellt hatte, als er zum ersten Mal ohne Brille bei der Arbeit aufgetaucht war. Augen wie klare Bergseen hatte sie gedacht. Oder wie der blanke Himmel über dem Meer an hellen Sommertagen. Sie musste sich zum Wegsehen zwingen und er hatte unsicher auf ihr Staunen reagiert, sich kurz geräuspert und gesagt: *Hab jetzt Kontaktlinsen.* Und war in seinem Büro verschwunden. Jetzt hielt Printz seinen Papierkorb in der Hand, blickte zur Fensterbank.

»Darf ich?«, fragte Anna und schob sich ins Zimmer, ohne eine Antwort abzuwarten. »Wie sieht's denn hier aus? Was ist los? Räumst du auf?«

Printz drehte sich schnell weg und fegte mit der linken Hand einige graue, völlig vertrocknete Blätter, die der Ficus auf die Fensterbank abgeworfen hatte, in den Papierkorb.

»Im Moment arbeite ich alte Fälle ab. Es ist ja ruhig. Zu ruhig. Aber ich hatte schon im Gefühl, dass was passieren würde. Und jetzt sind die Pflanzen krank. Spinnmilben.« Printz' Stimme klang heiser. »Alle befallen. Einige haben schon alle Blätter abgeworfen. Ich habs einfach zu spät gemerkt.« Er deutete auf die blattlosen Skelette seiner noch vor einer Woche grünen und blühenden Pracht. »Die kann ich wegschmeißen.« Er bemühte sich um einen neutralen Ton. »Ich hab einige noch in Tüten gepackt. Dachte, vielleicht bringt's was. Aber ich glaub, ich kann alle in die Tonne treten.«

Er wirkte so ratlos und verzagt, dass Anna ihn am liebsten in den Arm genommen hätte. Doch das wagte sie nicht. Stephan Printz, galt als bester Ermittler in der Kölner Mordkommission, und zugleich als absolut unnahbar.

»Wie ist das passiert?«, fragte Anna leise und trat zu ihm. Sie hatte ihren Kollegen noch nie so niedergeschlagen gesehen.

»Keine Ahnung. Vermutlich die Heizungsluft. Und dann hab ich vor einiger Zeit eine Pflanze geschenkt bekommen, von meiner Nachbarin. Wahrscheinlich mit Milbenbesatz. Ich hab es nicht gesehen. Man sieht es erst, wenn's zu spät ist.« Er stellte den Papierkorb ab, bückte sich und sammelte weiter Blätter auf.

Anna warf ihre dunklen Haare über die Schulter, dann strich sie ihm leicht über den Arm. Er klang so betrübt, als sei ein Verwandter gestorben. Wie eine Ersatzfamilie waren seine Pflanzen tatsächlich für ihn, das wusste Anna. Oft genug hatte sie ihn mit ihnen sprechen hören, wenn sie an seinem Büro vorbeigekommen und die Tür nur angelehnt war. *Na, meine Lieben, wie seht ihr denn den Fall?, schien einer seiner Standardsätze an seine Blumen zu sein.* Vielleicht zog er Inspirationen aus solchen Monologen. Es hatte sie berührt zu erkennen, wie einsam er sein musste, dass er so freundschaftlich mit den Blumen sprach.

»Kann ich dir irgendwie helfen?«, fragte Anna und ließ ihre Hand einen Moment auf seinem Arm liegen, zog sie dann aber wieder zurück, als sie bemerkte, wie seine Muskeln sich unter ihrer Berührung anspannten.

Printz hob abwehrend die Hände, als wollte er eine Grenze deutlich machen. »Nee, lass mal, Anna.« Dann dachte er einen Moment nach. »Trotzdem danke, dass du fragst.« Entschlossen fügte er hinzu: »Ich hol mir jetzt einen großen Müllsack aus der Teeküche und schmeiß sie alle weg. Es hat keinen Zweck. Die haben es hinter sich. Da hilft nix mehr. Und dann setz ich mich wieder an die Arbeit.« Er ging an Anna vorbei und verließ sein Büro.

»Warte doch mal. So schnell musst du doch nicht aufgeben, Printz.« Anna nestelte an einer Plastiktüte auf der Fensterbank, in der ein Blumentopf steckte, und hob ihn hoch. Ein graues Blumengerippe. Tot. Printz hatte recht. Da war nichts mehr zu machen. Sie konnte ihm nur helfen, die Pflanzen zu entsorgen. Womöglich war das, was die Milben zurückließen auch für Menschen schädlich? Sie wusste es nicht. Ratlos blieb sie mitten in dem Büro ihres Kollegen stehen. Sie wurde selbst ganz geknickt bei dem Anblick.

Es dauerte keine Minute, da war Printz mit mehreren blauen Müllsäcken zurück. Ohne die Plastiktüten über den Pflanzen auch nur anzuheben, warf er Pflanze um Pflanze in den Sack, den Anna aufhielt. Dann band er den ersten Sack zu, während Anna den zweiten auseinanderfaltete.

Sie schwiegen, während sie auch den zweiten Sack füllten. Einmal berührte Printz Annas Hand, versehentlich, nur ganz kurz. Sie sahen sich an, dann wandte er sich wieder den Pflanzen zu. Sie füllten noch einen dritten und vierten Müllsack. Dann war die ehemals grüne Pracht vollständig entsorgt. Das Büro wirkte kahl und nüchtern. Printz kehrte mit den Händen die restlichen grauen, verkrumpelten Blätter auf der Fensterbank und dem Boden zusammen, dann band er die Säcke fest zu. »Ich bring sie runter in mein Auto, fahr sie nachher zur Müllkippe.«

Anna nickte. »Ich muss noch mal schnell weg. Bis später.«

Printz schleifte die Säcke zum Aufzug, fuhr sie hinunter in die Halle und schleppte sie dann nach und nach zu seinem Auto auf den Parkplatz. Dann beschloss er, doch direkt zur Kippe zu fahren. Was weg war, war weg. Nachher würde er eben etwas länger arbeiten. Das war ja eh an der Tagesordnung.

Als er eine halbe Stunde später wieder in seinem Büro stand, wartete dort ein winziger grüner Kaktus auf dem Schreibtisch. Darunter ein Zettel.

Manchmal muss man etwas ganz Neues anfangen, hatte Anna mit ihrer klaren Handschrift notiert.

Printz lächelte. Nett von ihr. Dann überlegte er, ob sie mit dem Kaktus wohl eine Anspielung machen wollte, denn er wusste, dass er nicht zu den offensten und freundlichsten Kollegen gehörte. Das Gefühl, dass etwas passieren würde, hatte ihn die ganze Zeit nicht verlassen.

3

Theo Sander blickte durch das riesige Glasfenster auf den Rhein, der gerade viel Wasser führte. Hinter ihm klapperten Tassen, klirrten Gläser. Die Menschen an den Tischen im Café des Schokoladenmuseums unterhielten sich leise. Kaffeehausatmosphäre. Er zog ein Stofftuch aus der Tasche und wischte Fingerspuren von der Scheibe, die Besucher dort hinterlassen hatten. Das Ausflugsschiff *Wappen von Köln* zog gemächlich vorbei. Ein schöner Workshop war das gewesen. In Sanders Kopf gesellten sich zu den Bildern der Flüchtlingskinder mit ihren Schürzen und Mützen die Fetzen eines Kinderliedes. *Der Cowboy Jim aus Texas.* Das war auf einer CD von Fredrik Vahle gewesen, die sein Sohn Sven noch vor gut zehn Jahren wochenlang abgespielt hatte. Wie könnte er ihn nur erreichen? Auch wenn er noch bei ihnen zuhause wohnte, schien er doch Lichtjahre entfernt zu sein. Er lebte in einer ganz anderen Welt. Und ständig gab es Streit, seit der Junge mit diesen FC-Ultras zusammen war. Das gefiel Sander gar nicht. Selbst im unscharfen Spiegelbild der Scheibe konnte er noch erkennen, wie er die Stirn runzelte und die Lippen aufeinanderpresste. Hinter ihm schlug etwas auf dem Boden auf, Glas zersplitterte laut. Er fuhr herum, eilte zur Kuchentheke. Laura Langner, die Cafémitarbeiterin, hockte dahinter und klaubte mit spitzen Fingern Glasscherben auf.

»Muss das sein? Das ist bestimmt das dritte Glas in dieser Woche, das Sie zerdeppern! Menschenskind, haben Sie denn zwei linke Hände! So langsam sollten Sie doch wissen, wie es läuft«, rief der Küchenchef lauter, als er beabsichtigt hatte. Er holte Kehrschaufel und Besen aus dem Schrank und reichte sie Laura, die hektisch und mit hochroten Wangen die Splitter zusammenkehrte.

»Ich weiß auch nicht, was mit mir los ist, tut mir leid.« Sie blickte nicht auf. Ihre Stimme klang weinerlich. »Bei uns zu Hause geht es gerade drunter und drüber. Meine Oma ist dement und wir wissen nicht, was wir machen sollen. Gestern mussten wir sie stundenlang suchen. Sie findet doch alleine gar nicht mehr nach Hause. Und im Studium ist es auch so stressig.«

Bevor Sander antworten konnte, hörte man die Stimme von einem der Fenstertische herüber: »Jetzt hacken Sie doch nicht schon wieder auf der Frau herum!«

Der Küchenchef ballte die Hände zu Fäusten und Laura seufzte: »Nicht der schon wieder!«

Sie richtete sich auf und winkte über die Schokoladentorte hinweg dem Stammkunden zu, der jeden Tag Stunden am selben Tisch verbrachte. »Ist schon okay, Herr Voss, der Herr Sander hat das nicht so gemeint.«

»Ha, das glauben Sie ja wohl selber nicht. Ganz schlechter Führungsstil hier, ganz schlecht!« Der Gast notierte eifrig in seiner Kladde. »Sie haben ja nur Angst vor ihm, deshalb wehren Sie sich nicht. Sie haben nur Angst, dass er Sie rausschmeißt«, stieß er hervor. »Ich hab genau gesehen, dass er sie bedroht hat. Er bedroht andauernd jemanden.«

Sander machte einen Schritt auf den Mann zu, doch Laura hielt ihn zurück. »Lassen Sie doch, Chef«, sie tippte sich mit dem Zeigefinger an die Stirn. »Der hat sie nicht alle«, flüsterte sie ihm zu. »Aber immerhin gibt er reichlich Trinkgeld.«

Sander drehte ab und stapfte in die Küche. Das gute Gefühl, das er sonst immer nach dem Workshop mit den Kindern hatte, verflüchtigte sich. »Na, Patrick, was kochen wir denn morgen?«, rief er munterer, als ihm zumute war. Keine Antwort. Ist der taub? »Hallo, jemand zu Hause?« Der Küchenchef klatschte kurz in die Hände, sodass der Auszubildende hochschreckte, der ganz in das Schnippeln von Möhren versunken gewesen war.

Im Café des Schokoladenmuseums wechselte am späten Nachmittag das Publikum. Waren es vorher überwiegend ältere Besucher und asiatische Touristen gewesen, so bevölkerten nun Messebesucher und Familien mit kleinen Kindern die Tische. Der Dauer-Nörgler Voss war verschwunden. Sander fragte sich, wann wieder der nächste Beschwerdebrief, in dem Voss ihm mangelnde Führungsqualitäten vorwarf, bei der Geschäftsleitung eingehen würde. Der schien sich zum Anwalt der Unterdrückten und Geächteten berufen zu fühlen. Wahrscheinlich würde ihm das wieder ein unangenehmes Gespräch mit der Personalabteilung einbringen. Der verdammte Querulant schaffte es immer wieder, ihn in ein schlechtes Licht zu rücken. Er hatte es förmlich auf ihn abgesehen. Sander lockerte den Hemdkragen, es schien auf einmal so stickig zu sein. Er sehnte sich nach frischer Luft und eilte zum Seiteneingang, die Tür aufstoßen und tief einatmen war eins. Ein paar Schritte ging er auf dem holprigen Pflaster auf und ab, lauschte dem Tuckern der Schiffe und ließ den Blick zwischen Rhein und Schokoladenmuseum schweifen. Früher hätte er jetzt eine geraucht. Aber das lag lange hinter ihm. Auf der Treppe vor der Eingangstür saßen nun, da es kühler wurde, nicht mehr so viele Menschen wie tagsüber. Da, ganz am Rand, hockten dort nicht Ebony aus dem Workshop und ihre Mutter dicht beieinander? Theo Sander schlenderte zu ihnen hinüber, sah im Näherkommen, dass das Mädchen sich an die weinende Mutter klammerte. Was war denn da los? Er beschleunigte die Schritte und hockte sich, als er sie erreicht hatte, vor ihnen auf die Treppenstufe. Die Frau wischte sich mit der Hand über die Augen, Ebony versuchte ein Lächeln.

»Was ist passiert? Kann ich helfen? Gibt es Probleme? Was macht ihr denn um diese Zeit noch hier?« Er sah die beiden erwartungsvoll an.

»Muss weg. Kind auch. Männer aus Afrika da. Wollen

holen uns. Gefährlich. Sehr. We are not safe. Sie uns suchen immer, immer.« Ihre Augen waren gerötet und tränenfeucht.

»Doch, doch Raha, ihr seid hier in Sicherheit. Ich bin doch da. Da für euch. Immer mit der Ruhe.« Der Küchenchef griff nach ihrem Arm und zog sie hoch. »Was ist mit eurer Unterkunft, soll ich euch dorthin bringen?«

»Nein, no!« Mutter und Tochter rissen gleichzeitig abwehrend die Hände hoch. »Wir nicht zurück können. Todgefahr. Nicht dort! Nicht zurück. Niemals.« Die Frau riss die Augen weit auf.

»Warum sind die Männer denn so gefährlich?«, fragte Sander erschrocken. »Da muss man doch die Heimleitung informieren. Vielleicht gibt es ja einen anderen Platz für Frauen mit Kindern«, schlug er vor, denn er hatte einen WDR-Bericht in der *Aktuellen Stunde* gesehen, in dem darüber berichtet wurde, dass Alleinreisende und Kinder separat untergebracht wurden, da es in den Heimen zu Übergriffen gekommen war. »Oder die Polizei?«, fragte er weiter, als er sah, dass auch der letzte Vorschlag keine Option für Raha war.

Sie schüttelte entschieden den Kopf. »No Heimleitung. No Polizei.« Sie hob abwehrend die Hände, deutete dann auf ihre kleine Tochter. »Wir müssen ganz weg, wissen zu viel. Ich erzähle. Du haben gehört von Boko Haram? Sie haben mein Dorf in Nacht überfallen. Männer mit Waffe kamen in Häuser. Unser Haus zuletzt. Ich ein paar Sachen genommen, Geld und so und mit Ebony in Wald gelaufen. Haben versteckt. Viele Schreie. Viele Menschen tot. Mein Mann auch. Er Haare geschnitten bei Nachbar. Wir später zurück zu Dorf, Häuser verbrannt. Jemand sagt, mein Schwester mitgenommen, nichts mehr gehört von sie.« Die Afrikanerin wischte sich mit dem Ärmel über die Augen. »Von mein Mann nur noch das. Ich immer hier.« Sie zeigte auf eine Kette mit einem

Steinanhänger in Form einer Pfeilspitze. »Wir zwei Tage gegangen, bis wir Straße nach Anyama erreicht. Dann weiter nach Abidjan.«

»Habe ich das richtig verstanden, die Männer von Boko Haram sind hinter euch her?« Sander sah sie erschrocken an.

Die Frau schüttelte den Kopf. »Nein, andere Männer. Aber auch gefährlich. In Afrika mein Mann mir gesagt, dass auf Facebook du Männer findest, die Flucht möglich macht. Aber ich in Hafen von Abidjan gehört und gefragt. Man mich zu Farid geschickt. Er Chef von Fluchtmänner. Dann mir Tante Geld von Familie gebracht für Kind und mich. Alle Geld gegeben und sagen, über großes Wasser, in Land Europa, alles sicher. Aber ich nicht sicher. Farid uns sucht.«

Sander schwieg einen Moment ratlos. Er hatte begriffen, dass die Frau und das Kind Todesangst hatten. Sie waren entschlossen, unterzutauchen. Offensichtlich trauten sie den Behörden nicht. Warum auch immer. Er hielt das für falsch.

Die Kleine legte ihre Hand vertrauensvoll in seine. Diese kleine Geste rührte ihn so, dass er schlucken musste. Wie konnte er den beiden nur helfen? Die Frau und das Kind mit zu sich nach Hause mitzunehmen, ging gar nicht. Sein Sohn würde ausrasten. Wo konnte er die beiden nur kurzfristig unterbringen? Wo, verdammt noch mal, wären sie in Sicherheit?

»Kommt mit, ich habe eine Idee«, schnell zog er Ebony, die sich regelrecht an seine Hand klammerte, hinter sich her, um das Museum herum Richtung Nebeneingang.

Die Frau griff nach mehreren Plastiktüten, die er vorher nicht bemerkt hatte, presste sie fest an die Brust und folgte ihnen. Schnell schlüpften sie in den Vorraum, der an die Treppen grenzte.

Sander sah sich prüfend um, niemand außer ihnen war dort zu sehen. Die Türen waren geschlossen. Alles ruhig.

Auch sonst war niemand in der Nähe, wie er mit einem schnellen Blick nach draußen feststellte. »Schnell, hier herunter.« Mit der freien Hand deutete Theo Sander auf das grau-weiß gestrichene Treppenhaus. Das Mädchen ließ seine Hand los und griff nach dem hölzernen Geländer. Der Küchenchef eilte voran, stoppte nach dem ersten Treppenabsatz: »Hier ist eine Toilette. Die könnt ihr, wenn keiner mehr im Haus ist, ganz frei benutzen, ansonsten müsst ihr vorsichtig sein. Ganz leise«, warnte er.

Besser, ich besorge noch eine Campingtoilette, das wäre einfacher für sie, dachte er. Erst jetzt wurde ihm klar, dass er eine Entscheidung getroffen hatte. Raha und Ebony beobachteten ihn abwartend. Ohne einen Laut folgten sie ihm dann die Stufen hinunter. Als sie den nächsten Treppenabsatz erreicht hatten, zog er einen Schlüsselbund hervor und öffnete die Kellertür. »Den Schlüssel für diesen Keller haben nur der Hausmeister und ich!« Warme Luft strömte ihm entgegen, als er nach dem Lichtschalter tastete. Er führte die beiden an dicken Metallrohren und Heizungsanlagen vorbei immer tiefer in den Keller hinein. »Hier unten ist ganz viel Platz, viele Räume. Die meisten werden nicht genutzt, weil man ja nie weiß, ob Hochwasser kommt. Hier seid ihr sicher. Ein besseres Versteck gibt's gar nicht.« Er zog den Kopf ein und zeigte auf die niedrige Decke, deren Sturz rot-weiß gekennzeichnet war. Sander deutete auf die silberfarbenen Rohre über ihnen und die technischen Geräte: »Nichts anfassen, okay? An keinem Schalter drehen, nichts verändern, ja?!«

Raha murmelte etwas, das er nicht verstand.

Er deutete auf eine halbhohe Eisentür, die oberhalb eines Mauersturzes angebracht war: »Hier ist so eine Art Notausgang, von dem aus ihr in einem Notfall raus und hinter das Schokoladenmuseum kommt. Ich werde euch den Schlüssel nachmachen lassen. Aber ihr könnt da nicht einfach so rein und raus marschieren, das ist zu gefährlich.

Da sieht man euch. Der ist nur für den Notfall, Worst Case Exit, habt ihr das verstanden?«

Mutter und Tochter nickten und folgten ihm weiter durch die Keller.

»So, da sind wir.« Schnell öffnete der Küchenchef die Tür zu einem kleinen Raum, in dem ein paar leere Metallregale standen. »Ich hol euch alles, was ihr braucht, bin schnell zurück!«

Die Frau legte die Hand erst aufs Herz, dann an die Stirn und verbeugte sich in seine Richtung. »Thank you, merci. Danke.« Ihre Augen waren noch gerötet, aber sie lächelte schon wieder auf ihre sanfte Art. Auch das Mädchen schaute ihn dankbar an. »Du bist Freund!«

Er winkte und schloss die Tür hinter sich, sein Atem ging stoßweise. Er konnte es kaum fassen, worauf er sich da eingelassen hatte. Aber auf die Schnelle fiel ihm keine Alternative ein.

Theo Sander stemmte den Karton hoch und setzte ihn in den Kofferraum. Dann wischte er sich kurz den Schweiß ab. Zum Glück war seine Karin eine Hamsterfrau, hortete stets einen großen Vorrat an Lebensmitteln und hatte in all den Jahren ihrer Ehe kaum etwas weggeworfen. Schon oft hatten sie sich einige heiße Diskussionen über die alten Sachen, die sich im Keller stapelten, geliefert. Kaffeemaschinen, deren Thermoskannen kaputt waren. Altes und, wie er fand, hässliches Geschirr, sogar die von den Kindergeburtstagen übrig gebliebenen Plastikbecher, konnte Karin nicht wegwerfen. Eine Karnevalskiste mit alten Kostümen, daneben zu klein gewordene Inliner, Schuhe, die nie wieder jemand tragen würde. So brauchte er nur in den völlig überladenen Keller gehen und zugreifen. Das Gästebett samt Zubehör, das sie früher so oft hochgeholt hatten, wenn einer von Svens Freunden bei ihnen übernachtete. Die Doppelkochplatte und den verkalkten

Wasserkocher aus dem Nachlass seiner Schwiegermutter, die seit etlichen Jahren ungenutzt im Regal standen und die Töpfe, die auf dem neuen Induktionsherd nicht mehr funktionierten.

Er war froh, dass Karin gerade heute Chorprobe hatte und keine Fragen stellen konnte. Vielleicht würde er ihr erst einmal erzählen, dass er die Sachen für Flüchtlinge gebraucht hatte. Es wurde ja nach wie vor in den Medien dazu aufgerufen, Pullover, Wäsche, Unterwäsche, sogar Wolle zu spenden. Auf Dauer wollte er seine Frau einweihen und war sich sicher, sie würde mitziehen. Gerade gestern hatten sie noch überlegt, wie sie konkret helfen könnten, waren aber über Kleiderspenden nicht hinausgekommen. Immerhin hatten sie beschlossen, in ein paar Tagen an der Demo *Köln gegen rechts* teilzunehmen, das stand fest.

Sander fiel ein, dass der Nachbar aus dem dritten Stock seine Campingtoilette nicht übers Internet losgeworden war und ihn gebeten hatte, sich mal nach einem Käufer umzuhören. Sie stand ungenutzt in der hintersten Ecke des Trockenkellers. Er musste lediglich googeln, was man an Zubehör benötigte.

Aber jetzt fuhr er erst einmal ins Museum zurück. Unterwegs kaufte er noch Nudeln, Bananen, Brot, Käse, Tomaten und Wasser ein, denn ein paar Tage würden die beiden Gäste bestimmt bleiben. Vorsorglich parkte er den Wagen hinter dem Museumsgebäude.

Als er den Eingangsbereich betrat, horchte er kurz. Alles war still, niemand im Haus. Schnell holte er den Servierwagen aus der Küche und belud ihn mit dem, was er mitgebracht hatte. Gut, dass der Aufzug bis zum Kellerabgang fuhr.

Als er sich dem Raum näherte, in dem er die beiden untergebracht hatte, rief er immer wieder leise: »Nicht erschrecken, ich bins, Theo!«

Die beiden verhielten sich ganz still, bis er die Tür aufmachte. Wie sie sich freuten, dass er wiedergekommen war. Hatten sie etwa befürchtet, er würde sie im Stich lassen? Da kannten sie ihn aber schlecht.

Er half ihnen, den Raum so gut es ging herzurichten. Ihre wenigen Sachen passten in ein Metallregal. Das Feldbett war groß genug und die Lebensmittel schienen sie besonders zu freuen. Ebony griff sofort nach einer Banane, schälte sie und kaute genüsslich. Ihre Mutter hängte eine Plastiktüte für den Abfall auf.

Der Küchenchef vergewisserte sich nochmals kurz, dass auch der Putzmann und seine Kolleginnen nicht mehr im Haus arbeiteten und die Büros verlassen waren, dann erst holte er die beiden hoch zu sich in die Küche und sie kochten gemeinsam. Dabei erzählte Raha von ihrer Flucht übers Meer nach Griechenland, wie viel Angst sie gehabt hatten und dass drei Flüchtlinge, darunter auch ein zweijähriges Mädchen vom Boot gefallen und ertrunken waren. Wie sie es dann beinahe nicht über die ungarische Grenze geschafft hätten und dass sogar Schüsse fielen, genau wie zu Hause in Afrika. Am schlimmsten während der nächtlichen Fahrt mit dem Schlauchboot war aber, dass einige Erwachsene unbedingt eine alte gehbehinderte Frau hatten ins Wasser werfen wollen. Die Tochter hatte sich wie eine Löwin vor ihre Mutter geworfen und sie geschützt.

»Jede Familie nur an sich denken«, flüsterte Raha. »Alte Frau kann ruhig tot sein.« Ihre Augen waren blank, wie leer geweint.

Theo Sander sah ihr hilflos zu. Was sollte er dazu sagen? Immerhin waren sie jetzt in Sicherheit. Er hätte gern nachgefragt, was es mit den Männern auf sich hatte, vor denen sie sich versteckten, wollte sie aber nicht bedrängen. Er hatte so seine Vermutungen. Sicher würde Raha ihm davon erzählen, sobald sie etwas sicherer war. Sander war entschlossen, zur Polizei zu gehen, sobald er genauere

Informationen hatte. Er konnte seine Ungeduld kaum zähmen.

Raha und Ebony hatten sich in kürzester Zeit an das Leben *unter Tage* gewöhnt. Sie vertrauten darauf, dass Theo Sander sie versorgte, der seine Arbeitszeiten neuerdings etwas *flexibler* organisierte. Genauso hatte er es seinen Mitarbeitern mitgeteilt; wie er begründet hatte, warum diese Flexibilität nötig sei, daran erinnerten sich weder seine Mitarbeiter noch er selbst. Es hatte aber so überzeugend geklungen, dass es nun für alle selbstverständlich war, den Küchenchef so gut wie immer im Schokoladenmuseum anzutreffen. Morgens war er der Erste, der kam und abends, der Letzte, der ging.

Erst abends schleppte Theo Sander Lebensmittel und alles, was die beiden Gäste brauchten, wie er Raha und Ebony in Gedanken nannte, in den Keller. Dann kümmerte er sich auch um die Entleerung der Campingtoilette und übte mit Raha und Ebony Deutsch, schließlich würden sie nicht ewig hier versteckt bleiben. Er hatte ihnen ein Buch besorgt, das ihm eine Buchhändlerin empfohlen hatte. Sie übten fleißig, was ihn sehr freute. Manchmal fragte er sich, wie denn die Genehmigung des Asylantrags die beiden erreichen sollte, falls sie irgendwann eintreffen würde. Denn gestellt war er, das hatte Raha ihm glaubhaft versichert.

Als er das Thema der Postzustellung anschnitt, hatte sie ihn beruhigt: »In Heim gute Menschen, Freunde wie du, helfen.«

Sander hätte ihr gern geglaubt, war sich aber nicht so sicher, denn Raha hatte ihm inzwischen anvertraut, dass die Schleuser sie und Ebony regelrecht verfolgten. Sie wollten eine *besondere* Arbeit von ihnen, flüsterte sie. Sander ahnte, was sie meinte. Wahrscheinlich ein lukratives Geschäft mit den Frauen. Er hatte gelesen, dass Frauen, vor allem aber auch Flüchtlingskinder spurlos verschwanden. Ihre Suche würden die Männer sicher nicht aufgeben, befürchtete er, da Raha und Ebony ihre Namen kannten und ihre Machenschaften hautnah miterlebt hatten. Sie wussten einfach zu viel, als dass sie unbeachtet bleiben konnten.

Theo Sander hatte seine Frau Karin inzwischen eingeweiht. Nicht einen Moment hatte sie an seiner Entscheidung gezweifelt, sondern ihm sofort zwei Blusen, eine dicke Strickjacke, Unterwäsche, Strümpfe, ein Kuscheltier, Stifte und ein Malbuch und Kinderbücher mitgegeben. Oft sprachen sie vor dem Einschlafen über Raha, Ebony und auch über die vielen anderen Flüchtlinge, die ins Land strömten. Ihnen war klar, dass diese Menschen einfach nicht mehr wussten, was sie sonst machen sollten. Sie waren verzweifelt, hatten alles verloren, kämpften ums nackte Überleben. Dann hielt Karin Theos Hand, und wenn er sanft über ihre streichelte, spürte er, wie niedergeschlagen sie über das ganze Elend war.

Gleichzeitig wuchs ihre Sorge um Sven. Täglich diese schreckliche Musik aus seinem Zimmer. Laut. Wummernde Bässe. Und der Gesang, wenn man die gebrüllten Texte so nennen wollte, klang mehr nach Kampfgeschrei. Seine Lieblingsband war *Kategorie C*. Die Texte fanden Theo und Karin einfach widerlich – ob nun bei *Bengalische Lichter, Wir schlagen zurück, Deutsche Jungs* oder wie immer diese Titel waren. *Hooligans gegen Salafisten* schien Svens neue Hymne zu sein. Er trug bei Heimspielen ein T-Shirt der Band unter dem FC-Trikot. Wegen der Aufschrift *Hoolizei. Anti-Sharia-Team* hatte sich Karin kürzlich geweigert, es mit in die Wäsche zu nehmen, doch Sven trug es trotzdem und nicht nur zum Fußball.

Manchmal fragte sich Theo Sander, ob auch sein Sohn zu den Hooligans gehörte, die sich zusammenrotteten, um Leute, die sie für Flüchtlinge hielten, zu verprügeln. Oder ob er in der Lage wäre, Brandsätze gegen Asylantenheime zu werfen oder Schlimmeres zu tun. Oft hatten Theo und Karin versucht, mit Sven zu sprechen, ihm die Fluchtgeschichte der eigenen Großeltern vor Augen zu führen und wie froh sie gewesen waren, als sie in Köln wieder eine Heimat gefunden hatten. Doch davon wollte er nichts hören. Entgegnete stets, dass seine Großeltern Deutsche gewesen waren und keine Kanaken. Das hätten solche Gutmenschen wie seine Eltern und Heuchler wie die Bundeskanzlerin und die ganzen Politikerschweine wohl vergessen. Dieses Flüchtlingsgesocks wären keine Deutschen und würden auch nie welche sein. Die sollten einfach da hingehen, wo sie hergekommen waren. Die gehörten nicht hierher und so weiter und so weiter.

Theo Sander fragte sich, was er und seine Frau falsch gemacht hatten. Wie konnte sich ihr eigener Sohn in das rechte Milieu verwickeln? Hatte er in der Schule denn gar nichts gelernt? Sander hatte irgendwo gelesen, dass Jugendliche, die sich der rechtsextremen Szene anschlössen, häufig ein geringes Selbstbewusstsein hätten und nach Anerkennung und Zugehörigkeit suchten. Ob das bei Sven auch der Fall war? Hatten sie als Eltern versagt? Wann hatte das eigentlich begonnen? Mit Svens Eintritt bei den Ultras? Aber womöglich hatte es vorher bereits Hinweise auf diese Entwicklung gegeben, die sie übersehen hatten.

Sander sah auf die Uhr. Zeit für Raha und Ebony. Mit schnellen Schritten ging er zum Kühlschrank und holte die Tasche mit den eingekauften Lebensmitteln heraus. Er schaute kurz hinein und fand ein Buch oben auf liegend: *Zuhause kann überall sein* und eine Tafel Schokolade. Karin. Sander spürte, wie sich Zärtlichkeit in ihm ausbreitete. Diese Frau unterstützte ihn, wo sie nur konnte. *Su simmer all he hinjekumme, mir sprechen hück all dieselve Sproch.* Die Liedzeile aus dem *Stammbaum* der *Bläck Fööss* kam ihm in den Sinn und er summte die Melodie auf dem Weg in den Keller.

Als er eine Stunde später, mit einer Tasche schmutziger Wäsche in der Hand, wieder die Treppe hochstieg, kreisten die Gedanken unablässig in seinem Kopf. Er hatte Raha vorgeschlagen, bald wieder ins Flüchtlingsheim zurückzugehen, oder vielleicht in ein anderes. Als er gesagt hatte, dass dieses Versteckspiel ja nicht ewig so weitergehen könne, war sie in Tränen ausgebrochen.

»Die Männer uns suchen. Wollen wegschaffen uns. Wir arbeiten für sie in Sex. Verstehen? Vielleicht auch totmachen. Ich hab gesehen, wie sie Frau totmachen.« Raha deutete mit den Händen den Würgegriff an. »Auf Weg hierhin.«

Auf Sanders entsetzte Fragen hatte die Frau geschwiegen, Ebony auf ihren Schoß gezogen und sie wie ein Baby gewiegt. Sander wusste, dass er noch einmal mit ihr reden oder auch auf eigene Faust die Polizei informieren musste. Wenn es um Mord und Totschlag ging, musste einfach die Polizei eingeschaltet werden. Diese Männer waren gefährlich. Das Ganze war eine Nummer zu groß für Sander.

Am oberen Absatz der Treppe stand plötzlich sein Sohn. »Na, was machst du denn da unten im Keller? Gibt es da was, was ich wissen müsste?« Sven war sehr blass und seine Stimme klang schrill. »Was machst du denn um die Zeit da unten? Und was schleppst du da rein und raus?«

»Kümmer dich um deinen Kram, Junge.« Theo Sander stand jetzt auf der letzten Stufe, kam nicht vorbei. »Was willst du überhaupt hier?«

»Ich komme immer mal wieder vorbei, beobachte dich schon eine Weile, hab das schwarze Pack auch letztens mit dir draußen gesehen«, brüllte Sven und eine Ader auf seiner Stirn trat hervor.

Theo musste daran denken, dass das auch immer der Fall gewesen war, wenn Sven als Baby geschrien hatte. Viereckiger Mund, Ader geschwollen, Brüllen.

»Auch auf der letzten Demo! Da hab ich dich genau gesehen! Der eigene Vater, zusammen mit den linken Schweinen! Ein Landesverräter! Da muss ich mich ja schämen. Was soll ich denn meinen Kumpels sagen, wenn du mir immer in den Rücken fällst?«

»Was du auch immer gesehen hast«, brummte Theo und schob ihn mit aller Kraft seines freien Armes zur Seite, um vorbeizukommen. »Du kennst meine Meinung. Das sind Menschen, denen geholfen werden muss, Junge. Lass dir doch nichts einreden.«

Einen kurzen Moment standen sie nah beieinander und Theo Sander hätte Gott weiß etwas dafür gegeben, wenn Sven noch einmal der fröhliche, kleine Junge gewesen wäre, der er früher gewesen war. Der sich von ihm durch die Luft wirbeln ließ, der seinem Papa vertraute, dass er ihn immer auffangen würde. Aber Svens Blick blieb abweisend und kalt, sodass Theo Sander sich umdrehte und schnell zwei, drei Schritte zur Ausgangstür machte. Er griff nach der Klinke und war schon auf den Stufen der Museumsaußentreppe. »Du weißt ja, wie du rauskommst«, stieß er hervor.

»Ja, hau nur ab. Wie immer. Mit dir kann man einfach nicht reden!«, rief ihm sein Sohn hinterher. Aus dem Augenwinkel sah er aber, dass Sven sich in Bewegung setzte, um auch das Museum zu verlassen. Sander war froh, dass er Raha und Ebony eingeschärft hatte, den Keller nicht zu verlassen, bevor nicht alle Mitarbeiter, auch die der Putzkolonne, nach Hause gegangen wären. Sie würden sich nicht blicken lassen, da war er sich sicher. Irgendwie musste er eine Lösung finden, nur welche? Theo Sander hatte das Gefühl, eine Last zu tragen, die er kaum stemmen konnte.

4

Als Karina Sprängel sich am nächsten Morgen über die kleine Brücke ihrem Arbeitsplatz, dem Schokoladenmuseum näherte, traute sie ihren Augen nicht: *Deutschland den Deutschen* hatte jemand in schwarz-rot-goldener Schrift in riesigen Lettern auf die weiße Wand rechts neben dem Museumseingang gesprüht.

Der Hausmeister lief mit hochrotem Gesicht vor der Schmiererei auf und ab und brüllte in sein Handy. »Ja, klar, hab isch schon versucht, den Scheiß wechzukriegen. Wofür ruf ich Sie denn wohl an? Sie sin doch die Spezialisten für so jett!«

Karina nahm zwei Stufen auf einmal und winkte ihm zu. Er gestikulierte wild mit den Armen und schüttelte immer wieder den Kopf. Ihre Freundin und Kollegin Perlchen stand an der Kasse und umarmte Karina zur Begrüßung, als sie bei ihr vorbeikam.

»Solche Vollpfosten.« Perlchen zeigte zur Ausgangstür. »Was soll das denn?« Sie war richtig sauer.

»Vermutlich suchten der oder die nur eine große weiße Fläche, die sie beschmieren konnten. Darf ich?« Karina zupfte ihrer Freundin ein langes Haar von der Schulter, hielt aber mitten in der Bewegung inne. »Oder jemandem passt vielleicht unser Workshop mit den Kindern nicht.« Sie wandte sich ab und rannte eilig die Treppe zu ihrem Büro hinauf. Fast stolperte sie, als sie sich im Laufen umdrehte und rief: »Ich muss schnell mit den Kollegen sprechen, ob und wie wir darauf reagieren sollen.« Dann rannte sie weiter.

Ihr Kollege Björn war noch nicht im Büro. Das wunderte Karina, denn meist saß er schon an seinem Platz und gab Kommentare zum Thema Pünktlichkeit ab, sobald sie hereinkam. Gestern in der Mittagspause hatte er angedeutet, dass es zwischen ihm und seiner Mutter Ärger gab. Das waren ja ganz neue Töne, denn Björn war eigentlich immer ein braver Sohn gewesen. Karina konnte sich nicht mehr genau daran erinnern, worum es gegangen war. Sie war auf eine Anfrage konzentriert gewesen und hatte nur halb zugehört. Nur so viel, dass seine Mutter mal wieder etwas tat, das Björn nicht gefiel. Als der PC hochgefahren war, tippte sie mechanisch ihr Passwort ein. Dann schrieb sie eine Mail an die Kollegen, die sich um den Workshop mit den Flüchtlingskindern kümmerten, und schlug ihnen ein kurzfristiges Meeting vor. Ihren Chef setzte sie ins Cc, nachdem sie im Terminkalender gesehen hatte, dass er heute einen Außentermin in Aachen wahrnahm. Nicht, dass er sich hinterher wieder über ihre Alleingänge beschwerte. Er witterte ständig Verschwörungen hinter seinem Rücken. Karina lächelte und holte sich einen Kaffee aus der Mitarbeiterküche und beantwortete dann die Kundenmails, die seit gestern eingetroffen waren. Später würde es noch eine Sonderführung für eine österreichische Delegation geben, darauf war sie vorbereitet.

In ihre Arbeit vertieft, schreckte sie hoch, als Björn unvermittelt die Tür aufriss. Sein Haar war verstrubbelt, die Augen gerötet.

»Wie siehst du denn aus? Ist etwas passiert?«

»Am besten fragst du nicht!« Schwungvoll warf er seine Jacke über den Garderobenständer in der Ecke, ließ sich auf den Stuhl fallen und startete seinen Rechner. Karina verschanzte sich hinter ihrem Bildschirm und räumte den Posteingangsordner auf. Sie wusste, dass Björn irgendwann reden würde, in den drei Jahren ihrer Zusammenarbeit hatte es solche Situationen schon öfter gegeben.

Nach und nach gingen die Antworten der Kollegen ein, ein Meeting wurde nach einigem Hin und Her für vierzehn Uhr vereinbart. Karina hob die Augenbrauen, als sie Björns

E-Mail mit der Zusage zum Meeting las; er schien wirklich Abstand zu brauchen.

Den ganzen Vormittag lang hatten sie, nur unterbrochen von verschiedenen Telefonaten, schweigend weitergearbeitet. Zum Mittagessen kramte Björn seine unverzichtbare Gemüse-Obst-Box aus der Tasche und kaute den Inhalt laut knackend und knirschend. Wahrscheinlich musste er mal richtig zubeißen, dachte Karina. Zwischendurch tippte er wild auf dem Handy herum und brummte.

Karina biss genüsslich in ihr Croissant mit Nuss-Nugat-Cremefüllung und trank in kleinen Schlucken eine Tasse Kakao dazu. Schon oft hatten sie über ihre unterschiedlichen Essensvorlieben gelästert, bis Karina dann abschließend immer feststellte, dass er ja anscheinend durch und durch genussunfähig sei. Er parierte dann mit dem Hinweis, dass er lieber schlank, gesund und schön sein wolle als später alt, dick und hässlich. »Anwesende natürlich ausgeschlossen«, schob er dann jedoch schnell hinterher. Denn hässlich fand er Karina nicht. Im Gegenteil. Seine attraktive Kollegin hatte eine auffällig rotblonde Mähne, die sie gern in einem dicken Zopf bändigte. Wegen ihrer Vorliebe für Schokolade war sie eher kurvig, was ihre Liebhaber wahrscheinlich schätzten, wie Björn vermutete. Er hatte schon einige im Laufe der Zeit kommen und gehen sehen. Im Gegensatz zu ihm hatten die meisten Männer gerne etwas zum Zupacken. Er stand eher auf megaschlanke Frauen, vielleicht, weil sie nicht so aussahen wie seine Mutter. Beim Gedanken an seine Mutter seufzte er laut.

»Was ist denn nun los, Björn?« Karina leckte sich über die Lippen, schließlich sollten ja keine Schokoladenreste dort kleben bleiben.

»Meine Mutter.« Er sah kurz hoch. »Wir haben richtig Zoff.«

Karina holte tief Luft. Seit sie ihren Kollegen kannte, gab es immer mal Probleme zwischen ihm und seiner Mutter. Sie hatte ihn sogar mit Anrufen während der Arbeitszeit regelrecht gestalkt. Dann behauptete sie, ihr ginge es schlecht. Ein paarmal war Björn dann von der Arbeit nach Hause gefahren, um nach dem Rechten zu sehen, immer falscher Alarm. Später dann war sie dazu übergegangen, ihm jede Freundin auszureden. So waren seine Beziehungen über das erste gemeinsame Kaffeetrinken mit der Mutter nie hinausgekommen, denn Björns Mutter hatte den jungen Frauen mit Vorliebe alle Unzulänglichkeiten ihres Sohnes zum Zitronenkuchen serviert und sich dabei detailliert über seine Ex-Freundinnen ausgelassen, die alle für sie nicht infrage gekommen waren. Dann legte sie nach und erklärte schwärmerisch, wie sehr sie sich Enkelkinder wünsche. Und wie schön es doch wäre, wenn die kleine Familie zu ihr in das große Haus zöge und man in Zukunft alles gemeinsam machen könne. Dann holte sie noch Babyfotos ihres Sohnes heraus, auf denen er nackt auf dem Wickeltisch lag, und zeigte den Mädchen die Aufnahmen mit dem Hinweis, dass man doch da schon sehen könne, wie gut er gebaut sei. Die potenziellen Partnerinnen waren meist so schockiert, dass Björn nicht einmal mehr die Chance für ein klärendes Gespräch blieb. Keine hatte sich wieder mit ihm verabreden wollen. Irgendwann nahm er dann keine Frau mehr mit zu seiner Mutter, aber eine feste Freundin hatte er, soweit Karina das beurteilen konnte, nicht.

»Sie ist verliebt, sagt sie!« Björn schnaubte und sah sie empört an.

»Verliebt? Ja, und?« Karina hob die Augenbrauen.

Er biss wütend in eine Kohlrabischeibe. »In dem Alter? Sie ist siebzig. Bescheuert! Das ist doch pervers.« Er kaute knirschend.

Karina lehnte sich zurück, verschränkte die Arme vor der Brust. »Liebe im Alter ist was sehr Feines, mein Lieber.

Das ist nie vorbei mit den Schmetterlingen im Bauch, glaub mir.«

»Quatsch, der ist nur hinter ihrer Kohle her und fast zwanzig Jahre jünger als sie. Ein ganz komischer Typ, erzählt nicht viel, und wenn er was erzählt, glaub ich ihm kein Wort. Ich hab ein ganz ungutes Gefühl. Der lügt schon, wenn er Guten Abend sagt.«

»Das hast du hoffentlich deiner Mutter nicht gesagt?« Karina zwinkerte ihm zu.

»Doch, ich muss sie doch warnen.« Sein Gesicht lief rot an. »Das würdest du bei deiner Mutter doch bestimmt auch so machen.«

»Nee, das treibt die Frau doch nur in die Arme des Typen, wenn du ihn so madig machst. Das ist doch kontraproduktiv, mein Lieber. Wie kommst du denn eigentlich darauf, dass etwas nicht stimmt mit dem Mann?« Karina blieb sachlich und griff zu Block und Stift. »Wieso hast du den Eindruck, dass er lügt?«

»Eindruck?« Ihr Kollege glotzte sie an. »Was willste denn wissen? Er heißt …, Moment«, unterbrach er sich und kramte in der Schublade seines Schreibtischs herum. »Er heißt Karl-Heinz Meismann, hier seine Adresse.« Unvermittelt schnippte er eine Visitenkarte herüber auf ihren Schreibtisch.

Sie nahm sie in die Hand. Es war keine Nullachtfünfzehn-Ware, sondern dickes Büttenpapier mit einer Prägung.

»Er war angeblich früher Staatssekretär im Innenministerium in Bonn, ich konnte das aber bisher nicht nachprüfen. Er ist verwitwet und *so furchtbar einsam*, betont er immer wieder. Frühpensionär.« Björn hob die linke Augenbraue, um zu signalisieren, dass er kein Wort glaubte. »Kinder hat er keine und fährt einen kleinen Mercedes. Und ist jünger als meine Mutter. Da stimmt doch was nicht.«

Karina notierte sich jedes Wort. Dann schaute sie hoch: »Warum soll deine Mutter denn keinen jüngeren Verehrer haben? Das kommt doch heute häufig vor. Wenn du ihn für so link hältst, hast du sicher den Wohnsitz überprüft, oder?« Sie deutete auf die Visitenkarte.

Er nickte schuldbewusst. »Ja, das habe ich tatsächlich. Sein Name steht auf dem Klingelschild. Aber er will so schnell wie möglich bei Mama einziehen, er hängt sowieso schon jeden Tag bei ihr rum.«

»Sei doch froh, dass sie sich jetzt um ihn statt um dich kümmert, dann lässt sie dich ein bisschen von der Leine. Wird doch auch Zeit in deinem Alter. Immerhin bist du schon fünfunddreißig«, rutschte es ihr heraus.

Er drückte mit einem lauten Knacken die Plastikdose zu, verstaute sie in der Schreibtischschublade. »Ich glaube, das ist ein Heiratsschwindler.« Seine Stimme klang trotzig.

»Möchtest du, dass ich der Sache nachgehe?« Karinas Miene war ausdruckslos. Jetzt hatte sie in den Modus Hobbydetektivin geschaltet. In der Vergangenheit konnte sie schon einigen Kolleginnen und Freundinnen mit ihren Recherchen helfen. Am häufigsten wurde ihre Hobby-Spürnase – sie eiferte da Miss Marple nach – in unklaren Beziehungsfragen in Anspruch genommen. Sie mochte Björn und würde ihm auf keinen Fall zeigen, dass sie seine Sorge für überzogen hielt. Sie würde ein paar Nachforschungen anstellen, dann wäre er beruhigt. Es war ja oft im Grunde eher therapeutische Arbeit, die sie leistete. Mittlerweile hatte sie sich ein gutes Netz an Informationsquellen zugelegt. Und – das Schnüffeln machte ihr Spaß. Sie drehte ihr Gesicht zur Seite, damit er ihr Grinsen nicht sah.

»Würdest du das für mich tun?« Seine Stimme kiekste ein wenig.

Sie bat ihn noch um die Adresse seiner Mutter und eine Personenbeschreibung dieses Meismanns, am besten mit Foto. »Ich werde ihn überprüfen«, sagte sie bedeutungsvoll. »Ich muss mein Detektivhandwerk ja üben. Mach dir keine

Sorgen.« Björn strahlte. Dann klatschte sie in die Hände. »Hopp, hopp, jetzt aber schnell zu unserem Meeting.«

Während des Meetings war nicht lange diskutiert worden. Auch wenn alle Kollegen der Meinung gewesen waren, dass mit der Sprayer-Attacke nicht das Flüchtlingsprojekt gemeint sei, sollte die Präsenz des Sicherheitsdienstes während der Veranstaltung erhöht werden. Karina saß nun wieder an ihrem Schreibtisch und dachte über die Worte des Küchenchefs nach. Theo Sander hatte immer wieder betont, man müsse die Schmiererei nicht *so hoch aufhängen*, es könne ja auch ein Trittbrettfahrer sein, der auf den Zug der derzeitig aufgeheizten Situation einfach nur aufgesprungen sei.

Sander hatte diesen Standpunkt dermaßen oft betont, dass sie sich fragte, ob er vielleicht ahnte, wer für die Schmierereien verantwortlich war. Sie nahm sich vor, direkt nach dem Ende der Museumsführung bei ihm vorbeizuschauen, um noch einmal nachzuhaken.

Routiniert und mit viel Charme, gegen den die Gruppe aus Österreich aber immun zu sein schien, hatte Karina die Delegation durch das Museum geführt. Besonders interessierten sich die Herren einer metallverarbeitenden Firma für die Maschinen, die im unteren Stock der Ausstellung zu sehen waren. Beim Thema Nachhaltigkeit und Ausbeutung der Kakaobauern hatten sie ungeduldig mit den Smartphones Selfies geschossen. Sie wollten weiter. Nun verabschiedete sie die Männer am Eingang des Museums, sie hatten noch ein strammes Sightseeing-Programm vor sich.

Hinter sich hörte sie laute Stimmen, und als sie sich umdrehte, sah sie wie Theo Sander mit hochrotem Gesicht vor der Theke des Cafés stand und eine hitzige Diskussion mit dem ihm gegenüberstehenden jungen Mann führte.

Sander hielt die Handflächen beschwichtigend hoch. Als sie näherkam, hörte sie, dass er immer wieder dieselben Worte von sich gab: »Beruhig dich doch, Sven. Bitte schrei hier nicht so rum, beruhige dich. Geh doch einfach nach Hause.«

Doch der junge Mann schüttelte den Kopf und wurde noch lauter: »Hast du Schiss um deinen Arbeitsplatz oder was? Da siehste mal, wie ich mich fühle. Die haben mich aus meinem Praktikumsplatz rausgeschmissen und du kommst mir noch damit, dass ich selber schuld bin.« Er packte den Küchenchef an den Schultern, Sander hielt still, wehrte sich nicht, sondern sah sein Gegenüber nur an.

Karina beschleunigte die Schritte und sah sich Hilfe suchend um. Ihre Freundin Perlchen, die an der Kasse arbeitete, hatte ihre wortlose Aufforderung sofort verstanden, verließ ihren Arbeitsplatz, hastete los, bis sie Karina eingeholt hatte. Gemeinsam liefen sie weiter.

»Du bist so ein beschissener Gutmensch, der jedem Dreckspack hilft, nur seinem eigenen Sohn nicht!« Der junge Mann spuckte dem Küchenchef seine Worte förmlich ins Gesicht und schüttelte ihn heftig.

»Sven, lass uns in Ruhe drüber reden. Zu Hause, ja?« Theo Sander hatte die Stimme gesenkt: »Es wird sich ein Weg …«

Der junge Mann fiel ihm ins Wort: »Ja, ein Weg wird sich finden, blablabla. Du immer mit deinen Scheiß-Sprüchen! Das glaubst du doch selber nicht. Deine Zeit ist eh bald abgelaufen, du pseudo-liberales Arschloch. Der Welt und mir wird es dann besser gehen!«

Die Frauen hatten die beiden fast erreicht, gleichzeitig stürmten aus der Ausstellung Sicherheitsleute auf die beiden Streithähne zu.

Da stieß Sven Sander seinen Vater von sich, hob drohend die Faust: »Für mich bist du so gut wie tot! Merk dir das!«, zischte er deutlich vernehmbar, drehte sich um und verließ quer durch die Eingangshalle das Museum. Jeder Schritt ein wütendes Stampfen.

Theo Sander wankte und stützte sich kurz auf die Theke. Er war kalkweiß geworden.

Einer der Sicherheitsleute trat zu ihm: »Alles klar, Herr Sander? Sollen wir die Kollegen von der Polizei informieren?«

Der Küchenchef schüttelte den Kopf. »Danke, nein. Das war eine reine Familiensache, bitte entschuldigen Sie. Der Aufruhr tut mir leid.«

Karina hakte sich bei Sander unter, machte ihrer Freundin ein Zeichen, sich zurückzuziehen. Sie reagierte sofort. »Wir trinken jetzt erst einmal einen starken Kaffee in Ihrer Küche, Herr Sander.« Sie zog ihn weg von den Sicherheitsleuten in Richtung Küche. Dort herrschte Hochbetrieb; bald würden die Gäste zum Abendessen kommen. Karina und Sander nahmen sich jeder eine Tasse Kaffee und setzten sich in den kleinen Nebenraum, den das Service-Personal für die Pausen nutzte.

»Ich möchte nicht darüber reden.« Der Küchenchef stierte in seine Kaffeetasse. Dann führte er langsam die Tasse zum Mund, nahm einen Schluck, schluckte aber nicht, sondern bewegte den Kaffee im Mund hin und her.

»Müssen Sie ja auch nicht.« Sie sog den Mix von Düften ein, der von der Küche herüberwaberte. Der herbe Kaffeegeruch mischte sich mit dem von scharf angebratenem Fleisch und Kräutern. Vermutlich standen wieder die frischen Nudeln mit dem leckeren Walnuss-Kräuter-Pesto auf der Speisekarte, Karina und Perlchen liebten dieses Gericht. Oft teilten sie sich eine Portion und aßen dazu einen großen Salat.

Sander ließ beschämt den Kopf hängen. »Mir tut das ganze Theater total leid. Mein Sohn hat sich einfach nicht mehr im Griff.« Er sprach so leise, dass Karina ihn fast nicht verstehen konnte. »Vermutlich muss ich dann morgen wieder zur Geschäftsleitung«, sagte er noch, wohl mehr zu sich selbst.

Sie räusperte sich. Ihr ging nahe, wie betrübt der Mann dreinblickte und wie groß seine Scham für das Verhalten des Sohnes zu sein schien. »Ich werde nichts darüber sagen und die Sicherheitskräfte sind auch in Ordnung. Im Grunde ist ja nichts passiert.«

»Aber dieser Voss war wieder im Café und hat sich bestimmt alles wortwörtlich notiert.« Sander seufzte. »Ich weiß nicht, was ich falsch gemacht habe, aber ich komme an meinen Sohn einfach nicht mehr ran. Meine Frau und ich, wir machen uns richtig Sorgen um ihn. Woher kommt bloß so viel Wut? Haben Sie dafür eine Erklärung?«

»Nein, Herr Sander, das weiß ich auch nicht, denn ich bin weder Seelenklempner noch Hellseherin.« Karina versuchte ihn aufzumuntern, wurde aber sofort wieder ernst, als sie bemerkte, dass er nicht darauf reagierte. Wahrscheinlich brachte das nichts. Besser war, den Mann mit seinen Sorgen ernst zu nehmen. Da steckte bestimmt mehr dahinter als ein reiner Vater-Sohn-Konflikt. Was war bloß in den jungen Sander gefahren? Auf einmal hatte sie eine Idee: »War er das?«, fragte sie unvermittelt nach und wies mit der Hand nach draußen. »Ich meine, hat er das auf die Wand draußen gesprüht?«

Sander nickte.

»Und ihm ist klar, dass Sie es wissen?«

Der Küchenchef nickte wieder. Karina konnte seine Sorge um den Sohn fast körperlich spüren.

»Das ist Sachbeschädigung. Er kann froh sein, dass Sie ihn nicht anzeigen. Denn das tun Sie bestimmt nicht, oder? Er ist ja Ihr Sohn.« Sie trank den letzten Schluck ihres Kaffees, inzwischen war er kalt und schmeckte bitter. Sollte sie den Hinweis auf Sven Sander weitergeben? Im Grunde fühlte sie sich auch ihrem Arbeitgeber gegenüber dazu verpflichtet. Sie würde den Sandersohn auf Dauer nicht decken.

Sander hob die Schultern und sah sie jetzt direkt an. »Ich weiß einfach nicht mehr, was in ihm vorgeht. Ich versteh ihn schon lange nicht mehr. Aber das sagte ich ja schon. Ich weiß mir keinen Rat.« Er sah sie bittend an.

Doch Karina schwieg. Ihr fiel keine Erwiderung ein. Sie verstand den Konflikt, in dem sich der Mann befand, wollte aber seinen Sohn auch nicht so davon kommen lassen. Dass er die Wände des Museums beschmierte, war ja wohl das allerletzte. Sie beschloss kurzzeitig abzuwarten, wie sich die Sache weiterentwickelte. Vielleicht würde der Küchenchef ja selbst mit der Geschäftsleitung sprechen. Sie wollte ihm zumindest die Möglichkeit geben, reinen Tisch zu machen.

5

»Wir sind das Volk. Deutschland den Deutschen. Ausländer raus. Wir sind das Volk. Deutschland den Deutschen. Ausländer raus.« Sven Sander fühlte sich aufgehoben und sicher. Seine Kumpels brüllten neben ihm. Ein Rhythmus, ein Geist, ein Herzschlag. Er liebte diese Demos. Er skandierte die Sätze immer und immer wieder und fühlte sie tief in seinem Inneren. Er war nicht allein, er hatte Freunde. Er kämpfte auf der richtigen Seite. Es musste doch mal ein Ende haben mit seiner Pechsträhne. Endlich wusste er, warum er immer der Loser gewesen war. Wer schuld war an der ganzen Scheiße. Die Kanaken, die sich hier durchfraßen und sich wie die Zecken überall ausbreiteten. »Wir sind das Volk!«, brüllte Sven inmitten der Gruppe der schwarz gekleideten HoGeSa-Teilnehmer mit. Bevor sie auf den Barmer Platz in Deutz gelangten, waren sie direkt am Bahnhof auf Gegendemonstranten aus dem linken Parteienspektrum gestoßen und hatten denen erst mal ein paar aufs Maul gegeben. Die Bullen waren natürlich mal wieder auf deren Seite gewesen. Das hieß: ellenlange Kontrollen. Sie hatten sogar Zelte aufgebaut und jeden intensiv auf Waffen, Pyros oder Alkohol kontrolliert. Ein ganzes Arsenal war da zusammengekommen. Messer, Totschläger, Elektroschocker, mehrere Baseball-Schläger, Schnaps. Schade drum, dachte Sven, aber wenigstens die Fahnen haben wir gerettet.

Direkt neben ihm hielt ein Kumpel stolz eine Deutschland-Flagge mit der Parole *Unsere Fahne, unser Land – maximaler Widerstand* hoch. Genau. So war es. Die werden sich noch wundern, die Sauschmarotzer und Molukken. Er konnte weitere Fahnen und Spruchbänder ganz in der Nähe ausmachen: *Die Familie hält zusammen* und *Gemeinsam sind wir stark!* Insgeheim ärgerte er sich darüber, dass so wenige seiner Kumpel dem Aufruf zur *Hooligans gegen Salafisten-Demo* gefolgt waren. Man musste es den Linken und Gutmenschen, die schon seit dem Morgen von überall hierher nach Köln strömten, zeigen – Deutschland ging doch vor die Hunde mit dieser Flüchtlingspolitik. Was war diese Regierung überhaupt für eine Führung? Die hatten doch echt gar keinen Plan und auch nicht den Durchblick, was das für die Leute hier bedeutete, wenn sie die Ausländer einfach so reinspazieren ließen. Das waren doch alles Kriminelle und Salafisten.

Sven schaute aufmerksam in Richtung Bühne, auf der ein großflächig tätowierter Mann erschien und Fred aus Holland ankündigte. Der sah aus wie ein Ringer und redete sich schnell in Rage. Als er mit Nachdruck betonte, dass Innenminister Jäger das Recht auf Meinungsfreiheit der Hooligans mit Füßen trete und weg müsse, johlte Sven mit den anderen laut auf und klatschte Beifall. Genau. Der Typ war gut.

»Unsere Kinder können keinen Sport mehr machen, weil die sogenannten Flüchtlinge die Turnhallen besetzen. Das ist eine Unverschämtheit!«

Die Menge applaudierte.

Er drosch auf die Regierungsriege genauso ein wie auf die Flüchtlinge. »Wegjagen muss man das ganze Pack!«, brüllte er gerade und dass man allen Beteiligten Feuer unterm Arsch machen müsse.

Das kam bei den Hooligans gut an. Nach dem holländischen Redner trat eine Band auf und rockte los. Geil fand Sven. Endlich mal Mucke nach seinem Geschmack. Mit Texten, die das sagten, was er dachte. Später kam noch ein Rapper und danach noch eine weitere Band. Während die Frontsängerin *Vereint euch* sang, dachte er daran, dass seine Eltern und auch etliche Kollegen seines Vaters aus dem Schokoladenmuseum jetzt wieder auf der anderen

Seite demonstrierten. Sie rannten bestimmt mit *Köln gegen Rechts* und *Köln stellt sich quer* durch die Gegend und fühlten sich auch noch im Recht. Die kapierten nichts, gar nichts.

Sein Vater war ein Altlinker. Das hatte er schon immer gewusst. Der lebte noch im vergangenen Jahrhundert, als die Flüchtlinge noch aus Schlesien, Pommern und Polen gekommen waren. Wie oft hatte sein Vater auf ihn eingeredet: *Denen ist doch auch geholfen worden, als sie kamen* und *alle haben sich doch so gut angepasst und waren so froh, dass sie hier bleiben konnten*. Mochte ja sein, aber das waren ja auch Deutsche gewesen. Die hatten Deutsch gesprochen, Deutsch gedacht, die hatten unsere Kultur gehabt. Das kapierte sein Vater einfach nicht. Dass diese Flüchtlinge hier nicht hingehörten. Wenn die alle blieben, nicht auszudenken. Deren Kinder würden in die Klassen strömen und dann säßen die Deutschen zwischen Türken, Iranern, Syrern und Afrikanern. Und die Aufmerksamkeit würde nur den Fremden gelten und die Lehrer kämen mit dem Lehrstoff nicht durch. Mit einem schlechten Abschluss säßen dann die deutschen Kinder auf der Straße, während die Flüchtlinge alles hinten rein geschoben bekämen. So weit kam das noch. Da würde er dagegen halten. Auch wenn der Alte es nicht checkte. Irgendwann würde er ihm noch dankbar sein, dass er das Vaterland gerettet hatte. Ein weiterer Redner trat auf die Bühne, doch Sven verstand nicht viel von dem, was er von sich gab. Es ging wohl um Moscheen, die überall gebaut würden.

Er grölte direkt los: »Wir wollen keine Salafisten-Schweine.«

Der Großteil der Umstehenden fiel mit ein, wiederholte die Parole immer wieder. Von keinem würde er sich eine andere Meinung vorschreiben lassen. Er wusste genau Bescheid. Ganz genau.

»... Flüchtlingsgeld soll in den Aufbau von Deutschland gesteckt werden und den Deutschen zugutekommen. Wir Deutschen stehen nun endlich wieder eng zusammen und werden dieser Drecksbrut zeigen, wie hart deutscher Stahl ist.«

Anscheinend war das Mikrofon jetzt wieder geschaltet. Sven wurde aufmerksam. Was sagte der Typ gerade?

»Aus gut unterrichteten Kreisen habe ich erfahren, dass es in einem Flüchtlingsheim hier in Köln eine Schlägerei gegeben hat. Einer der Asylanten ist tot. Da sieht man doch, wie gefährlich diese Leute sind. Und wer bezahlt den Polizeieinsatz und so weiter? Na, wir natürlich, wie immer. Mit unseren Steuergeldern. Das muss ein Ende haben.«

Tosender Applaus unterbrach den Sprecher.

»Ja, ist doch perfekt«, brüllte ein Mann direkt hinter Sven. »Jetzt bringen die Schweine sich schon gegenseitig um. So was nennt man Arbeitserleichterung.«

Die Umstehenden lachten und klatschten, während der Mann die Faust hochriss. »Deutschland den Deutschen! Ausländer raus!«

Das war sein Leben, seine Familie. Sven reckte stolz den Hals. Endlich war er angekommen.

Am Ende des folgenden Arbeitstags hatte Theo Sander die Kollegen früh nach Hause geschickt, da er darauf bestand, dass sie nur Überstunden machten, wenn es unbedingt nötig war. Er räumte die Küche auf, stellte das Geschirr in die Spülmaschine. Es duftete immer noch nach der köstlichen Crème brulée, die von den Gästen heute so gut nachgefragt worden war. Sander summte das Lied aus dem Radio mit. Beim Refrain von Philipp Dittberners *Das ist dein Leben,* stimmte er mit ein: » ... warum wir manchmal fliegen; nicht mal wissen, wie es geht, und wir immer wieder aufstehen und anfangen zu gehn. Ja genau, das ist dein Leben und du wirst es nie verstehn.«

Ja, er verstand so einiges nicht. Besonders das, was seit geraumer Zeit in Deutschland passierte. Dass die Menschen so viel Angst hatten, etwas abgeben, teilen zu müssen. Der große Stimmungsumschwung war mit der Silvesternacht in Köln gekommen. Überall zeigten sich so viel Ablehnung und Hass, selbst bei seinem Sohn. Der Küchenchef seufzte. Sicher, es gab auch Menschen, die halfen, die sich über diesen Rechtsruck in der Bevölkerung Sorgen machten, die ohne zu überlegen mit anpackten, um Geflohenen zu helfen. Die keine Angst hatten.

Leise Schritte. Sander fuhr herum. Wer war denn jetzt noch im Museum? Noch ehe er einen Ton herausbringen konnte, stürzten sich drei schwarz gekleidete Männer auf ihn. Sturmhauben verbargen ihre Gesichter. Zwei der Kerle packten ihn, einer drehte ihm die Arme auf den Rücken, während einer von ihnen ihm zunächst den Mund zuhielt und ihm dann mit dem Finger bedeutete, still zu sein.

»Ferme ta guelle. Schnauze.«

Ein beißender, heißer Schmerz fuhr ihm in die Arme, erreichte die Schulter, sprang durch den ganzen Körper und zwang ihn in die Knie.

Der Dritte stellte sich breitbeinig vor ihn. »Où?«, brüllte er. »Wo sind sie?«

Theo Sander zuckte zusammen, duckte schützend den Kopf, sein linker Arm wurde noch weiter verdreht, schmerzte höllisch. Er presste die Lippen zusammen.

Unvermittelt schlug ihm der Mann mit der flachen Hand ins Gesicht. »La femme? La jeune fille?« Er wurde noch lauter. »Frau! Mädchen! Wo?«

»Ich, ich weiß nicht, was Sie wollen, wen Sie meinen«, Sanders Wange glühte.

»Frau, Mädchen, Idiot!« Der Mann holte wieder aus.

»Welche Frau, welches Mädchen?« Sander überlegte fieberhaft, was er sagen, was er tun sollte. Da traf ihn der nächste Schlag.

»Elles sont ici. Sie sind hier. Wo?« Er schlug wieder zu. »Sag es.«

Er presste die Lippen aufeinander. Ihm war klar, wen er vor sich hatte. Und dass die Männer irgendwie herausgefunden hatten, wo Raha und ihre Tochter sich versteckten.

»A vous.« Der Anführer drehte sich abrupt um, verließ den Raum und überließ den Küchenchef seinen Schlägern. Sie warfen ihn zu Boden, prügelten und traten auf ihn ein. Zwischen den Schlägen fragten sie: »Wo sind sie? Wo? Wo?«

Sander wusste, er hatte keine Chance. Aber er würde seine Schützlinge nicht verraten. Er würde nicht reden. Niemals. In seinem Kopf tauchten Bilder auf. Schreckliche Bilder aus den Geschichten, die seine Mutter ihm erzählt hatte. Wie sie sich im Kartoffelkeller des Hauses versteckt hatte und von der Nachbarin, die Angst um ihre eigene Haut gehabt hatte, verraten worden war. Von dem russischen Soldaten, der sie herausgeschleppt und vergewaltigte. Vergessen konnte das seine Mutter nie. Bis zu ihrem Tod im letzten Jahr war sie von Albträumen geplagt worden und hatte sich stets geweigert, in den Keller zu gehen. Schon als kleiner Junge hatte er die Briketts und die Kartoffeln für sie aus dem Keller holen müssen. Er hatte es gern für seine Mutter getan. Er wollte nicht, dass sie sich ängstigte. Er wollte auch nicht, dass Raha und Ebony Angst hatten. Er würde sie schützen, solange er konnte. Er spürte, wie seine Augen zuschwollen, er schmeckte Blut auf der Zunge, es lief ihm in die Augen. Sein ganzer Körper war Schmerz. Der Anführer kehrte zurück, er hatte die Sturmhaube hochgeschoben und biss in ein Stück Schokoladenkuchen, das er vermutlich aus der Theke genommen hatte. Er kniete sich vor Sander und zog seinen Kopf an den Haaren hoch. »Est-ce que tu veux être un martyr? Du willst wohl ein Märtyrer sein? Rede!«

Sander versuchte, den Kopf zu schütteln. Der Schmerz war schier unerträglich.

Der Mann ließ die Haare los, stand auf, wies verächtlich auf Sander: »Continuez. Weiter.«

Die beiden anderen traten weiter auf ihr Opfer ein, bis es das Bewusstsein verlor. Der Anführer stieß Flüche aus und hämmerte mit der Faust gegen die Küchenschränke.

Wie ein Geist tauchte Raha in der Tür auf, begriff mit einem Blick, was in der Küche vor sich ging, schlug die Hand vor den Mund. Sie drehte sich um, rannte los. Doch die beiden Schläger waren schnell hinter ihr, bekamen sie nach wenigen Metern zu fassen, hielten sie fest. Sie kreischte immer wieder: »Rraus! Rrrrauss!«, bis einer der Männer sie heftig ohrfeigte und sie zusammensackte.

Ein Handy klingelte und bewegte sich durch die Vibration auf der Ablage des Küchenschranks. Das Foto einer Frau tauchte auf dem Display auf. Die zwei Männer sahen auf den Anführer. Der fluchte wieder. Nachdem das Gerät still war, läutete das Telefon, das direkt neben der Küchentür angebracht war. Das Klingeln hörte und hörte nicht auf.

Der Anführer packte die bewusstlose Frau, während er den anderen bedeutete, im Museum nach dem Mädchen zu suchen. Die Kleine konnte nicht weit sein. »Vite, vite, sie muss hier sein. Cherchez-la.«

Der Küchenchef stöhnte auf und der Anführer war mit wenigen Schritten bei ihm, beugte sich über ihn.

»... rrauss, rrauss!«

Ebony griff sich an den Hals, als sie ihre Mutter oben kreischen hörte. Sie wusste, was das bedeutete. Ihr wurde es heiß. Dann eiskalt. Das galt ihr, das wusste sie. Das Codewort. Sie musste weg. Ihre Hände zitterten, doch sie griff eilig nach dem Rucksack mit Kleidung und nach ihrem Kuschelhasen. Den hatte Theo Sander ihr geschenkt, als sie hier in den Keller eingezogen waren. Sie wusste genau, was sie zu tun hatte, denn ihre Mutter war etliche Male mit ihr den Fluchtplan durchgegangen. Sie hatte ihr eingeschärft, bei Gefahr nur den kleinen schwarzen Nylonrucksack mit dem Nötigsten zu greifen und durch die Luke, die der Küchenchef ihnen gezeigt hatte, nach draußen zu klettern und wegzulaufen. Sogar das Hinausklettern hatte ihre Mutter mit ihr geübt, doch jetzt war sie allein. Ganz allein.

Das Mädchen zitterte am ganzen Körper, drückte mit der einen Hand den kuscheligen Hasen fest an sich und legte die andere auf den Schlüssel, den sie an einem Lederband um den Hals trug. Ihr Herz klopfte heftig. Sie hörte Schritte über sich, dann auf der oberen Treppe. Sie rannte los. Aus dem Raum, in dem sie immer geschlafen hatten. Die verwinkelten Flure entlang, in denen sich ihre Mutter und Sander immer wegen der dicken Rohre und niedrigen Decken bücken mussten. Sie drückte im Vorbeilaufen auf jeden Lichtschalter. Die Neonbeleuchtung erlosch. Ebony hätte den Weg auch mit verbundenen Augen gefunden, denn auch das hatte ihre Mutter mit ihr beim Versteckspiel geübt.

Sie hörte, wie die Eingangstür zum Keller aufgerissen wurde und wieder ins Schloss fiel. Dann laute Flüche von zwei Männerstimmen. Mit lautem Brummen sprang der Brenner des Heizkessels neben ihr an und sie wusste, dass sie nur noch wenige Meter von der Luke trennten.

Kurz überlegte sie, ob sie sich nicht doch in einem der Schächte verstecken sollte. Nein, ihre Mutter hatte *rrauss!* gerufen. Sie sollte raus, musste nach draußen. Keuchend stand sie vor der Eisenluke, ließ den Hasen los und nestelte nach dem Schlüssel, er hatte sich in ihren Haaren verfangen und sie zerrte daran. Hinter ihr knallte eine Tür nach der anderen und die Neonbeleuchtung flammte auf. Mit einem Ruck riss sie am Schlüssel, steckte ihn mit bebenden Händen ins Schloss, drehte ihn um, zog ihn wieder ab, öffnete die Eisentür, griff nach dem Hasen, schlüpfte in den Schacht und drückte die Tür wieder leise ins Schloss. Der Rucksack war klein genug, um sie nicht zu behindern. Fuß um Fuß setzte sie auf die schmalen Gitterstreben der Treppe, hörte eine Männerstimme im Kellerraum.

Oben angelangt sog Ebony die kalt-modrige Rheinluft ein. Sie zitterte immer noch, zog den Reißverschluss ihrer Jacke bis zum Hals zu. Sie schlich geduckt an der rückseitigen Wand des Museums entlang und sah sich suchend um. Wo sollte sie jetzt hin? Dazu hatte ihre Mutter nie etwas gesagt. Das Mädchen lief los, an einem Gebäude entlang bis unter die Brücke. Über ihr rauschte der Autoverkehr und eine Sirene ertönte, sie wusste nicht, ob von einem Polizeiauto oder einem Krankenwagen und hastete weiter. Vor einem Backsteingebäude blieb sie stehen, schaute einen Moment. Ob sie dort hineinkam? Sie rüttelte an vielen Türen, fand ein loses Gitter vor einem Fenster, das sie hochheben konnte. Das Fenster ließ sich aufstoßen. Schnell schlüpfte sie ins Innere, drückte das Fenster zu, drehte die Klinke um und verschloss es. Dann rannte sie geduckt durch den Raum und versteckte sich unter einer alten Decke. Niemand würde sie hier finden. Hoffentlich. Ihr pochte das Herz bis zum Hals, sie schnaufte. Wo war ihre Mutter? Wann würde sie kommen und sie finden? Wann würde sie zurück können?

Sven marschierte, so schnell er konnte. Die gut zwanzig Kölsch bremsten ihn ein wenig aus. Die schweren Springerstiefel knallten auf den Asphalt. Dann wurde es rutschiger, Kopfsteinpflaster, und der leichte Regen lieferte auch noch seinen Beitrag. Den Abend im Brauhaus am Rhein hatte er genossen, die Kumpel hatten ein Kölsch nach dem anderen gekippt und das Auswärtsspiel in allen Details durchgekaut.

Irgendwann war die erste SMS seiner Mutter eingegangen, sie wollte wissen, wo er sei. Natürlich antwortete er nicht. Ging sie gar nichts an. Schließlich war er volljährig. Später schrieb sie, ob er wisse, wo sein Vater bliebe.

Ja, hallo, was hatte er denn mit dem Alten am Hut, der lebte doch in 'nem ganz anderen Film? Meinte sie, er würde ihn mit zu seinen Kumpels nehmen? Die war ja wohl völlig durchgeknallt. Auch darauf antwortete er nicht. Aber sie ließ nicht locker, schrieb immer weiter und irgendwann beim Pinkeln dachte er, der Blödmann ist bestimmt wieder im Schokoladenmuseum, Bimbos füttern. Vielleicht war sein Alter ja pervers und hielt sich die Schwarzen als Sexspielzeug. Er grinste. Er würde sich mal genauer angucken, was da lief.

Das Museum lag im Dunkeln, nur die Straßenlaternen warfen ein trübes Licht. Die am Tag unentwegt von Touristen und Schulklassen belagerten Treppen vor dem Eingang waren leer, eine Windböe wirbelte feine Tropfen in sein Gesicht. Er schwankte heftig, als er die Treppen hochstieg. War doch ganz schön viel Alk gewesen heute und die frische Luft hatten die Wirkung noch verstärkt. Sven tastete vorsichtig nach der Tür des Seiteneingangs. Sie war nicht abgeschlossen, er hatte also recht gehabt, wo sollte der Alte denn sonst sein? Heiße Eifersucht loderte in ihm hoch. Er rülpste. Der Alte kümmerte sich lieber um solche dahergelaufenen Typen als um ihn. Er stieß die Tür heftig auf. Sie knallte gegen die Wand und das Scheppern klang noch nach, als er in das Café schwankte. Scheiße, wenn der Alte da war, dann wusste er jetzt, dass einer hereingekommen war. Er versuchte, sich zu orientieren. Es war dunkel, auch im Küchenbereich kein Licht. Doch er kannte sich aus. Sven war schon als Kind so häufig hier gewesen, dass er sich den Weg in den hinteren Bereich des Cafés ertasten konnte. Die Küchentür stand weit offen, mechanisch griff er zum Lichtschalter, die gleißende Neonbeleuchtung flammte auf. Er machte einen Schritt nach vorn und erstarrte. Da lag sein Vater. Mitten in der

Küche. Sven schnappte nach Luft. Wo war die schwarze Schlampe? Dann brüllte er los. War mit wenigen Schritten bei ihm, beugte sich über seinen Vater.

Kurze Zeit später stierte er ungläubig und schwer atmend vor dem Museum auf seine blutigen Hände. In seinem Kopf drehte sich alles. Er konnte keinen klaren Gedanken fassen, wusste nicht mehr, was Traum war und was Realität. Dieser verdammte Alk. Er begann zu laufen, über die kleine Brücke, zurück Richtung Dom.

6

Als Kriminalhauptkommissar Stephan Printz auf den Küchenbereich des Schokoladenmuseums zueilte, sah er, dass die Spurensicherung schon in Aktion war. Er blickte sich kurz um, ob er die Museumsmitarbeiterin Karina Sprängel unter den Gaffern, die sich neugierig um den abgesperrten Bereich drängten, entdecken konnte, dann hob er das Absperrband an und schlüpfte darunter hindurch. Die Sprängel hatte er vor einiger Zeit kennengelernt, als sie in einem Mordfall im Schokoladenmuseum ermittelt hatten.

Heute, am frühen Morgen, war er von der Leitstelle informiert worden, dass kurz vorher ein Anruf eingegangen wäre. Ein Mann habe gemeldet, dass im Küchenbereich des Museums ein Toter läge. Eine Streife war daraufhin zum Rheinauhafen gefahren und auf den Putzmann und seine Kolleginnen getroffen, die just in dem Moment, als die Polizisten eintrafen, ihren Dienst antreten wollten. Gemeinsam waren sie in den Küchenbereich gegangen und hatten dort tatsächlich eine männliche Leiche vorgefunden. Printz musste, während der Kollege noch weiter ausführte, dass der Anrufer akzentfreies Deutsch gesprochen habe, aber offensichtlich alkoholisiert gewesen sei, direkt an Karina, die Hobbydetektivin, denken. Schon wieder ein Toter im Schokoladenmuseum, wo sie arbeitete und vermutlich würde sie sich wieder einmischen – hoffentlich hatte sie nicht schon vor der Spusi am Fundort herumgeschnüffelt. Die Kollegen gingen von einem Tötungsdelikt aus, da der Mann in einer Blutlache lag. So wie er aussah, wahrscheinlich Fremdeinwirkung.

»Morgen Brigitte, hallo Andreas!« Printz begrüßte die Kollegen von der Spusi betont freundlich.

Andreas Röttger, der hoch konzentriert mit Folienstreifen Spuren sicherte, brummte kurz, Brigitte Zimmer, die Kamera in der Hand, strahlte ihn an: »Da ist ja mein Lieblingsmitarbeiter der Mordkommission.«

Stephan Printz war froh, dass sie ihn anlachte, sonst hätte er denken müssen, dass sie sich über ihn lustig machte. In letzter Zeit kam er mit den Kollegen ganz gut zurecht, fühlte sich nicht mehr so außen vor wie früher, was aber bestimmt auch an den Mediationsfähigkeiten seiner Kollegin Anna Sabrowski lag. Immer dann, wenn es schwierig wurde, meist, weil er selbst den anderen gegenüber nicht die richtigen Worte fand, griff sie vermittelnd ein. Trotzdem fühlte er sich bei den Gesprächen oft so, als würde er versuchen auf dünnem Eis zu tanzen. »Habt ihr schon was für mich? Den kenn ich doch«, fügte er mit einem Blick auf die Leiche hinzu.

»Das ist Theo Sander, der Küchenchef. Das Ganze sieht nach einem Kampf aus, die ersten Spuren deuten darauf hin, dass mehrere Personen beteiligt waren. Das Opfer wurde vor seinem Tod geschlagen und hier«, Brigitte wies mit dem Zeigefinger auf die Stelle an Sanders Hals, »gibt es eine Stichverletzung. Aber zur Todesursache kann ich erst später Genaues sagen.«

Printz beugte sich hinunter. Er hatte den Küchenchef, den er damals bei den Ermittlungen anlässlich der Morde an den Topmanagern aus der Schokoladenindustrie befragt hatte, sofort wiedererkannt, obwohl er so übel zugerichtet war. »Tatwaffe gefunden?«, fragte er knapp, während er die Leiche genau betrachtete und Witterung aufnahm. Vor seinem inneren Auge lief ein Film ab. Ein Mann, dann mehrere schlugen auf das Opfer ein. Printz betrachtete die zugeschwollenen Augen, die zertrümmerte Nase, das Blut. Kalte Wut, dachte er und richtete sich wieder auf. Dann sah er sich in der Küche um. Zwei Stühle waren umgekippt, einem fehlte ein Bein. Printz wies darauf: »Habt ihr das Stuhlbein irgendwo gefunden?«

Brigitte schüttelte den Kopf. »Auch wenn der Bericht der Rechtsmedizin noch nicht vorliegt, ins Gesicht wurde der Tote nicht mit einem solchen Bein geschlagen, das sieht mir eher nach Schlägen mit der flachen Hand oder Faust aus. Aber das soll mal der Clooney machen.« Sie feixte.

»Clooney? Ist der von Hollywood zu uns gewechselt?« Printz übte Small Talk, er hörte das Schnauben und abschätzige Gemurmel seines Kollegen, das wohl etwas ausdrücken sollte, wie »so schön ist der nun auch wieder nicht«.

Brigitte wandte sich ihrem auf dem Boden knienden Kollegen zu: »Ne, Andreas, du hast es immer noch nicht kapiert, oder? Es geht doch gar nicht so sehr um das Aussehen unseres Pathologen, als um seine beinahe telepathischen Fähigkeiten. Die hat doch der Clooney in dem Film *Männer, die auf Ziegen starren* auch.« Sie verdrehte gespielt verzweifelt über so viel Begriffsstutzigkeit die Augen und sah Printz an: »Wusstest du nicht, dass der Pathologe von uns so genannt wird?« Nach einem prüfenden Blick in sein Gesicht sprach sie schnell weiter: »Nein, kannst du ja nicht, du hast ja erst vor Kurzem deinen Pflanzendschungel verlassen und bist zu uns in die Zivilisation gewechselt. Da bist du entschuldigt.« Sie zwinkerte ihm zu, drehte sich weg und fotografierte weiter.

Printz atmete tief ein und aus, er war sich nicht sicher, ob das witzig gemeint gewesen war. Wenn seine Pflanzen nicht diesen Spinnmilbenbefall gehabt hätten und wenn seiner Kollegin Anna nicht so viel daran läge, dass er sich mit dem Team gut verstand, müsste er hier nicht so schwitzen. Konzentrier dich auf deine Arbeit, sprach er sich selbst gut zu und sah sich weiter um. Wenn er arbeitete, bewegte er sich auf sicherem Terrain, beim Umgang mit den Kollegen nicht. Auf der Anrichte lag ein Handy, Printz, der schon Latexhandschuhe übergestreift hatte, griff danach. Es war nicht gesperrt, das Display ließ sich nach einem Tastendruck einsehen. Er drückte, bis er die Anruferliste fand. Etliche Anrufe von einer Karin Sander, die nicht angenommen worden waren. Er zog die Stirn in Falten. wahrscheinlich seine Frau. Sie musste noch informiert und befragt werden. Das würde er am liebsten gemeinsam mit einer Kollegin machen. Er überbrachte nicht gern schlechte Nachrichten.

»Printz, hier ist ein Schlüsselbund des Toten.« Die Kollegin von der Spurensicherung war so leise zu ihm getreten, dass der Kommissar zusammenzuckte. Sie überreichte ihm die Schlüssel in einer Plastiktüte. »Er hatte noch einen zweiten, mit nur zwei Schlüsseln, in der Gesäßtasche.«

»Vermutlich einer von hier und einer von zu Hause. Ich muss ja sowieso zu seiner Frau, dann klär ich das ab. Habt ihr alle Spuren gesichert, die an den Schlüsseln waren?«

»Klar, Andreas hat alles abgeklebt, was abzukleben ist, du kannst ihn haben.«

Printz reichte der Kollegin im Gegenzug das Handy und sie verschloss es sofort in einer Plastiktüte.

Der Klingelton war noch nicht verhallt, da riss Karin Sander schon die Tür auf und zuckte zurück. Printz räusperte sich, zückte den Dienstausweis: »Guten Tag, Frau Sander? Mein Name ist Stephan Printz und ich arbeite bei der Polizei Köln, darf ich reinkommen?«

Er ärgerte sich, dass er keine Kollegin mitgenommen hatte, aber es war keine frei gewesen, alle im Einsatz.

»Polizei!« Die Frau schlug die Hand vor den Mund, wich zurück. »Ich habe schon geahnt, dass was passiert ist. Mein Mann ist sonst immer nach Hause gekommen. Dass ich nichts von ihm gehört habe … Ich hab den ganzen Abend versucht, ihn zu erreichen, aber er hat das Gespräch nie angenommen. Unser Sohn ist auch nicht nach Hause gekommen.«

Der Kommissar schloss behutsam die Tür hinter sich und folgte ihr ins Wohnzimmer. Diese Reaktion kannte er. Manche Menschen litten unter Sprechdurchfall, wenn sie Angst hatten.

Karin Sander schwankte leicht, ließ die linke Hand über die Wand gleiten, als wolle sie sich festhalten. »Wer?«, stieß sie hervor, nachdem sie sich kerzengerade auf die Kante des Sessels gesetzt hatte.

»Wie bitte? Was meinen Sie, Frau Sander?« Printz zog sich einen Stuhl aus dem Esszimmer heran und nahm ihr gegenüber Platz.

»Sven oder Theo?« Sie schien nicht zu atmen, dann schluchzte sie laut auf, ihre Augen waren rot unterlaufen, als hätte sie die ganze Nacht geweint.

»Wer ist Sven?« Printz wechselte sofort in den Fragemodus.

»Mein Sohn, unser Sohn, er ist letzte Nacht nicht nach Hause gekommen.« Sie schnäuzte sich. »Und mein Mann auch nicht. Und keiner von beiden geht an sein Handy!« Ihre Stimme klang vorwurfsvoll, aber er hörte auch ihre Angst heraus.

»Kommt das häufiger vor, dass beide nachts wegbleiben?«

»Natürlich nicht! Habe ich doch schon gesagt! Na ja, Sven, manchmal«, stieß die Frau hervor. »Ich habe immer wieder versucht, sie zu erreichen, angerufen, SMS geschrieben, nichts. Gerade wollte ich zum Schokomuseum fahren. Vermutlich hat mein Mann ja da übernachtet.« Sie sank in sich zusammen.

»Und warum haben Sie nicht die Polizei informiert?« Printz' Stimme klang barscher, als er es meinte.

»Ich wusste doch nicht, was los war. Und die streiten doch immer. Da dachte ich, sie wollten sich vielleicht beide aus dem Weg gehen.« Sie flüsterte fast: »Wegen wem sind Sie denn nun hier?«

Printz nahm innerlich Anlauf und atmete ein. »Ihr Mann, Frau Sander, ist heute Morgen tot aufgefunden worden. Wir vermuten, dass er gestern Abend oder in der Nacht ermordet wurde. Mein Beileid«, schob er noch schnell hinterher. Er hasste es, in solchen Situationen nur auswendig gelernte Floskeln von sich geben zu können. Aber ihm fiel keine Alternative ein. Seine Kollegin Anna hätte das sicher besser formuliert.

Karin Sander war kalkweiß und starrte ihn mit weit geöffneten Augen an.

Er fragte sich, ob sie ihn verstanden hatte und überlegte, ob er nach ihrer Hand greifen sollte, aber sie hatte die Hände so ineinander verschlungen, dass er sich nicht traute. Sein Blick fiel auf die volle Bücherwand, die gerahmten Bilder über dem Sideboard, Theo Sander mit seiner Frau und einem kleinen Jungen, der Küchenchef mit Kochmütze, der Junge mit einer Schultüte, die fast so groß war wie er selbst, eine alte Frau, die ernst in die Kamera blickte.

Die Frau war seinem Blick gefolgt. »Theos Mutter. Er hat sie sehr geliebt.« Sie schluchzte. »Deshalb ist er bestimmt tot.«

»Wegen seiner Mutter? Frau Sander, wie meinen Sie das?« Printz beugte sich vor. Eigentlich wollte er sie fragen, worüber ihr Sohn und das Opfer immer gestritten hatten, verschob die Frage aber auf später.

»Seine Mutter hat immer vom Krieg erzählt und von der Flucht. Sie hat schreckliche Sachen erlebt auf der Flucht … wie viele Frauen.« Sie sprach leise und abgehackt. »Mein Mann hat sich deshalb engagiert, aktiv geholfen.«

»Und das soll zu seinem Tod geführt haben? Aktives Engagement? Bitte versuchen Sie, mir das zu erklären. Hatte Ihr Mann Feinde?« Er entschied, jetzt doch die Hand kurz auf ihre Hände zu legen. Eiskalt waren sie.

»Diese ganze Flüchtlingskrise, wissen Sie, er sprach immer davon, dass man was tun muss, die meisten fliehen doch vor Krieg und Gewalt. Und dass man Menschen, die ihre Heimat verlassen mussten, helfen muss. *Wer soll das denn machen, wenn nicht wir?* hat er immer gesagt. Ich fand das gut. Wir haben gespendet, sind gegen die Pegida auf die Straße gegangen und dann hat er diesen Workshop im Schokoladenmuseum angeregt; ein Workshop für Flüchtlingskinder aus dem Heim ganz in der Nähe des Museums. Theo ist ein guter Mensch, Herr …, Herr …«, sie sah ihn fragend an.

»Printz, Stephan Printz. Bitte sagen Sie mir, weshalb Sie meinen, dass das zu seinem Tod geführt haben könnte.«

Mühsam drückte sie sich hoch, hielt sich kurz an der Sessellehne fest, ging hinaus und kam kurz danach mit einem Handy in der Hand zurück. Sie scrollte und tippte, dann zeigte sie Printz ein Foto, auf dem eine dunkelhäutige Frau um die dreißig und ein kleines Mädchen, das etwa sieben bis neun Jahre alt war, in die Kamera lächelten. »Deshalb. Bestimmt deshalb!« Sie setzte sich wieder.

»Wer ist das?« Der Kommissar erkannte im Hintergrund die Theke des Cafés im Schokoladenmuseum. »Das wurde doch im Schokoladenmuseum aufgenommen, oder?«

»Raha und Ebony. Raha ist die Mutter. Ebony war im Schokoworkshop meines Mannes. Und dann gab es auf einmal Probleme, sie konnten nicht mehr ins Flüchtlingsheim zurück, weil irgendwer hinter ihnen her war.« Sie wischte sich über die Augen. »Er hat spontan gehandelt und sie im Keller einquartiert.«

»Im Keller? Hier? Oder im Museum?« Printz zog sein Smartphone aus der Hosentasche.

»Im Museum. Wir haben ihnen alles gebracht, was sie brauchen, und sie versorgt.« Karin Sander schluchzte. »Die Flüchtlingsfrau hat immer gesagt, dass die Leute gefährlich sind. Die wollten sie verschleppen, sie und das Mädchen.«

Printz gab die Nummer der Leitstelle ein und meldete sich: »Sagt bitte der Spusi Bescheid, die sollen noch im Museum auf mich warten. Es könnte sein, dass dort noch mehr zu finden ist.« Er beendete das Gespräch und hielt der Frau den Bund mit den zwei Schlüsseln hin: »Ist der vielleicht vom Keller des Schokoladenmuseums?«

Frau Sander nickte.

»Haben Sie noch Informationen, was die Leute, die hinter den beiden her waren, betrifft?« Printz sah ihr fest in die Augen. »Wo sie herkamen? Namen? Irgendwelche Hinweise, wo sie sich aufhalten? Jeder noch so kleine Hinweis kann uns nützen.«

Sie hob die Schultern. »Keine Ahnung. Mehr weiß ich nicht.« Dann seufzte sie. »Bestimmt waren die das«, flüsterte sie. »Wer denn sonst? Meinen Mann mochten alle, alle.« Das letzte Wort betonte sie mit lauter Stimme.

Der Kommissar sprang auf. »Frau Sander, ich müsste auch mit Ihrem Sohn sprechen. Können Sie mir sagen, wo ich ihn finde? Oder wann er nach Hause kommt? Ist es möglich, dass er mit seinem Vater zusammen im Museum war? Sie haben eben erwähnt, dass die beiden Streit hatten?«

Sie schüttelte den Kopf. »Auf keinen Fall war er da. Die beiden gehen sich seit einiger Zeit aus dem Weg. Sie sind oft verschiedener Meinung, das meinte ich. Aber er kommt bestimmt bald. Ich kann Ihnen seine Mobilnummer geben, wenn Sie möchten.«

Printz nickt. »Gut. Ich muss wieder zurück ins Museum. Ich kann jemandem vom psychologischen Dienst Bescheid sagen, wenn Sie möchten oder eine Kollegin vorbeischicken…«

Abwehrend hob sie die Hände.

An der Tür drehte sich der Kommissar noch einmal um. »Vielleicht könnte Ihr Sohn Sie unterstützen. Versuchen Sie es noch einmal telefonisch bei ihm? Oder soll ich es versuchen?«

Karin Sander war ihm in den Flur gefolgt, biss sich auf die Lippe. »Wissen Sie, das mit unserem Sohn, ist im Moment heikel, der macht gerade eine schwierige Phase durch.« Sie begann wieder zu weinen. Es klang, als könnte sie nie mehr aufhören.

»Wir können ja später darüber sprechen. Wenn Ihnen noch etwas einfällt oder Sie doch Unterstützung benötigen, hier ist meine Karte.« Er drückte sie ihr in die Hand, sah sie noch einmal besorgt an und zog die Tür hinter sich zu. Diesen Sohn würde er sich später vorknöpfen.

Printz hastete durch den Eingang des Schokoladenmuseums, Andreas und Brigitte von der Spusi warteten in der Halle auf ihn.

»Was ist denn los? Die Leitstelle hat nicht gesagt, warum wir bleiben sollen.«

Printz hielt den Schlüsselbund hoch. »Der ist vom Keller und«, er machte eine kleine Pause, »in diesem Keller hat der Küchenchef angeblich Flüchtlinge versteckt.«

»Was?« Andreas' Mund stand offen und eröffnete Printz einen interessanten Blick auf eine braune Masse. Der Kollege schaufelte ständig Schokolade in sich hinein, hatte sich bestimmt in der Zwischenzeit im Museumsshop eingedeckt und ein ordentliches Stück zwischen die Zähne geschoben. Printz wandte sich ab und stapfte durch die Halle, rechts am Aufzug vorbei und die Treppe hinunter. Die beiden folgten ihm mit der kompletten Ausrüstung.

»Hat das seine Frau erzählt?« Brigitte stand neben Printz, als er versuchte die Tür aufzuschließen.

»Ja. Es handelt sich um eine Afrikanerin mit ihrer etwa achtjährigen Tochter. Die Angaben zu den Personen müssen wir noch überprüfen.« Er stellte fest, dass die Hauptzugangstür zum Keller nicht verschlossen war. Wachsam drückte er die Klinke herunter. Das Licht war eingeschaltet und Printz tastete nach seiner Waffe. »Wartet hier«, flüsterte er und setzte sich in Bewegung. Die Lüftung rauschte durch ein dickes Rohr über ihm, er lugte vorsichtig um die Ecke, horchte, ging weiter. Im hinteren Teil des

Kellers musste er sich gebückt vorwärts bewegen, kam an einem Lukennotausgang vorbei. Er überprüfte ihn, nicht abgeschlossen, nur zugezogen. Er öffnete die Luke, sah kurz nach oben, nichts. Beim Weitergehen stolperte er über ein Stoffbündel, hob es auf. Es war eine pinkfarbene Kinderstrickjacke. Nach der nächsten Biegung erweiterte sich der Flur in einen Raum, in dem er wieder aufrecht stehen konnte. Hier stieß er auf ein Klappbett, einen Tisch und eine Umzugskiste mit Kleidung. Es gab Plastikdosen, die ausgekippt waren. Müsli, Obst, geschnittene Möhren und Gemüse. Alles schien durchwühlt worden zu sein. Hier hatte jemand etwas gesucht. Er wandte sich um und holte die Kollegen der Spurensicherung, die sofort mit ihrer Arbeit begannen. »Ich seh mich noch weiter um. Wenn ihr Waffen findet, ruft mich sofort. Vielleicht findet ihr das Stuhlbein hier.«

Als Printz den Raum verließ, maulte Andreas: »Als wenn wir Anweisungen bräuchten, wir machen das ja nicht zum ersten Mal.« Was Brigitte antwortete, verstand Printz nicht genau. Nur ihre Worte: »Ja, ja, unsere Trauerweide«, schnappte er auf und hörte, wie der Kollege kurz auflachte.

Wütend stapfte der Kommissar los. Da war man mal freundlich zu den Kollegen und sie hatten nichts Eiligeres zu tun, als sich über ihn lustig zu machen. Jetzt nannten sie ihn anscheinend nicht mehr Printemann, sondern Trauerweide. War er denn tatsächlich so eine traurige Gestalt? Ein Friedhofsbaum? Denn das war eine Trauerweide für ihn. Einmal im Jahr besuchte er aus Pflichtbewusstsein das Grab seiner Mutter an deren Geburtstag. Dann setzte er sich eine Weile auf die Bank neben ihrem Grab und schaute auf die Trauerweide, die in der Nähe wuchs. Lange herunterhängende Zweige, ein wenig gebeugter Stamm. So sahen ihn also die Kollegen. Bitte, sollten sie doch, dann wusste er das jetzt. Printz stieß mit dem Kopf gegen ein

Rohr und fluchte. Ob Anna Sabrowski ihn heimlich auch so nannte? Er würde es herausfinden.

Karina Sprängel stand wie angenagelt im Foyer des Schokoladenmuseums. Ihre Gedanken drehten sich im Kreis, schneller und immer schneller. Sie konnte es kaum glauben. Ein Mord. Hier, am schönsten Arbeitsplatz der Welt. Ausgerechnet Theo Sander. Wann hatte sie ihn zuletzt gesehen? Wann mit ihm gesprochen? Warum ausgerechnet er? Der Mann war doch eine Seele von Mensch. Gut, er hatte seine Macken und konnte auch schon einmal ungeduldig werden, wenn es die Leute mit der Arbeit nicht so genau nahmen wie er. Aber im Grunde war er gutmütig und herzlich. Sie spürte, wie ihre Augen zu tränen anfingen und dann die Wangen feucht wurden, und wischte sich mit dem Handrücken über das Gesicht. Dann ermahnte sie sich zu mehr Professionalität. Eine Hobbydetektivin heulte nicht.

Die Spurensicherung, ein Mann und eine Frau in weißen Anzügen, mit Aluminiumkoffern in der Hand verließen das Gebäude. Ihnen folgten die Bestatter mit dem Zinksarg. Sie waren vor dem Museum vorgefahren und hatten mit angemessenem Schritt und einem professionell anteilnehmenden und ernsten Gesichtsausdruck den leeren Sarg in die Halle getragen. Von dort hatte sie ein Streifenpolizist zur Küche dirigiert. An ihrer Körperhaltung und den angespannten Armmuskeln unter dem Anzugstoff konnte Karina erkennen, dass sie nun schwer trugen. Sie hielt den Atem an, spürte, wie ihre Handflächen schweißnass wurden, und drehte sich zur Seite. Die Leiche wurde jetzt sicherlich in die Rechtsmedizin gebracht.

Kriminalhauptkommissar Stephan Printz kam auf Karina zu. »Tag, Frau Sprängel.« Er schaute sie freundlich an. Dabei waren ihre früheren Begegnungen zunächst nicht sehr harmonisch verlaufen. Sie war ihm ziemlich auf die

Nerven gegangen, als sie ihm bei den Ermittlungen im letzten Mordfall im Museum, als es um die beiden Manager ging, dauernd in die Quere gekommen war. Am Ende hatten sie sich aber vertragen und gemeinsam Schokotrüffel gegessen. Immerhin hatte er ihr das Leben gerettet. »So sieht man sich wieder. Keine guten Umstände«, er strich sich kurz übers Haar.

Sie schnupperte Aftershave. Sandelholz mit einem Hauch Zitrone. Sie hatte ein feines Näschen für so etwas. Das war neu. Und dass er keine Brille mehr trug. Was war denn mit dem Kommissar passiert?

»Sie sind sehr blass«, fuhr Stephan Printz fort. »Darf ich Sie trotzdem etwas fragen?«

Karina nickte und versuchte ein Lächeln. Es misslang. Sie griff nach ihrem Zopf und löste das Gummi. Dann rollte sie es wieder über das Zopfende.

»Haben Sie etwas gesehen? Sie kriegen doch sonst immer alles mit?« Der Kommissar schaute sie erwartungsvoll an.

»Nein, nichts.« Sie schüttelte den Kopf. Einen Moment überlegte sie, ob sie dem Kommissar von Theo Sanders Sohn Sven erzählen sollte, verwarf aber den Gedanken sofort. Sie wollte erst einmal abwarten. »Ich war heute Morgen spät dran und bin direkt in mein Büro. Was ist denn passiert?«

Printz verschränkte die Arme vor der Brust. »Das fragen Sie mich besser nicht. Sie wissen doch, dass ich nichts sagen darf. Ich werde Sie später noch zum Mordfall befragen. Gehen Sie nach Hause und erholen Sie sich. Sie sehen zum Fürchten aus.«

»Danke«, antwortete sie. »Ich komm schon klar, Herr Printz. Ich hab noch zu tun.«

Sie winkte ihm zu, wandte sich um und ging die Treppe zu ihrem Büro hoch.

»Ich auch«, sagte der Kommissar leise. »Und halten Sie Ihre neugierige Laien-Spürnase da raus.« Aber das hörte sie schon nicht mehr.

Vom Büro aus rief Karina ihre Freundin Chioma an. Sie war ihr vor einigen Jahren zufällig beim Einkaufen über den Weg gelaufen und Karina hatte sich mit der Geflüchteten aus Afrika angefreundet. Chioma war eine junge Frau, die gut zuhören konnte, sich aber, was ihre eigene Geschichte anging, eher zurückhielt. Sie kleidete sich – selbst für Kölner Verhältnisse – unkonventionell, was Karina aber mit Stolz erfüllte, wenn sie mit ihr unterwegs war. Menschen, die ein wenig Farbe in ihr Leben brachten, mochte sie. Selbst gehörte sie ja auch nicht zur untergehakten Mittelmäßigkeit. Zugegeben, manchmal vollführte die afrikanische Freundin unkonventionelle Rituale, trommelte und sang eigenartige Melodien. In ihrer Heimat hatte sie wohl eine Ausbildung als Heilerin und Seherin durchlaufen. Sie bezog ihre Heilkunst auf die Rada-Loa, bei denen es sich um hoch entwickelte Geistwesen handelte, die für Sanftmütigkeit, Ausgeglichenheit und Schutz stünden. Karina verstand nicht alles, was Chioma ihr erklärt hatte, aber was machte das schon. Wenn sie an die Rituale in den katholischen Messen dachte, war ja auch nicht alles intellektuell nachvollziehbar, was dort veranstaltet wurde.

»Bitte komm mich abholen«, bat Karina ihre Freundin jetzt. »Ja, ich weiß, dass wir bei dir zu Hause verabredet sind. Aber komm bitte vorbei. … Ja, hier ist etwas passiert. Komm bitte. Ich erklär es dir nachher.«

Eine Viertelstunde später fuhr sie ihren Computer herunter, nachdem auf ihrem Smartphone die Nachricht von Chioma angekommen war. »Bin gleich da.«

Sie lief schnell die Treppe hinunter und nahm ihre Freundin vor der Garderobe in Empfang, die ein leuchtend orangefarbenes Tuch um die schwarzen Locken gewickelt hatte und ein bunt gemustertes Kleid in Braun- und Orangetönen trug. Karina lächelte gequält.

»Und?« Chioma schaute sie neugierig an.

»Unser Küchenchef wurde ermordet. Hier oben in der Küche des Schokomuseums. Man weiß noch nichts Genaues, aber die Gerüchteküche brodelt«, platzte es aus Karina heraus. Einen Moment war ihr, als schwanke der Boden leicht unter ihren Füßen. Dann war alles wieder fest. Sie sah ihre Freundin bittend an. »Begleitest du mich, ich würde mir gern alles anschauen …«

Chioma nickte. Das war typisch für sie. Sie fragte nicht, ob das denn erlaubt sei, sondern hakte sich bei ihr unter und durchschritt mit ihr gemeinsam das leere Café. Karina spürte, wie ihre Nähe ihr Halt gab. Die Tür zur Küche war versiegelt. Die beiden Frauen sahen sich kurz an. Dann zog Karina eine kleine Nagelfeile heraus, die sie immer in ihrer Handtasche dabei hatte, schob sie unter das Siegel und versuchte, es vorsichtig zu lösen. Leider konnte sie es nicht öffnen, ohne es zu beschädigen. Sie hoffte, dass es hinterher niemand bemerken würde. Der Kommissar würde sonst toben.

Sie betraten die Küche und starrten auf den großen roten Fleck in der Mitte des Raumes. Thymiangeruch lag in der Luft, aber auch noch etwas anderes, Chioma atmete heftig ein. »Lust zu töten, Gier, quälen wollen, hier war das Böse«, flüsterte sie.

»Meinst du, du könntest deine Geisthelfer befragen, wer das war und warum?« Karina kam sich nicht lächerlich vor bei dieser Frage, da sie in der Zeit ihrer Freundschaft schon Unglaubliches erlebt hatte. Sie erinnerte sich an das Gespräch mit Theo Sander, in dem es um seinen Sohn ging. Innerlich zitterte sie, denn ein Verdacht nistete sich in ihr ein. Ein Verdacht, den sie schnell zur Seite schob.

Chioma sah Karina an. »Um Mörder zu entdecken, brauchen wir mehr von ihm. Dann kann Loa helfen, vielleicht.«

Karina ließ den Blick schweifen. Ihr fiel nichts auf, das anders als sonst war, abgesehen von dem beschädigten

Stuhl. Dann griff sie in die Schublade des Küchenschranks und zog einen Schlüsselbund mit zwei Schlüsseln hervor. »Hier ist der Ersatzkellerschlüssel, ich habe gesehen, dass die Spurensicherung unten war. Da müssen wir auch hin.«

Sie stiegen vorsichtig die Stufen hinunter. Karina kannte sich hier nicht gut aus, eigentlich war dies das Reich des Hausmeisters. Sie lauschte einen Moment. Nein, kein Geräusch. Es roch leicht muffig nach Keller und staubiger, trockener Heizungsluft. Aus irgendeinem Grund war die Tür hier nicht versiegelt. Sie durchsuchten Raum um Raum. Als sie die letzte Tür öffneten, war ihnen sofort klar, dass hier jemand gewohnt haben musste. Ein Gästebett war dort, ein kleiner Tisch, eine Herdplatte, ein Wasserkocher, zwei umgestoßene Stühle, zerwühlte Decken, Bilderbücher, Essensreste. Hatte Sander diesen Raum für sich genutzt oder jemandem Unterschlupf gewährt? Und falls er jemandem erlaubt hatte, hier zu übernachten, warum hatte er das getan? Er war so ein korrekter Mensch gewesen, Karina konnte kaum glauben, was sie sah.

Chioma kniete sich hin, kroch in die äußerste Ecke und griff dann hinter ein Heizungsrohr. Sie zog ein winziges Püppchen hervor. Aus bunten Stoffresten gefertigt, bestickt. Haare aus schwarzen Wollfäden. »Ein Kind«, flüsterte sie. »Mädchen.« Sie roch an dem Püppchen, legte es an ihr Ohr und strich zart darüber. »Von der Mama mit viel Liebe gemacht. Kleines Mädchen hat Puppe hier versteckt. Viel Angst. Viel, viel Angst. Kann ich riechen.«

Karina starrte sie an. Sie fröstelte. Was hatte das zu bedeuten? Ein Mädchen? Hing das mit dem Schokoladenworkshop zusammen? Ihre Freundin schien ganz weit weg. Dann schaute sie hoch, ließ das Püppchen in ihrer Jackentasche verschwinden, stand auf: »Wir gehen.«

7

Karin Sander stellte eine Tasse Tee vor den Kommissar, ohne ihn anzusehen. Sie starrte auf die Tischdecke. Die Frau war blass und sah übernächtigt aus.

Sofort stieg Stephan Printz der Duft von Rooibos und Vanille in die Nase.

»Wenn Sie Zucker möchten«, sagte sie und machte eine vage Bewegung Richtung Tischmitte.

»Nein, nein, danke.« Printz sah der Frau dabei zu, wie sie gedankenverloren einen Löffel Zucker nach dem anderen in ihre Tasse schaufelte. Vier, fünf, sechs, sieben … Er räusperte sich und hielt einen Moment die Hand mit dem Zuckerlöffel fest. »Frau Sander, ich hätte noch ein paar Fragen an Sie und Ihren Sohn, auch wenn Sie sich vielleicht nicht in der Verfassung fühlen. Aber jeder Hinweis kann uns helfen, den Mörder Ihres Mannes schnell zu finden.«

»Sie müssen ja Ihre Arbeit machen.« Karin Sander rührte nun in ihrer Teetasse, als wäre sie in Trance. Immer wieder dieselbe rhythmische Bewegung.

Printz fragte sich, ob sie unter Beruhigungsmitteln stand. »Wissen Sie noch, wann genau die beiden Flüchtlinge im Museumskeller einquartiert wurden?«, fragte er vorsichtig.

Sie öffnete den schwarzen Taschenkalender, der vor ihr auf dem Tisch lag. »Mein Mann hat es notiert. Natürlich ein wenig verschlüsselt, Sie wissen schon.« Sie sah ihn eindringlich an.

Er nickte: »Ja, sicher.«

»Man kann ja nie wissen. Selbst in der eigenen Familie nicht.« Sie senkte den Kopf.

Printz schwieg. Der Sohn, dachte er.

»Sven hat seit einiger Zeit so sonderbare Ansichten. Bei den letzten Demos gegen Pegida oder KöGeSa oder wie die auch immer heißen, sind mein Mann und ich mitgegangen und haben quasi ihm gegenübergestanden.« Sie seufzte erleichtert, jetzt war es heraus.

»Sie meinen, Ihr Sohn steht politisch eher rechts?« Printz nahm vorsichtig einen Schluck Tee und bemühte sich, sein Interesse an der Aussage nicht zu deutlich zu zeigen.

»Nein, ja, ach ich weiß nicht. Er ist ja schon lange bekennender FC-Fan und ist dann irgendwann im letzten Jahr bei den Ultras reingerutscht.«

Der Kommissar zog die Augenbrauen hoch. »Da muss er aber schon auf Linie gewesen sein, Frau Sander. Soweit ich weiß, gibt es da klare Regeln und Rituale, wenn jemand aufgenommen werden soll.« Printz war nicht in Köln geboren und Fußball interessierte ihn nicht sonderlich. Trotzdem hatte er sich einige Spiele im Rheinenergiestadion angesehen. Die Atmosphäre dort war einfach genial, wenn es nur nicht immer diese Schwachköpfe gäbe, die glaubten, sie könnten mit Bengalos und Randale ihre Liebe zum Verein am besten ausdrücken. Ganz abgesehen davon standen die Ultragruppierungen der rechten Szene nahe, aus seiner Sicht, viel zu nahe.

»Wir haben versucht, mit ihm zu sprechen«, entschuldigte sie sich. »Wir wollten ihm unsere Werte vermitteln, haben es immer wieder versucht. Aber er wollte nicht, hatte seinen eigenen Kopf, wusste alles besser. Und Druck machen, hat auch nichts gebracht. Ich hab immer noch die Hoffnung, dass er es irgendwann einsieht. Und jetzt wo Theo tot ist …« Sie schwieg. Ihre Augen füllten sich mit Tränen.

»Das war der Grund für die Streitereien zwischen den beiden?«

Sie nickte.

»Frau Sander, wusste Ihr Sohn etwas von den Flüchtlingen im Keller des Museums?«

Sie riss die Augen weit auf: »Woher denn? Wir haben es ihm ganz bestimmt nicht gesagt und das hier können nur mein Mann und ich entschlüsseln.« Sie tippte auf den Kalender, dann schlug sie ihn auf. »Am 12. Mai abends hat er die beiden aufgenommen.«

Printz notierte sich das Datum und sah hoch: »Also vor gut einer Woche. Und er hat es Ihnen direkt gesagt?«

»Tags darauf. Er musste zuerst noch eine Nacht drüber schlafen, nein eher nachdenken. Geplant hatte er es nicht, sondern spontan reagiert. Und dann hat er mich mit ins Boot geholt. Wir haben in all den Jahren nie etwas voreinander geheim gehalten. Flunkern zu müssen ist viel zu anstrengend, hat Theo immer gesagt.« Sie drehte ihr Taschentuch zwischen den Fingern zu einer Wurst.

Die Wohnungstür wurde aufgeschlossen und mit einem lauten Rums zugeworfen. Eine weitere Tür öffnete sich und fiel ins Schloss.

»Entschuldigen Sie bitte sein Benehmen. Sven leidet bestimmt auch. Er kann es nur nicht zeigen.« Sie drückte sich mühsam vom Stuhl hoch und verließ im Zeitlupentempo das Zimmer. Printz hörte ein Klopfen und dann ihre eindringliche Stimme: »Bitte, Sven, komm raus. Im Esszimmer ist ein Kommissar von der Mordkommission. Er hat Fragen an dich. Sven, bitte.«

»Mit unserm Mob geht's durch die Straßen, alle sind sie heiß, geil auf Gewalt«, wummerte es bis ins Esszimmer. Der Kommissar schaute auf seine Hände.

Karin Sander kam aus dem Flur zurück. »Jetzt hört er nix mehr. Das ist die Musik, die bei ihm läuft.«

»Ich kenne das Lied.« Printz legte die Stirn in Falten. »Es heißt *Dritte Halbzeit* und es geht darum, wie die Ultras nach dem Spiel so genannte *Andersgläubige* verdreschen. Macht Ihnen das keine Sorgen, dass Ihr Sohn so was hört?« Er stand auf und ging zu der Tür, aus der es ihm entgegenröhrte: *Deutschland dein Trikot, das ist schwarz und weiß, doch leider auch die Farbe deiner Spieler.* Mit der Faust schlug er gegen die Tür: »Herr Sander, öffnen Sie bitte!

Und stellen Sie die Musik ab. Sie wissen, dass diese CD auf dem Index steht und verboten ist.«

»Ich mach mir schreckliche Sorgen, Herr Kommissar«, antwortete Frau Sander kaum hörbar auf Printz' Frage, sie war dem Kommissar gefolgt. »Das können Sie mir glauben. Ich hab schreckliche Angst um meinen Sohn.«

Die Musik brach ab, im Zimmer war es still. Dann wurde die Tür von innen ein wenig aufgezogen. Ein blasser, junger Mann, in schwarzer Kleidung und mit kahl geschorenem Schädel lugte durch den Spalt. *Die Fahne flattert uns voran,* dachte Printz, als er den Biergeruch wahrnahm, den Sven Sander ausdünstete.

»Haben Sie einen Durchsuchungsbeschluss? Wenn nicht, muss ich Sie nicht reinlassen.«

»Ich bin nicht hier, um Ihr Zimmer zu durchsuchen, sondern um Sie und Ihre Mutter zu befragen. Ich suche den Mörder Ihres Vaters – dazu brauche ich Informationen von allen, die ihn kannten. Auch von Ihnen. Ansonsten kann ich Sie auch ins Polizeipräsidium einbestellen.«

»Was wollen Sie denn wissen?« Der junge Mann vergrößerte den Spalt zwischen Tür und Rahmen.

Printz unterdrückte den Impuls ihn anzufahren, dass er nicht zwischen Tür und Angel mit ihm reden wolle. »Wie standen Sie zu Ihrem Vater, Herr Sander?«

»Ging so.« Er ließ die Tür los, machte Platz und schlurfte ins Zimmer hinein. Konzentriert drehte er sich eine Zigarette.

Der Kommissar folgte ihm, lehnte sich an die Wand und griff nach Block und Kugelschreiber. »Haben Sie eine Idee, warum er ermordet wurde?«

»Wenn ich die hätte, könnte ich 'ne Wahrsagerbude aufmachen, käme mir sehr gelegen.« Er leckte kurz am Papierblättchen, klebte es zu und steckte die Zigarette in den Mund.

»Wo waren Sie am 18. Mai abends? Sie sind in dieser Nacht nicht nach Hause gekommen, wie Ihre Mutter behauptet.« Printz bemühte sich so ruhig wie möglich zu fragen, der gelangweilt-spöttische Blick des jungen Mannes prallte an ihm ab. Um ihn zu provozieren, musste er stärkere Geschütze auffahren.

»Da muss ich mal gerade überlegen … hm.« Sven zündete sich die Zigarette an, ging ein paar Schritte zum Fenster, riss es auf.

»Herr Sander, das war der Abend, an dem Ihr Vater ermordet wurde, Sie müssen doch wissen, was Sie gemacht haben! Sie waren die ganze Nacht unterwegs.« Printz war lauter geworden.

»War das nicht ein Mittwoch? Na, dann. Mittwochs treffen wir uns immer zum Südkurvenstammtisch, da war ich im Brauhaus am Rhein.«

»Und wer kann das bestätigen?«

»Die Jungs, die mit dabei waren. Wie die alle heißen, weiß ich nicht, kenne nur die Vornamen. Aber Sie können ja nächsten Mittwoch vorbeikommen. Da sind die bestimmt alle wieder da.« Sander nahm noch einen Zug und schnippte die Zigarette dann in hohem Bogen aus dem Fenster.

»Und danach? Sie sind doch erst am nächsten Tag irgendwann nach Hause gekommen? Wo waren Sie, nachdem Sie das Brauhaus verlassen haben?«

»Ich war spazieren, nachdem das zugemacht hat. Irgendwann bin ich dann auf einer Bank am Rhein eingeschlafen. Und dann wach geworden, was weiß ich wann, und nach Hause gegangen.«

»Gibt es dafür irgendwelche Zeugen?«

»Nee, als die die Kneipe geschlossen haben, bin ich allein los. Ich wollte mal für mich sein.« Er sah den Kommissar grimmig an.

Printz notierte. »Wann schließt denn das Brauhaus?«

»Um Mitternacht oder so. Was weiß ich. Ich hab nicht auf die Uhr geguckt. Sie können ja meine Kumpels fragen.«

Kurz angebunden bedankte sich Printz und ging zurück in den Flur.

Die Frau stand immer noch mit hängenden Schultern da.

»Soll ich nicht doch jemanden zu Ihnen schicken?«, fragte er.

»Lassen Sie es gut sein, Herr Kommissar, ich schaff das schon.« Sie winkte ab. Er sah, dass sie lautlos weinte. »Gehen Sie ruhig.«

Printz musste den genauen Todeszeitpunkt kennen und die Auswertung der Spuren haben, um den jungen Sander festnageln zu können. Obwohl ihm sein Gespür sagte, dass der Junge tougher tat, als er war. Aber irgendetwas verheimlichte er. Und hatten die Kollegen nicht gesagt, dass der Anrufer, der den Leichenfund gemeldet hatte, ohne Akzent gesprochen hatte und alkoholisiert klang? Das könnte zu dem Besuch im Brauhaus passen. Er würde sich den Sandersohn später noch einmal vornehmen. Die meisten Tötungsdelikte waren Beziehungstaten. Das hatte er schon in der Polizeischule gelernt. Und in der Praxis hatte sich das immer wieder bestätigt. Die Opfer kannten ihre Täter und waren mit ihnen verwandt oder auf andere Weise verbunden. Er würde den jungen Mann im Auge behalten.

8

Karina hatte sich von Chioma verabschiedet, da sie noch bei ihren Eltern vorbeigehen wollte. Sie hatte ihrer Mutter versprochen, sie regelmäßiger zu besuchen und wollte sie nicht gleich bei der ersten Verabredung wieder versetzen.

Chioma sah ihr nach, dann setzte sie sich für einen Moment auf eine Bank am Rheinufer. Das Metall fühlte sich kalt an. Ein frischer Frühlingswind wehte Blütenduft und den Geruch von herbem Gras herüber. Möwen kreischten hungrig. Die Afrikanerin schaute auf das Wasser und tastete nach dem Püppchen in ihrer Tasche. Sie zog es heraus, strich mit dem Finger darüber, spürte den Stoff. Dabei sang sie leise ein Lied, das ihre Mutter sie gelehrt hatte. Das Püppchen in ihrer Hand fühlte sich heiß an, ganz heiß. Es schien zu vibrieren. Chioma schloss die Augen, horchte in sich hinein, summte weiter. Ein schemenhaftes Bild breitete sich in ihr aus, ganz langsam. Zuerst war es schwarz-weiß, dann wurde es farbig. Es nahm klare Konturen an, wurde deutlicher und deutlicher. Ein Mädchen, schwarz, zitternd vor Angst. Es griff nach einem Rucksack, dann nach einem Kuscheltier. Sie atmete tief und konzentrierte sich auf das Bild. Die Augen des Mädchens waren weit aufgerissen. Angst. Es lauschte, dann rannte es, fast lautlos. Dunkle Gänge entlang, Licht an und aus, es kletterte aus einer Luke. Lief das Rheinufer entlang. Ein Fenster.

Chioma riss die Augen auf. Sie zitterte, spürte die Angst des Kindes wie einen Schmerz im eigenen Körper, wie eine Hand, die ihr Herz umklammerte und fest zudrückte. Mit dem Püppchen strich sie sich über die Stirn, die Augen, wurde sofort ruhiger. Sie hatte die Spur aufgenommen. Ihr Instinkt würde sie führen, wie immer. Sie steckte das

Püppchen in die Tasche zurück, stand langsam auf. Nichts hatte sich verändert. Die Möwen kreischten, das Wasser plätscherte leise. Sanfter Wind strich über ihr Gesicht. Menschen spazierten am Rheinufer entlang. Auf dem Wasser schob ein weißes Ausflugsschiff vorüber. Musik wummerte.

Chioma wandte sich langsam um, ging am Schokoladenmuseum vorbei, Richtung Rheinauhafen. Sie sang leise vor sich hin, versunken und hellwach gleichzeitig. Vor dem alten Backsteingebäude blieb sie kurz stehen, witterte wie ein Tier. Dann schritt sie wie zufällig die Fassade ab, prüfte die Gitter an den Fenstern. Eins war lose. Sie schob es zur Seite, drückte gegen den Rahmen. Verschlossen. Sie ging in die Hocke, klopfte leise gegen das Fenster. Im Raum dahinter war nichts zu sehen. Sie klopfte wieder. Dann sah sie sich kurz um. Niemand schaute zu ihr hin. Sie zog das Püppchen aus der Tasche, tippte leicht damit gegen das Glas.

Wie aus dem Nichts schob sich ein Gesicht von unten vor die Fensterscheibe und Chioma blickte in zwei ängstliche, aber auch neugierige Kinderaugen. Sie winkte mit dem Püppchen und deutete auf die Klinke. »Ich bin Chioma, je suis Chioma, une amie, Freundin«, rief sie leise.

Das Mädchen öffnete das Fenster nur einen Spalt und Chioma sprach wieder leise. Ihre Stimme lockte, klang weich wie Samt. »Viens avec moi, ma petite. Komm mit mir. Ich helfe, keine Sorge. Alles gut.«

Das Mädchen öffnete das Fenster nun so weit, dass sie hinausklettern konnte. Den Rucksack und den Hasen hielt es eisern fest.

Die Frau nahm es wie selbstverständlich bei der Hand und sah sich kurz um. »Jetzt gehen wir aber nach Hause, du kleine freche Mädchen«, rief sie und kniff ein Auge zu. »Maman hat disch schon gesucht. Was machst du denn nur?«

Sie drehten sich um und Chioma führte die Kleine selbstbewusst die Straße entlang Richtung Altstadt.

»Wie heißt du denn?«, flüsterte sie dem Mädchen zu, das zutraulich wie ein kleiner Hund neben ihr lief.

»Ebony«, antwortete es leise, es sah verweint aus. Die Tränen hatten Spuren in seinem Gesicht hinterlassen.

»Wo warst du nur die ganze Zeit? Tout le temps? Du hast doch bestimmt Hunger, oder? Zuhause gibt's was Gutes. On ira a manger maintenant.« Sie nahm dem Kind den Rucksack ab und hängte ihn sich über die Schulter.

Das Mädchen presste den Hasen an sich und dann überquerten sie, so schnell sie konnten, den Zebrastreifen.

Niemand nahm Notiz von den beiden. Und hätte jemand hingeschaut, wäre er überzeugt gewesen von der Vorstellung, die sie lieferten: Ganz selbstverständlich spazierten dort Mutter und Tochter zusammen nach Hause oder wohin auch immer.

Karina Sprängel lehnte am Hochschrank der Eiche-rustikal-Küche ihrer Eltern und sah der Mutter beim Beladen der Kuchenplatte zu.

Die obligatorische Havannatorte, sechs Stücke leicht angefroren, die anderen sechs mit Zimmertemperatur, platzierte die Mutter geschickt auf der Platte mit Goldrand. Ihre Mutter schob dabei die Zungenspitze durch die Lippen. Dann hob sie den Zeigefinger und leckte ihn ab. Mit dem Finger hatte sie das eine oder andere Stück Kuchen stützen müssen, um es gerade auf den Teller zu bekommen. »Ich hab noch eine Buttercreme gemacht, die steht schon auf dem Tisch.«

Selbst gemachte Buttercremetorte war ein Relikt aus Karinas Kindheit, keine Familienfeier fand ohne sie statt.

»Wer kommt denn alles?« Karina strich sich eine Strähne aus dem Gesicht. Ihr war nicht nach Feiern, nachdem ihr Kollege tot aufgefunden worden war. Sie sagte aber nichts.

»Wie immer: Oma, sie ist schon da. Dann Tante Käthe und Onkel Kurt, Tante Margot mit Onkel Richard.« Käthe und Margot waren Mutters Schwestern. »Und natürlich deine Schwester.« Die Mutter hielt inne und sah Karina aufmerksam an. »Und sie bringt jemand mit. Ihren *Neuen*.«

Der hoffentlich nicht mein *Alter* ist, dachte Karina, die ihrer Schwester immer noch nicht verzeihen konnte, dass sie ihr vor etlichen Jahren ausgerechnet am Tag der Hochzeit den Mann ausgespannt hatte. Die Ehe war zu Ende gewesen, bevor sie richtig angefangen hatte.

Als könnte die Mutter ihre Gedanken lesen, fuhr sie fort: »Wohl auch ein Banker. Sie hat erzählt, er arbeitet in der Zentrale in Frankfurt.«

Karina hob kurz die Schultern. War ihr doch egal, mit wem ihre Schwester zusammen war. Sie würde mit ihr sowieso nicht mehr Zeit verbringen, als unbedingt nötig; ihre Treffen beschränkten sich auf Familienfeiern. Mehr konnte und wollte sie nicht aushalten.

»Du könntest ja langsam mal versuchen, die ganze Sache von damals zu vergessen.« Die Mutter zog die Augenbrauen hoch. »Vielleicht hat sie dir ja damit auch einen Gefallen getan. Er wäre eh abgehauen, hätte vielleicht ein, zwei Jahre länger gedauert. Lieber ein Ende mit Schrecken, als ein Schrecken ohne Ende.«

Karina schnaubte und stemmte die Hände in die Hüften. »Ach du immer mit deinen Sprüchen.«

»Ich mein doch nur. Wer so was am Hochzeitstag macht, auf den ist kein Verlass«, setzte die Mutter nach. »Dass dir das aber nicht vorher aufgefallen ist, da hätte der Papa viel Geld sparen können …«

Karina griff nach der Kuchenplatte und verließ schnell die Küche, ehe ihr eine bissige Antwort entweichen konnte. Ihre Wut schluckte sie hinunter. Das hatte keinen Sinn. Diskussion überflüssig. Außerdem war sie heute besonders verletzlich, das spürte sie.

»Mein Schokoladenmädchen ist da!« Oma Maria strahlte. Karina stellte den Kuchen ab und umarmte ihre Großmutter heftig. »Wie geht es dir denn, Ömchen?«

»Am liebsten gut, Kind. Und wenn ich dich seh, noch besser.« Sie zwickte ihr sanft in die Wange. Dann wurde sie ernst. »Bei mir im Heim ist es nicht mehr schön. Fast alle um mich herum sind dement. Stell dir vor, die nette Frau, die immer so schöne Lieder gesungen hat, brabbelt nur noch vor sich hin.« Sie zog ein mit lila Spitze umhäkeltes und nach Kölnisch Wasser duftendes weißes Taschentuch aus der Tasche und schnäuzte laut hinein. »Heute hat sie vom Frühstück bis zum Mittagessen immer wieder gesagt: *Lieber Gott, lass die Sonne wieder scheinen, auf Mama, auf Papa und auf mich.* Stundenlang, immer wieder. Das geht echt an die Substanz.« Die Großmutter wischte sich mit dem Taschentuch über die Augen und Karina setzte sich neben sie, streichelte ihr über die Wange. Sie wusste nicht, was sie sagen sollte.

»Und wenn ich die Bilder im Fernsehen sehe, weißt du, die Boote mit den Flüchtlingen, wird mir so bang ums Herz und alles von früher kommt wieder hoch.«

Karina legte die Hand auf die der Großmutter, deren Augen wieder feucht wurden.

»Manchmal denk ich, ich werd verrückt und die Angst nie mehr los. Dann lieg' ich im Bett und meine Brust fühlt sich an, als ob ein dicker Stein drauflläge und das Atmen fällt mir dann so schwer.« Sie holte tief Luft. »Ich muss dir das einfach erzählen. Wir waren ja damals nach Sachsen evakuiert worden und wurden beim Ortsgruppenleiter untergebracht, meine Mutter und ich. Der hatte eine große Metzgerei und das schönste Haus im Ort. Die Amerikaner hatten das Haus beschlagnahmt, das Ehepaar rausgesetzt und meine Mutter und ich durften bleiben.«

Karina schaute ihre Großmutter überrascht an. »Amerikaner? In Sachsen? Da waren doch die Russen? Da hast du dich wohl vertan.«

Oma Maria zuckte nicht mit der Wimper. »Ich erzähl doch keinen Quatsch«, meinte sie und klang beleidigt. »Klar kamen später die Russen. Aber erst einmal waren die Amerikaner da. Glaub mir. Wir wohnten da in dem Haus und mittlerweile waren noch meine Großeltern und mein Onkel aus dem Lazarett dazugekommen. Die amerikanischen Offiziere waren unten in unserem Haus einquartiert, andere Soldaten in den Nachbarhäusern. Und die Mutti musste jeden Mittag für sie kochen. Ich musste mitessen, weil sie Angst hatten, sie würden vergiftet. Ich, als Kind, fand das natürlich herrlich, auch weil ich von denen – da waren übrigens auch Neger dabei, die habe ich damals zum ersten Mal im Leben gesehen – also die schenkten mir Schokolade und meine erste Apfelsine. Sie waren richtig nett zu Mutti und mir.«

Die Großmutter sah zum Fenster hinaus und Karina verkniff es sich, sie darauf hinzuweisen, dass man Neger nun wirklich nicht mehr sagte.

»Irgendwann meinte dann meine Mutter, dass wir nach Köln zurück müssten, weil die Amis abzögen und dann die Russen kämen. Wir beluden zwei Bollerwagen mit dem Gepäck und auf einen kam oben eine Matratze drauf, und auf die der Onkel, der konnte nicht laufen. Also lag der da oben und ich zog ihn mit einem Lederriemen.«

»Den Wagen mit dem Onkel, den ganzen Weg?« Karina konnte sich nicht daran erinnern, dass ihre Oma jemals so ausführlich über ihre Kindheit erzählt hatte.

Die Großmutter nickte. »Den anderen Wagen mit dem ganzen Gepäck zog meine Mutter und dahinter gingen meine Großeltern.«

»Wie alt warst du damals, Oma?« Karina zog ihre Strickjacke enger um sich und knöpfte sie dann zu, ihr war kalt.

»Das war Ende 1944, da war ich elf. Zum Glück hatten wir von den Amis noch was zu essen gekriegt und bei uns im Ort war eine Tabakfabrik gewesen, wo wir Kinder

Tabakblätter gemopst hatten. Das fanden zwar meine Mutter und die Oma nicht so gut, aber die konnten wir dann unterwegs tauschen. Und so sind wir gut zu Fuß durch Sachsen gekommen. Wir gingen immer weiter, in einem riesigen Strom von Menschen. In manchen Orten ging die Mutti dann zu einem Amt, musste sich lange anstellen, für Lebensmittelmarken und kam dann, wenn wir Glück hatten, mit irgendetwas Essbarem wieder. Als alles aufgebraucht war, mussten wir hungern.« Sie griff sich an den Hals. »In Thüringen war es dann ganz schlimm. Klar da waren vorher schon ganz viele auf der Flucht vor den Russen durchgezogen und die Thüringer konnten oder wollten einfach nicht mehr helfen. Die hatten einfach die Nase voll.«

Karina presste die Lippen aufeinander. Manches wiederholte sich wohl immer wieder. »Du warst ja die Jüngste in der Familie, wie hast du das denn geschafft?« Sie hielt die Hand ihrer Großmutter jetzt mit beiden Händen fest.

»Ach, ich hab einfach nur gezogen. Einen Fuß vor den anderen gesetzt und den Wagen gezogen. Der Onkel durfte ja auch nicht runterfallen, darauf musste ich aufpassen und dass ich keinem in die Hacken trat. Ich kam mir vor wie ein Ackergaul, der immer gehen musste. Ich war die ganze Zeit hellwach, ich musste ja aufpassen. Nachts musste immer einer beim Gepäck bleiben, weil da gestohlen wurde. Stell dir das mal vor. Ob das nun andere Flüchtlinge waren oder Leute aus den umliegenden Ortschaften, die hatten ja auch nichts mehr, ich weiß es nicht. Jeder dachte nur an sich.« Die Großmutter griff nach dem Wasserglas und nahm einen Schluck. »Weiter nach Hause, weiter, weiter, nach Köln, das war das Einzige, was mir durch den Kopf hämmerte. In Gera fuhren dann die ersten Züge Richtung Westen und wir haben nachts auf dem Bahnhof im Freien gelegen, mit unserem Gepäck. Wir haben unterwegs immer im Freien schlafen müssen. Dann mussten wir die

Bollerwagen stehen lassen und unser Gepäck tragen. Ich hatte einen Rucksack mit meiner Puppe und einen Koffer. Wir sind in den Waggon rein und haben gestanden und gestanden, frag mich nicht, wie lange, bis der Zug dann endlich abfuhr. Die Waggons waren nicht für Fahrgäste, sondern Kohlewagen, offen. Da standen wir fünf, sechs, sieben Zentimeter im Kohlenstaub. Wir waren sechs Tage in diesem Waggon eingepfercht unterwegs. Es gab einen Eimer, woher der kam, weiß ich nicht, der ging dann rund für Pipi zu machen.« Sie schluckte. »Und der Opa wollte nicht auf den Eimer machen und schrie immer »Ich will hier raus!« Irgendwer hatte dann eine Decke und die wurde dann vor ihn gehalten. Und wie wir aussahen – wie die Klütten. Es hat ja auch reingeregnet, wir standen die ganze Zeit im Morast. Zu essen gab es nichts. Wenn der Zug anhielt, sprangen wir Kinder runter und haben in Bächen Wasser geholt, damit wir was zu trinken hatten. Und wehe, der Zug setzte sich wieder in Bewegung, dann musstest du rennen und irgendwie wieder da hochklettern. Ich hatte immer solche Angst, dass ich es nicht mehr auf den Zug schaffe und allein zurückbleibe.« Sie schnäuzte sich. »Die Erwachsenen konnten gar nicht aus dem Waggon. Das war nur beim Einstieg in Gera so gemacht worden, dass alle einsteigen konnten, aber dann wurde der zugenagelt. Wir Kinder sind über die Holzbretter geklettert und runtergesprungen. Zwei Babys sind unterwegs gestorben.« Ihre Stimme war jetzt ganz leise. »In Kassel mussten wir raus, da war Ende und dann haben wir alle nachts auf den Gleisen gelegen. Und als ich aufwachte, war auf einmal meine Mutter nicht mehr da. Ich hab geschrien wie am Spieß, Oma und Opa geweckt und alle haben gerufen. Ich war außer mir, weil ich Angst hatte, sie würde nicht mehr zurückkommen. Später kam sie dann und behauptete, es hätte warme Suppe geben sollen und sie wäre dahin gegangen. Aber es gab wohl nix.«

»Und wie ging's dann weiter?« Karinas Stimme war belegt. Ihre Oma tat ihr so leid. Mit elf Jahren. Das war ja eine Horrorgeschichte.

Die Großmutter nahm ihr Wasserglas hoch, trank aber nicht. »Am nächsten Tag kam dann ein Zug, der nach Aachen fuhr. Da haben wir zwei Nächte auf den Bahnsteigen und den Gleisen verbracht. Und es wurden immer mehr Menschen, es war voll und eng. Opa schlug, wenn jemand ihm zu nah kam, mit dem Stock um sich und brüllte *Ich bin blind, geht weg!* Und irgendwann sind wir in Brühl gelandet und von da aus hat uns ein Bauer mit Pferdewagen nach Köln gebracht. Der hat sich das gut bezahlen lassen. Wir sind dann bei Tante und Onkel untergekommen.« Die Großmutter seufzte und stellte das Glas wieder ab. »Lange Zeit hab ich gar nicht mehr dran gedacht. Aber jetzt, wo immer diese Bilder im Fernsehen und in der Zeitung sind, da kommt alles wieder.«

»Ach Oma, kann ich irgendwas für dich tun?« Karina nahm sie in die Arme. Die Geschichte bewegte sie heute besonders.

»Das Zuhören war schon gut«, flüsterte sie.

Die Türklingel brachte sie wieder in die Gegenwart zurück. Laute Stimmen drangen vom Flur ins Wohnzimmer. Die anderen hatten sich vor der Tür getroffen, als hätten sie sich verabredet. Im Flur begrüßten sie sich lautstark.

»Karina ist schon da«, betonte ihre Mutter immer wieder, als wäre das eine Sensation, aber Karina wollte sich heute nicht darüber ärgern.

Schnell versammelten sich alle, nach heftigen Umarmungen der Tanten, festem Händedruck der Onkel und einem Kopfnicken von ihrer Schwester, um den Esszimmertisch und die Mutter wuselte von einem zum anderen, verteilte geschäftig Kaffee und Kuchen. Karina war neben ihrer Großmutter sitzen geblieben. Der neue Freund der Schwester stellte sich kurz vor und für Karina hörte es sich an wie ein gut einstudiertes Bewerbungsgespräch. Danach machten die üblichen Themen ihre Runde; von der aktuellen Lokalpolitik, über die Preise und die Unpünktlichkeit der Straßenbahn bis hin zu den Zukunftsplänen des jungen Glücks. Oma Maria und Karina waren schweigsamer als sonst; nur Tante Margot wollte wissen, was denn bei Karina die Liebe mache, ansonsten ließ man sie in Ruhe.

Später brachte die Schwester und ihr Freund die Großmutter zurück ins Heim am Severinswall und Karina half ihren Eltern beim Spülen. Eine Spülmaschine kam für die beiden nicht infrage.

»Ich hab doch meinen *Hansomat*«, lachte ihre Mutter immer, denn ihr Vater spülte seit Jahr und Tag alles ab.

Auch jetzt stand er, mit vorgebundener grellbunter Schürze am Spülbecken, die Hände im schaumigen Wasser.

»Dieser Neue scheint ja ganz nett zu sein.« Karinas Mutter griff nach einer Tasse. »Wirkt gar nicht so zugeknöpft.«

Karina nickte. »Mal sehen, wie es sich entwickelt. Ich find es nur sonderbar, dass die beiden schon jetzt alles durchgeplant haben. Häuschen, Kind beziehungsweise Kinder, so lange kennen die sich doch noch gar nicht.«

»Das kann manchmal schnell gehen. Bei deinem Vater und mir ging das damals auch ratzfatz.«

Er brummte etwas Unverständliches.

Nachdem das gespülte und abgetrocknete Geschirr wieder in den Schränken verstaut war, setzten sie sich auf einen Eierlikör ins Wohnzimmer. Karina hatte ihrem Vater den Bildband des Fotografen Otto Sander über das vom Krieg zerstörte Köln mitgebracht und er blätterte nun aufmerksam Seite um Seite um, während Karinas Mutter Tratsch über die Nachbarn erzählte. Es war ein bisschen so wie früher, als Karina noch klein war. Doch mitten in einer Anekdote über die Nachbarin griff die Mutter nach ihrer Hand und hielt sie fest. Das war anders und neu an ihr und rührte Karina.

9

»Wir waren echt die bessere Mannschaft.« Sven Sander hob die Bierdose hoch, trank sie in einem Zug aus, drückte sie zusammen und hantierte an dem Fenster des Regionalzugs herum. Er wollte die Dose hinauswerfen, aber da man es nicht öffnen konnte, ließ er sie fluchend fallen, trat sie mit dem Fuß weg.

»Versteh gar nicht, warum die Borussen auf Platz zwei der Tabelle steh'n. Hier fang«, grinste sein Kumpel Fabian und warf ihm eine volle Dose zu. Sven erwischte sie nur mit Mühe. Vor dem Spiel hatten sie vorgeglüht, auf der Zugfahrt nach Dortmund nachgelegt, sich während des Spiels auch nicht zurückgehalten und jetzt musste das restliche Bier vernichtet werden.

»Die Scheißbullen!« Marko stemmte sich von seinem Sitz hoch, stand breitbeinig im Gang. »Die haben uns so was von asi gefilzt!« Er spuckte auf den Boden und nahm Fabian das Bier aus der Hand.

Der boxte ihm gegen die Schulter: »Ey, du Spacko! Du warst einfach nur zu blöd, die Bengalos reinzuschmuggeln, der Sven hat es gecheckt. So schwer war das doch nicht.«

»Ja, sicher, aber erst wieder beim Rausgehen gezündet, weil die Bullen uns so am Arsch geklebt haben.« Marko ließ den Blick durch das Großraumabteil schweifen. »Nix los hier im Puff! Schoma gar keine Weiber!« Er griff nach der großen Fahne, mit der sie das Abteilfenster zugehängt hatten. »Jetzt such ich mir 'ne Braut und ihr seid die Brautführer.« Er rülpste laut.

»Du Fettsack kriegst doch keine ab«, rief ein anderer Kumpel aus der Ultragruppe und zog sich das weiße T-Shirt, das alle FC-Fans beim Dortmundspiel getragen hatten, umständlich über den Kopf aus. Auf dem schwarzen

Shirt, das unter dem weißen verborgen gewesen war, prangte der Aufdruck *Fick dich DFB*.

Marko sprang auf und torkelte laut brüllend auf ihn zu, aber zwei andere stellten sich breit vor ihn und so blieb es bei wüsten Beschimpfungen. Als ihm die Luft ausgegangen war, drehte er sich um: »Kommt jetzt endlich, 'ne Braut klarmachen.«

Sven und Fabian torkelten hinter ihm her. Im Vorbeigehen klopfte Fabian einem Ultra, der auf seinem schwarzen Kapuzenshirt stehen hatte *Kniet nieder ihr Bauern, Köln ist zu Gast* anerkennend auf den Rücken und zog Sven hinter sich her. »Geiles Teil«, nuschelte er, »geiles Teil!«

»Was'n mit der Alten da drüben?« Sie checkten das nächste Großraumabteil, Marko zeigte auf eine junge Frau.

»Jau, auch geiles Teil. Ich steh auf blond.«

»Ich auch!« Marko stand als Erster vor ihr. Sie hatte Kopfhörer im Ohr, die Augen geschlossen, hörte anscheinend Musik, zwischen ihr und der Armlehne klemmte ein Pappbecher. Vielleicht wollte sie auch einfach nichts sehen. Eine ältere Dame, die ihr gegenübergesessen hatte, stand auf, nahm ihre Tasche und verließ das Abteil.

Schwerfällig beugte Marko sich zu der jungen Frau hinunter: »Na, du Zuckerschnecke.«

Sven und Fabian grölten. »Wat ne blöde Anmache – Zuckerschnecke, boah bist du dämlich!« Fabian schob Marko zur Seite, ließ sich neben der Frau aufs Polster fallen.

Sie sah ihn einen Moment erschrocken an, dann beherrschte sie ihren Gesichtsausdruck und schaute betont gelangweilt.

»Haste geile Mucke da drin?« Er tippte auf das Handy der jungen Frau, die ihn weiter ansah, kurz überlegte, dann aber die Kopfhörer aus den Ohren nahm.

»Bitte?« Es klang genervt.

»Ob de geile Mucke da drin hast?« Fabians Stimme klang dünn.

»Geht dich doch nichts an. Haut ab. Zieht Leine und lasst mich in Ruhe.« Deutlich und bestimmt antwortete sie, blickte erst Fabian, dann Marko in die Augen.

»Ich steh drauf, wenn sie 'ne Bitch ist und die is 'ne Bitch.« Marko beugte sich weiter hinunter, tätschelte das Knie der Frau. Sven schob sich neben ihn.

»Finger weg!« Die junge Frau schlug Marko auf die Hand, versuchte aufzustehen, doch Fabian drückte sie in den Sitz zurück.

»Guck dir die Hure an. Trägt schwarze Strümpfe und 'nen kurzen Rock, aber macht auf Packmichnichtan!« Er griff ihr unvermittelt unter den Rock, in den Schritt, doch sie fasste mit beiden Händen seine Hand, drückte ihre langen Fingernägel in sein Handgelenk, bis er aufschrie und die Hand zurückzog.

Die anderen Fahrgäste stierten weiterhin in ihre Zeitungen oder blickten aus dem Fenster.

»Du Schlampe!«, zischte Marko, verpasste der Frau eine Ohrfeige und riss an ihren blonden Haaren. »Du kratzt meinen Kumpel nicht noch mal.«

»Eh, lass doch«, versuchte Sven seinen Freund zu beruhigen, doch die junge Frau hatte mit einer Bewegung nach dem Pappbecher neben ihr gegriffen, den Deckel heruntergerissen und Marko den Inhalt ins Gesicht geschüttet. Es roch nach Kaffee. Dazu brüllte sie wie am Spieß.

Sie schubste ihn zur Seite und schlüpfte an den Männern vorbei, war mit wenigen schnellen Schritten außer Reichweite und stellte sich zu ein paar Frauen um die Vierzig, die, umringt von Einkaufstüten, anscheinend von einer Einkaufstour kamen. Auf das laute Schreien der jungen Frau hatten sie zwar kurz herübergeschaut, aber keinerlei Anstalten gemacht, sich einzumischen und ihr zu helfen. Jetzt, als die Frau neben ihnen stand, wetterte eine von ihnen: »Lasst bloß die Frau in Ruhe, ihr Rotzlöffel«, drehte sich aber dann wieder ihren Freundinnen zu. Die junge Frau fühlte sich offenbar in der Nähe der anderen einigermaßen sicher, wählte mit leicht zitterndem Finger eine Nummer und nahm das Handy ans Ohr. Weit und breit war kein Zugbegleiter in Sicht. Die jungen Männer verloren das Interesse an ihr, drehten ab und verzogen sich in ihren Wagen.

Eine halbe Stunde später fuhr der Zug im Kölner Hauptbahnhof ein. Die Türen öffneten sich und ein Großaufgebot der Bundespolizei drängte hinein und blockierte die Ausgänge. Die Reisenden blieben unschlüssig stehen. Im selben Moment ertönte das Lautsprechersignal und eine Stimme knarzte: »Sehr geehrte Fahrgäste, bitte begeben Sie sich zurück zu Ihren Sitzplätzen. Es hat während der Fahrt von Dortmund nach Köln einen Zwischenfall gegeben. Daher führt die Polizei nun eine Personenkontrolle durch. Wir bitten um Ihr Verständnis für diese Maßnahme und Ihre Unterstützung. Danke für Ihre Geduld.«

»Scheiße, Scheiße, Scheiße!« Marko sah gehetzt von Sven zu Fabian. »Die Bullerei ist doch bestimmt hinter uns her. Die Schlampe hat garantiert aus dem Zug angerufen.«

»Quatsch. Wegen so einer Bagatelle machen die doch nicht so 'nen Aufstand.« Sven hätte gerne sich und die anderen beruhigt.

Fabian war ganz weiß im Gesicht, drängelte sich wortlos durch die wartenden FC-Fans, drückte mehrfach auf den Öffnungsknopf an der Tür, die direkt auf die Gleise geführt hätte und nicht von der Polizei belagert war, aber sie ließ sich nicht öffnen. Er trat mit aller Wucht dagegen.

»Auf den Platz zurück!«, herrschte ihn ein Polizeibeamter an, der durch die Tritte aufmerksam geworden war und sich in Richtung der Randale in Bewegung setzte.

Fabian drehte sich sofort um und trottete mit gesenktem Kopf zurück ins Großraumabteil. Nach und nach setzten sich alle auf ihre Plätze. Sven schlug seinen Freunden vor, dass sich jeder zu einer anderen Fangruppe setzen sollte. »Nur für alle Fälle, falls es doch was mit der Ische zu tun hat«, fügte er hinzu.

»Zuerst das beschissene Unentschieden und jetzt das. Wir könnten schon längst in der Altstadt sein!« Man konnte Marko durch das ganze Großraumabteil hören.

»Das nennt man Behördenwillkür und Schikane!«, brüllte ein anderer junger Mann, der sich anstecken ließ. »So was gibt es nur in Deutschland, das sind alles linke Schweine!« Der Hooligan zog sein Halstuch bis zu den Augen hoch. »Mich kontrolliert keiner von denen!«, schrie er, sprang auf und rannte den Gang hinunter. Kurz danach konnte man durch die Fenster verfolgen, wie er über den Bahnsteig abgeführt wurde. Zwei Uniformierte hatten ihn fest im Griff.

Im vorderen Abteil begannen die Polizeibeamten mit den Kontrollen.

Sven reckte den Hals. Da waren zwei Uniformierte und »verdammte Scheiße!«, entfuhr es ihm, denn hinter den Männern zeigte sich nun die junge Frau, die sich die Fahrgäste ansah und immer wieder sagte: »Nein, der nicht, nein, nein, der auch nicht.« Dann stellte sie sich vor Fabian und zeigte kurz auf ihn. »Der!«

Die Beamten sahen ihn an. »Ihren Ausweis bitte«, kam kurz und knapp die Anweisung. Sie nahmen Fabians Personalien auf, dann musste er aufstehen. Jetzt entdeckte die junge Frau Marko. Auch seine Personalien wurden aufgenommen. Sie näherten sich dem Platz, auf dem Sven saß. Er stand auf, bevor die junge Frau etwas sagen konnte, und reichte einem der Beamten kommentarlos seinen Ausweis.

»Sehr vernünftig, junger Mann.« Der Polizist sah zu der jungen Frau und deutete mit dem Kopf in seine Richtung.

»Der war auch dabei!« Der jungen Frau stieg heiße Röte ins Gesicht.

»Habt ihr jetzt, was ihr wollt?« Der bullige Mann mit dem schwarzen Kapuzenshirt baute sich vor den Polizisten auf. »Ich hab nicht den ganzen Tag Zeit für so 'nen Scheiß, außerdem muss ich pinkeln.«

»Wir sind fertig, wenn wir fertig sind. Noch Fragen?« Der Polizist war einen Kopf größer und sah auf den Hooligan herunter.

»Sie sagten, es wären drei gewesen, sind das diese Männer?« Der Bundespolizist deutete auf Marko, Sven und Fabian.

Die junge Frau bejahte die Frage.

»Herrschaften, gegen Sie wird Anzeige erstattet. Sie begleiten uns jetzt bitte zur Wache. Wir überprüfen Ihre Personalien und dann entscheidet unser Chef, wie weiter verfahren wird.« Beim Verlassen des Zugs fragte der Bundespolizist den auf dem Bahnsteig wartenden Kollegen, ob er die Personalien der Zeugen aufgenommen hätte.

Der junge Kollege nickte eifrig.

10

»Auch wenn wir zurzeit bis über die Ohren in Arbeit stecken, muss ein Tag wie heute gefeiert werden. An einem Freitag, um dreizehn Uhr habt ihr geheiratet – ihr traut euch was! Prost!« Sigurd Sassler, der Leiter der Mordkommission, hielt sein volles Kölschglas hoch und grinste breit. »Ihr habt keine Paraskavedekatriaphobie, liebe Saskia, liebe Bianca, ihr nicht!« Er wandte sich mit weit ausholender Handbewegung an die Kollegen, die ihn verdutzt ansahen. »Ja, da staunt ihr, euer Chef ist gar nicht so dumm, wie ihr denkt.« Sassler nickte, setzte sein Glas an und trank es in einem Zug leer. »Die Paraskavedekatriaphobie ist die irrationale Furcht vor Freitagen und der Zahl dreizehn. Ein Volksglaube, der davon ausgeht, dass an diesem Tag mehr Unglücke passieren als an anderen Tagen.«

»Hört, hört«, frotzelte einer der Kollegen aus dem Hintergrund und aus einer anderen Richtung wurde gerufen: »Wikipedia lässt grüßen«, aber der Chef ließ sich nicht beirren. »Dabei besagen alle Statistiken das Gegenteil – es geschehen wesentlich weniger Unfälle an Freitagen.« Er sah triumphierend in die Runde, die sich in Biancas und Saskias Haus eingefunden hatten und nun alle dicht gedrängt im geräumigen Wohnzimmer standen.

»Sassler, wenn das eine Gratulationsrede werden soll, dann mach mal hinne!« Brigitte Zimmer von der Spurensicherung brachte es mal wieder auf den Punkt.

»Na ja, ich wollte doch nur etwas Allgemeinbildung oder so einbringen.« Der Dienststellenleiter schob die Unterlippe vor und sah aus wie ein beleidigter Schuljunge. Er wusste, dass manche Frauen auf diesen Gesichtsausdruck flogen, leider die Kolleginnen nicht. Schade auch. Deshalb sprach er schnell weiter: »Lange Rede, kurzer Sinn. Um dreizehn

Uhr habt ihr geheiratet, die dreizehn ist bei den Japanern eine Glückszahl und wir wünschen euch beiden ganz viel davon und haben ein bisschen zusammengelegt, damit ihr ein Flitterwochenende wegfahren könnt, und zwar in einen japanischen Garten nach …«

»Leverkusen«, prustete Anna Sabrowski los und ein Kollege brüllte: »Nee, Bielefeld!«

Sasslers Gesicht glänzte rötlich. »Nein, nein, nach Monaco! Dort soll es den schönsten japanischen Garten überhaupt geben und wir wollten, dass …«

Weiter kam er nicht, denn Saskia fiel ihm um den Hals und kreischte: »Das ist ja superaffengeil, Chef!« Und dann bedankten sie und Bianca sich bei jedem Kollegen einzeln.

Stephan Printz sorgte für möglichst viel Distanz zwischen ihm und der Frau. Er hielt sie bei der Umarmung förmlich mit den Armen von sich weg. Dann schüttelte er Bianca herzlich die Hand.

»Monaco, da waren wir noch nie, ihr seid alle so toll!« Saskias Augen glänzten. »Und überhaupt, für solche Kripomuffelköppe, seid ihr richtig gut drauf.« Sie legte den Arm um ihre frisch angetraute Frau. »Einige von euch sind ja echt nicht mehr die Jüngsten und doch«, sprach sie weiter und ignorierte das vereinzelte Murren, »und doch hab ich nie eine blöde Bemerkung gehört, weil ich nicht auf Kerle stehe.« Sie küsste ihre Frau auf die Wange.

»Das haben wir nur hinter deinem Rücken gemacht, Sassi.« Michael Heiß prostete ihr zu. »Ich persönlich finde es schade, dass du nie Augen für mich hast.«

»Hast du denn schon jede andere Frau auf diesem Planeten durch?«, konterte sie und alle lachten.

Michael war seit zwei Jahren glücklich geschieden, wie er immer betonte, durfte seine Zwillinge jederzeit sehen und tobte sich in seiner Freizeit aus. Die Kollegen kommentierten seine ständig wechselnden Beziehungen nicht, da seine Arbeit nie darunter litt. Im Gegenteil. Er wirkte immer frisch, wach und guter Laune, ganz anders als zur Zeit seiner Ehe.

»Danke auch von mir. Übrigens, das kleine Buffet in der Küche ist eröffnet.« Bianca wies zum Nebenraum.

Der Chef und Brigitte von der Spusi stürmten los, die anderen folgten ihnen in gemäßigtem Tempo.

Stephan Printz hatte sich mit seinem gut gefüllten Teller zu dem Kollegen Fischer, aus der Abteilung Wirtschaftskriminalität, gestellt. Insgeheim fragte er sich, warum er überhaupt eingeladen worden war, denn so viel Kontakt hatte er zu Saskia nicht. Der Kollege schien gut angetrunken zu sein und schmatzte beim Kauen. »Tolles Buffet«, brummte er mit Blick auf den beladenen Tisch hinter ihnen. »Und genug Kölsch für alle.«

Anna Sabrowski gesellte sich dazu. »Fischer, wie kommst du denn hierher? Ich dachte, wir würden nur mit der Spusi feiern.«

»Das hättet ihr wohl gern, was? Schön unter euch bleiben, ohne die Deppen von der Wirtschaftskriminalität.« Er schob das Kinn vor.

»Hallo? Was ist denn mit dir los?« Printz stellte sich neben Anna.

»Zu einem Polterabend wird nicht eingeladen, da kann doch jeder hinkommen. Muss ich euch etwa noch die Welt erklären, oder was?« Seine Stimme klang schrill.

»Das ist aber kein Polterabend, Fischer. Die beiden haben gestern geheiratet und feiern heute mit uns. Zumindest in dem Rahmen, der während der laufenden Ermittlungen möglich ist. Ich denke, es ist besser, wenn du jetzt gehst.« Anna sah Printz auffordernd an.

Er räusperte sich. Wenn sie wüsste, wie sehr er Konflikte hasste, würde sie ihn bestimmt nicht so ansehen, dass er gar nicht anders konnte, als ihr beizustehen. »Du hast gehört, was sie sagt.«

»Wie jetzt, seid ihr hier die Security?« Fischer schnaubte und wurde noch roter. So wütend hatte ihn Printz schon lange nicht mehr gesehen. »Wisst ihr was, ich wollte sowieso gerade gehen!« Abrupt drehte sich Fischer um und verließ leicht schwankend den Raum.

»Was war das denn?« Anna schüttelte den Kopf.

»Vielleicht hat der Kollege der Wirtschaftskriminalität ja in die falsche Briefkastenfirma investiert«, Printz kam sich ziemlich lahm vor, aber sie lachte.

Im Wohnzimmer lief *It's raining men* und jemand rief: »Lauter, mach lauter!«

Tatsächlich wurde aufgedreht.

»Komm Printz, lass uns abrocken.« Anna griff nach seiner Hand und zog ihn auf die Tanzfläche. Die gesamte Belegschaft hatte sich inzwischen dort versammelt und zappelte wild durcheinander.

Zwischendurch gingen sie immer wieder zum Buffet oder holten sich etwas zu trinken, sie lachten und sprachen kurz miteinander. Obwohl die meisten alkoholfrei blieben, um für die Ermittlungen fit zu sein, war die Stimmung ausgelassen. Printz fühlte sich wohl. Er hatte zum ersten Mal, seit er in Köln bei der Mordkommission war, das Gefühl dazuzugehören. Obwohl ihm der Spitzname, den ihm die Kollegen anscheinend verpasst hatten, immer mal wieder aufstieß. Trauerweide. Aber darüber wollte er jetzt nicht nachdenken, sondern das Zusammensein genießen. Schließlich nahm er überhaupt zum ersten Mal an einer privaten Party der Kollegen teil. Bisher hatte er sich immer gedrückt.

Wie früher bei den Feten in seiner Jugend liefen zu späterer Stunde nur noch ruhige Musikstücke.

Als Mick Jagger mit *Angie* losschmachtete, rief Anna: »Printz, los, tanzen!«, nahm sein Glas und stellte es auf einem Tisch ab. Dann zog sie ihn hinter sich her auf die Tanzfläche. Dort lehnte sie sich an ihn.

»Klammerblues«, brüllte ein Kollege und weitere Tanzpärchen drängten nach.

Printz wusste nicht, wohin mit seinen Händen, wäre am liebsten gleich wieder geflüchtet.

»Ich tu dir nichts, keine Sorge.« Anna lächelte ihn an und schmiegte den Kopf an seine Schulter. Eng umschlungen bewegten sie sich im Rhythmus der Musik. »You can't say we never triiiieeed, Angie.«

Er schnupperte an ihren Haaren. Sie roch nach Maracuja, seinem Lieblingsobst. Gut fühlte sie sich an. Er legte die Arme enger um sie. Überhaupt war es gar nicht so schlecht, ihr so nah zu sein. Daran könnte er sich gewöhnen. Printz entspannte sich und ließ sich von der Musik mitnehmen. »Angie, I still love you …«

11

Chioma saß mit Ebony am Tisch in ihrem kleinen vollgestopften Wohnzimmer, in dem noch ein Sofa, Sessel und afrikanische Erinnerungsstücke Platz gefunden hatten, darunter mehrere Masken, handgeschnitzte Giraffen und Elefanten, bunte Decken und eine Trommel. Chioma spürte, wie angespannt die Kleine war.

Sie hatte kaum geschlafen, war zwar immer wieder auf dem gemütlichen Sofa eingenickt, aber schon nach kurzer Zeit hochgeschreckt. »Maman, Maman«, hatte sie geflüstert.

Jetzt war die Nacht vorbei. Nach einem Regenschauer schien kurz die Sonne in den Raum, ließ die Staubkörner tanzen. Es roch nach Kräutertee und warmen Brötchen. Chioma bestrich eine Hälfte dick mit Butter und Honig und reichte sie Ebony, die sie dankbar und vertrauensvoll anlächelte. Gestern Abend konnte das Mädchen kaum einen Bissen herunterbringen, nachdem sie sich den Bulgur zunächst hungrig auf den Teller geschaufelt hatte. Doch dann, nach wenigen Bissen, hielt sie inne und ließ die Gabel sinken. Sie kaute immer langsamer, konnte kaum schlucken. Das Essen schien ihr förmlich im Hals stecken zu bleiben.

Hauptsache, sie trinkt etwas, war Chioma durch den Kopf gegangen. Ein Glas Apfelsaft nach dem anderen hatte das Mädchen in sich hineingegossen, immerhin ein paar nährende Kalorien. Dann war sie in das Kissenlager auf dem Sofa geklettert, das Chioma ihr eingerichtet hatte. Mit bis an die Nase hochgezogener Decke, drückte Ebony den Hasen und das Püppchen an sich und hatte die Augen zusammengepresst, als könne sie so die Bilder, die hinter ihrer Stirn eingebrannt waren, aus dem Gedächtnis löschen. Mitten in der Nacht war sie zu Chioma ins Bett gekrochen.

Nicht nur wegen des Gewitters. Fest an sie geschmiegt, war Ebony dann endlich eingeschlafen.

Chioma hatte lange wach gelegen und das Mädchen betrachtet. Sie spürte tiefe Zuneigung zu dem Kind. Es fühlte sich an, als hätte Ebony eine graue, schwere Leere in ihr mit heller Wärme gefüllt. Diese Leere war schon so lange ein Teil von ihr, dass sie ihr gar nicht mehr bewusst gewesen war. Sie fragte sich, was das Mädchen gesehen haben mochte. Den Mord an dem Küchenchef? Vielleicht hatte sie den oder die Mörder erkannt. Waren sie und ihre Mutter allein in dem Keller gewesen? Womöglich hatten ja noch mehr Menschen dort unten gewohnt. Warum war Theo Sander umgebracht worden? Falls er Ebony und ihre Mutter dort versteckt hatte, warum? Vor wem? So viele unbeantwortete Fragen.

Chioma ahnte, dass das Kind ihr wichtige Informationen geben konnte, die Karina weiterhelfen würden. Selbstverständlich würde ihre Freundin ihre Nase auch in diesen Fall stecken. Chioma musste lächeln. Davon würde die Polizei sicher nicht begeistert sein, daher brauchte die Hobbydetektivin dringend ihre Unterstützung. Sie mochte es gern, wenn Karina auf ihre Methoden zurückgriff. Methoden, die den Europäern vielleicht seltsam erschienen, aber meistens funktionierten. Selten war ihr ein Mensch begegnet, der so wenige Vorurteile oder Vorbehalte hatte. Sie vertraute Chiomas Intuition und schätzte ihre Fähigkeiten. »Du hörst die Flöhe husten und verstehst auch noch, was sie sagen«, lachte sie oft. »Du bist einfach ein Naturtalent«.

Doch dies war keine leichte Situation. Chioma fürchtete, dass es gefährlich für sie alle werden würde. Sie spürte die drohende Gefahr fast körperlich. Das Kind war so verängstigt, dass es kaum einen Laut von sich gab. Immerhin hatte sie ihr anvertraut, wie sie hieß, wer ihre Mutter war und wo sie gewohnt hatten. Dann hatte sie wieder geschwiegen. Sie war ein braves Mädchen, gut erzogen.

Chioma erinnerte sich daran, wie Ebony sich direkt am Morgen die Zähne geputzt hatte, nachdem sie die für sie hingelegte Zahnbürste und Zahnpasta gefunden hatte. Auch Gesicht und Hände wusch sie unaufgefordert. Später würde Chioma versuchen, sie in die Badewanne zu setzen. Im kleinen schwarzen Rucksack des Mädchens waren keinerlei Dokumente zu finden gewesen, nur etwas Wäsche und ein paar Geldscheine.

Während das Kind den Rest des Brötchens kaute und den inzwischen erkalteten Tee trank, setzte sich Chioma auf das Parkett, entzündete in einer Muschel etwas getrockneten Salbei, Rosmarin und Minze. Das würde die Luft und auch die Gedanken reinigen. Während sie die Schwaden mit Eulenfedern in den Raum fächelte, sang sie leise.

Ebony schaute interessiert zu.

Kannte sie solche Rituale? Chioma rollte ein weißes Tuch aus, öffnete den Beutel mit den Holzfigürchen und verteilte sie darauf. Dann sortierte sie sie ein wenig. Ebony rutschte von ihrem Stuhl, hockte sich neben Chioma und berührte die eine oder andere Figur vorsichtig mit dem Zeigefinger, schob sie dann zu den anderen hin und wieder etwas zur Seite. Die Afrikanerin sah Bilder vor sich, schemenhaft zunächst, aber langsam nahmen sie Kontur an. Eine Frau, ein kleines Zimmer, Stockbetten, trockene Luft, Staub. Sie spürte wieder Angst wie eine kalte Hand, die nach ihr griff. Eine Gänsehaut überlief sie, zuerst die Arme, dann die Beine, den Rücken, den gesamten Körper. Angst und unfassbare Anspannung spürte sie. Schmerzen. Sie brannten in der Schulter, hämmerten im Nacken, im Rücken, die Oberarme wurden von harten Fingern umfasst. Schläge auf den Rücken. Todesangst, Verzweiflung. Sie hatte das Gefühl zu ersticken. Aber sie atmete weiter. Der Atem war geblieben. Ebonys Mutter lebte noch.

Chioma wandte sich dem Mädchen zu. Die Bilder lösten sich sofort auf wie ein Nebel, durch den ein Lichtstrahl fährt.

Die Augen des Kindes waren weit aufgerissen, Tränen glänzten darin.

»Du musst keine Angst haben«, sprach sie leise und strich ihr über die Wange, die sich feucht anfühlte. »Ich bin da. Wir finden deine Mama.«

Ebony legte den Kopf an ihre Schulter. Sie vertraute ihr. Aber sie sagte kein Wort. Noch nicht.

Chioma griff nach ihrer Hand. Ebony überließ sie ihr.

»Wir malen.« Sie lächelte sie an. »Du gerne malen?«

Ebony hob den Kopf, nickte vorsichtig.

Chioma zog das Mädchen mit hoch, als sie aufstand. Dann wies sie auf einen großen geflochtenen Henkelkorb in einer Ecke des Wohnzimmers. Ebony schaute hinein und sah Schachteln mit Stiften und Pastellkreiden. Chioma ließ ihre Hand los, räumte mit wenigen Handgriffen den Tisch frei, wischte kurz mit einem Lappen darüber. Sie hob den Korb an und beförderte ihn mit einem Schwung auf die Tischplatte. Aus einer Kommodenschublade zog sie einen Stapel weißer Blätter, packte ihn auf den Tisch. Dann öffnete sie die Schachteln und leerte auch die Dose mit den dicken Buntstiften auf der Tischplatte aus. Ebony schaute begeistert zu. Chioma deutete einladend auf den Stuhl.

Das Mädchen kletterte hinauf, kniete sich auf das dicke Kissen und zog den Karton mit Pastellkreiden näher zu sich. Sie schob ein paar Blätter vor sich zurecht, hielt einen Moment inne und schaute unentschlossen auf die vielen Farben in dem Kasten. Gelb-, Rot-, Blau-, Grün-, Braun-, Grautöne in den verschiedensten Schattierungen und Mischungen.

»Prends la couleur qui parle avec toi«, Chioma flüsterte beinahe. »Du hören, Farben sprechen zu dir.« Dabei griff sie selbst nach den Wachsmalstiften und legte ein Blatt vor sich. Sie nahm einen kobaltblauen Stift und begann mit der linken Hand eine Spirale zu skizzieren. Als sie ihren erstaunten Blick bemerkte, lächelte sie aufmunternd: »Links gut, Herzseite. Coeur est à gauche.«

Ebony schaute auf Chiomas Hände, der Schatten eines Lächelns streifte ihren Mund und dann griff auch sie mit der linken Hand nach der ersten Farbe. Karmesinrot. Sie skizzierte ein Herz auf das Blatt, malte es ganz aus und drückte dabei so stark mit der Kreide auf, dass die Farbsplitter ihre Finger rot färbten. Dann ließ sie blutrote Tropfen aus dem Herzen regnen. Immer mehr, sie konnte gar nicht damit aufhören. Konzentriert malte das Kind seinen Schmerz.

So traurig war sie, Chioma konnte es fühlen. Das kleine Herz war todtraurig. Regen prasselte ans Fenster.

Die Frau und das Mädchen saßen einträchtig nebeneinander und malten Bild um Bild. Ebony zeichnete eine weibliche Figur in grüngelbem Kleid, dann drei Männer in schwarzen Anzügen mit riesigen Händen und Schuhen, eine Frau und ein kleines Mädchen, ein Boot, schwarzblaues Wasser. Raha, schrieb sie unter die Frau. Unter das Mädchen Ebony. Später, als Ebony in der Badewanne planschte, betrachtete Chioma die Bilder und sah den Beginn der Geschichte klar vor sich. Drei Männer hatten die Frau und das Mädchen mit vielen anderen zusammen in einem Boot irgendwie nach Europa gebracht. Aber was war dann passiert? Was hatte das Kind gesehen? Sie musste Geduld haben.

12

»Der Nächste bitte!« Stefan Printz kam sich vor wie ein Arzt, der Sprechstunde abhielt. Bisher war von Sanders Kolleginnen und Kollegen nicht viel Erhellendes zu hören gewesen. Die meisten lobten den Küchenchef als Vorgesetzten und Kollegen. Er hatte wohl immer ein offenes Ohr für seine Mitarbeiter gehabt. Die Leute waren entsetzt darüber, dass er gewaltsam zu Tode gekommen war.

Auch der Putzmann hatte sich immer wieder an den Hals gefasst und gestammelt: »Ich kann mir nicht vorstellen, was da passiert ist. Der Sander war ein wirklich netter Kerl.«

Mit den Gästen war er offensichtlich ebenfalls gut ausgekommen. Zumindest machten Sanders Kollegen keine gegenteiligen Äußerungen. Dass er im Keller jemanden versteckt hatte, war von niemandem kommentiert worden. Printz hatte vorsichtig nachgefragt, ob ihnen etwas aufgefallen wäre. Die Leute waren überzeugend gewesen. Da log ihm keiner etwas vor. Der Kommissar hätte das sofort erkannt.

»Darf es auch eine Nächste sein?«, wollte eine blonde Frau wissen, die wohl im Service arbeitete. Blutjung, wahrscheinlich Studentin.

Printz machte eine einladende Handbewegung. »Ausnahmsweise.« Er griente.

Die Blondine stellte sich als Laura Langner vor. Tatsächlich studierte sie Anglistik und Romanistik auf Lehramt. Sie arbeite noch nicht lange im Service, räumte sie ein, sei noch in der Einarbeitungsphase. Nervös knüllte sie ein Taschentuch zusammen und schob es in den Händen hin und her.

Printz sah sie aufmerksam an. »Gab es Schwierigkeiten wegen der Einarbeitung?«, wollte er dann wissen.

Laura Langner nickte und ihr Haar wippte dabei. »Genau gesagt hab ich mich ziemlich blöde angestellt.« Sie sah unglücklich aus. »Mir ist ein Glas hingefallen, das in tausend Splitter zersprungen ist. Und einmal ist mir die Suppe aus der Tasse über die Hose eines Gastes und dann auf den Fußboden gelaufen und so.« Sie hielt inne. Eine Träne rann langsam ihre linke Wange hinunter. Sie nahm das zerknüllte Taschentuch und wischte sich damit über das Gesicht.

Der Kommissar unterdrückte ein Grinsen. Das fehlte jetzt noch, dass er die ungeschickte Frau auch noch auslachte. Aber die Vorstellung, wie dem Gast womöglich die Suppe direkt auf die teuren Klamotten geplatscht war, amüsierte ihn. In den USA würde man für solche *Verbrennungen* direkt dickes Schmerzensgeld kassieren. Schnell schaute er aus dem Fenster, lenkte seine Aufmerksamkeit auf ein Motorboot, das gerade vorbeisauste. Dann hatte er sich wieder im Griff. »Hat es wegen dieser kleinen Ungeschicklichkeiten Ärger gegeben?«

Die Langner nickte wieder. »Ja, der Chef hat mich zusammengefaltet. Und das vor allen Gästen. Megapeinlich. Aber an sich war der Herr Sander gar nicht so. Nur an dem Tag … Und dann hat sich auch noch der Voss eingemischt.«

»Voss?« Den Namen hatte schon jemand zuvor erwähnt. Der Kommissar blätterte in seinem Block zurück. Genau. Mehrmals wurde er genannt. Voss war Stammgast im Café. Printz blickte Laura Langner fragend an. »Wie hat sich dieser Herr Voss denn eingemischt?«

»Er hat Herrn Sander beschimpft, er wäre ein total mieser Chef und so kleinlich. Er hätte den Laden nicht im Griff und würde das an seinen Leuten auslassen. Er sollte einen Kurs in Personalführung belegen. All so'n Zeug. Der ist völlig ausgerastet.« Sie strich sich mit der Hand durchs Haar. »Der machte ja dauernd Eingaben bei der Geschäftsführung. Der Chef wusste das und war wütend auf den Kerl. Der Voss hatte sich richtig auf den eingeschossen.

Der war ja so gut wie jeden Tag hier, beobachtete alles und schrieb jeden Mist in seine Kladde. Total bescheuert.«

Printz notierte die Aussage in Stichworten. »Was denn für Eingaben?« Er hielt inne, sah sie an.

»Na ja, der Voss schrieb dauernd Briefe an die Geschäftsführung und beschwerte sich über Herrn Sander. Das war allgemein bekannt. Er wollte ihn wegmobben. *Sie werden mich noch kennenlernen!*, hat er gedroht. *Sie kriege ich noch klein. Mir ist keiner gewachsen.* Der hat ein Ego so groß wie ein Zirkuszelt. Aber von den anderen wusste ich, dass das einfach ein harmloser Irrer ist. Der tut keinem was. Aber man weiß ja nie, wie einer dann tatsächlich reagiert, oder?«

Der Kommissar machte sich ein großes Ausrufungszeichen hinter den Namen Voss. Er würde später bei der Geschäftsführung nach den Briefen fragen. Und diesem Herrn einen Besuch abstatten und nachsehen, ob er tatsächlich so harmlos war, wie die niedliche Studentin meinte.

»Möchten Sie noch etwas erzählen, wonach ich Sie noch nicht gefragt habe und was Ihnen vielleicht irgendwann aufgefallen ist?«, meinte er. Diese offene Nachfrage hatte sich schon in vielen Befragungen bewährt.

Doch die Langner verneinte. Printz nickte ihr aufmunternd zu und entließ sie mit einem wohlwollenden Lächeln.

Anna Sabrowski bremste scharf.

»Sie haben Ihr Ziel erreicht«, signalisierte das Navi, wie immer einen Tick zu spät. Robert-Heuser-Straße.

Sie waren da, mitten in Marienburg und weder sie noch Printz kannten sich hier gut aus. Das Schild mit den wohl ehemals goldenen Lettern auf schwarzem Grund war verblasst, der Name nicht zu entziffern, nur die Hausnummer klar und deutlich lesbar. Ein schmucker, weiß gestrichener Eisenzaun schützte den Vorgarten einer imposanten Jugendstilvilla. Printz drückte gegen das Törchen, an dem wie am

Zaun die Farbe abblätterte. Es war nicht verschlossen. Er ließ die Kollegin passieren. Der Hauch von Maracuja und Vanille stieg ihm wieder in die Nase. Sie roch immer gut, das fiel ihm auf einmal ständig auf. Vor dem Eingang der weißen Villa blühte rosafarben ein riesiger Rosenstock, der von der Straße aus den Blick auf die Haustür verdeckte. Zwischen den Steinplatten wucherte Unkraut. Ein schmaler Weg führte durch die Blumenrabatten um die Rosen herum zu einer breiten Marmortreppe. Die Villa erschien ihm wie ein Traum aus einer anderen Welt und Zeit, als wäre er einer Rosamunde-Pilcher-Verfilmung entstiegen, selbst der Nieselregen passte dazu. Allein die mit Stuck verzierten Fenster, dann die imposante Eingangstür mit den bunten Glasscheiben, das gab es in dieser Art heutzutage selten. Beim Näherkommen nahm er wahr, dass auch hier die Farbe überall abblätterte und dem Haus einen morbiden Charme verlieh. Auf den Treppenstufen standen rechts und links Kartons mit Zeitungen, durch die sie sich hindurchzwängen mussten, um zur Klingel zu gelangen. Wahrscheinlich sortierte hier jemand das Altpapier aus, vermutete der Kommissar, während sie warteten. Es dauerte nur kurz, bis sich Schritte näherten und die Tür einen Spalt geöffnet wurde. Drinnen konnte er nur schemenhaft eine Person erkennen. »Ja, bitte?«

»Kriminalhauptkommissar Stephan Printz«, stellte er sich vor und hielt den Dienstausweis vor den Spalt. Er wies auf Anna. »Meine Kollegin Frau Sabrowski.«

Die Tür ging nun weiter auf und ein Mann mit schulterlangen grauen Haaren schaute sie fragend an. Er trug weiße Hosen und eine weiße Jacke, ein Outfit, das Printz an einen Anstreicher oder einen Pfleger erinnerte. »Reinhardt Voss«, sagte der Mann. »Sie wünschen? Kommen Sie wegen des Mordes im Schokoladenmuseum?«

Printz nickte. »Wir hätten da ein paar Fragen an Sie. Dürfen wir vielleicht hereinkommen?«

»Sehr gerne, aber es ist etwas schwierig hier drinnen«, Voss zögerte. »Ich habe nicht viel Platz.« Er schien zu überlegen, dann winkte er die beiden Polizeibeamten mit der linken Hand herein.

Printz folgte ihm in den Flur, Anna war direkt hinter ihm. Ihnen schlug ein Geruch von Moder und Fäulnis entgegen.

Im Flur stapelten sich weitere Zeitungen und Zeitschriften rechts und links an den Wänden bis unter die Decke, eine Treppe, die in den ersten Stock führte, war über und über mit Kartons und Kisten vollgestellt. Der Kommissar musste sich auf die Seite drehen, um Voss durch den schmalen Gang folgen zu können, den es zwischen den Kartons und Stapeln noch gab. Eng, staubig, sogar der Boden war bedeckt mit Mülltüten, über die sie steigen mussten. Der Mann öffnete eine Tür, die Küche, von der aus man in einen Wintergarten schauen konnte, der wiederum den Blick auf den zugewucherten Garten freigab. Die Küche war geräumig, ein großer Esstisch mit vier Stühlen. Der Tisch, die Spüle, selbst die Stühle wurden als Abstellfläche genutzt und waren voller schmutziger Tassen und Teller mit eingetrockneten Essensresten darauf. Schüsseln mit etwas, das sicher schon wochenlang vor sich hin faulte. Überall Plastiktüten, aus denen Müll hervorquoll, verdreckte Wäsche, Hemden, achtlos auf Haufen geworfen. Es stank nach Abfall und Verwesung.

Anna sah Printz erschrocken an. So konnte doch wohl kein Mensch leben. Was hatte das zu bedeuten?

Voss schien ihr Entsetzen nicht wahrzunehmen, sondern plapperte freundlich und fing an, Geschirr von zwei Stühlen auf den Tisch zu stapeln. »Nehmen Sie ruhig Platz.« Für ihn schien das Chaos ganz normal zu sein. »Möchten Sie einen Kaffee?«, erkundigte er sich im Plauderton.

Printz beeilte sich abzulehnen, aber Voss zog eine Tasse unter einem speckigem Geschirrhandtuch hervor und hielt sie unter kaltes Wasser, um sie auszuspülen. Dann griff er nach einer zweiten. »Das ist doch kein Aufwand, geht ganz schnell. Wo ist denn nur die Espressokanne?«, fragte er sich selbst halblaut und schob das verschmierte Geschirr hin und her. Er hangelte unter einem Wäschestapel ein vor Schmutz starrendes Handtuch heraus, mit dem er sich anschickte, die gerade ausgespülten Tassen abzutrocknen.

Auch Anna lehnte nun laut und deutlich ab. »Vielen Dank, Herr Voss. Aber wir haben wenig Zeit.« Keinen Schluck würde sie hier trinken. Das Geschirrtuch war grau und so steif, dass man es hätte hinstellen können und roch derart ranzig, dass sie kaum atmen konnte. Vorsichtig nahm sie auf der Kante eines Stuhls Platz, wobei sie sich bemühte, weder dem Tisch noch einem der Wäschestapel nahezukommen. Am liebsten hätte sie die Arme um den Körper gelegt. Sie schaute Printz kurz an, der sich ihr gegenüber hingesetzt hatte. Pokerface, dachte sie und lächelte zögernd.

»Es riecht bestimmt etwas abgestanden.« Voss öffnete das Fenster. Die frische Luft milderte ein wenig den Eindruck, sich auf einer Müllkippe zu befinden.

»Danke«, sagte Anna kurz.

Der Mann sah zu ihr hin. »Ja, ja, man merkt, dass keine Frau im Haus ist.« Er zwinkerte ihr zu.

Sie schaute kühl zurück. Was bildete sich der denn ein? Wollte er etwa mit ihr flirten? Der litt ja wohl unter völligem Realitätsverlust.

»Meine Mutter ist vor vier Jahren gestorben, sie lebte oben im Haus, war am Ende ein Pflegefall und tat sich sehr schwer mit dem Sterben. Sie konnte nicht loslassen. Meine Schwestern sind schon lange weg, eine in Süddeutschland, eine im hohen Norden. Von denen hör und seh ich nichts. Die haben sich auch nicht um ihre Mutter gekümmert, als sie nur noch im Bett lag und nichts mehr konnte außer meckern. Die Alte hat sich immer aufgeregt, dass ich alles aufgehoben habe. Jetzt hält sie endlich die Schnauze.«

Printz blickte ihn ruhig an. Ein Messie war der Mann auf jeden Fall. Aber was war mit ihm sonst noch los? »Sie leben allein hier, Herr Voss?«, hakte er nach.

»Ja.« Er drehte sich so, dass er Printz gerade in die Augen schauen konnte. »Frauen tun sich schwer mit mir. Ich bin ein Perfektionist, kann die Macken der anderen nicht gut aushalten. Die meisten Frauen haben mehr Macken, als man glaubt. Meine Erfahrung.« Er hielt inne und sah Anna verschwörerisch an. »Sie sind da bestimmt eine Ausnahme. Sie wirken so korrekt. Das gefällt mir«, fügte er mit einem weiteren Augenzwinkern hinzu. Doch trotz aller Jovialität blieben seine Augen kalt.

»Was machen Sie denn beruflich?« Der Kommissar wollte nicht plaudern. »Sie verbringen viel Zeit im Schokoladenmuseum, oder?«

»Ich war Lehrer, bin frühverrentet.« Voss sah zum Fenster hinaus. »Ich konnte das ewige Geplärre und dieses dumme Geschwätz nicht länger ertragen. Hab mich krankgemeldet und bin dann ausgeschieden. Burn-out. Als meine Mutter starb, hat sie uns das Haus und noch ein dickes Bankkonto hinterlassen. Ich bin von Beruf Sohn, wenn Sie verstehen, was ich meine. Sozusagen eine gute Partie«, schob er mit Blick auf Anna nach.

Sie reagierte nicht darauf. Der war ja wohl nicht bei sich.

»Herr Voss, wir haben gehört, dass Ihnen im Schokoladenmuseum, im Umfeld von Herrn Sander, Ungereimtheiten aufgefallen sind? Was war denn da los?« Jetzt schaute Printz interessiert und gab seiner Stimme einen mitfühlenden Klang. Er wusste genau, wie er bei den Befragungen auf die Themen zusteuerte.

Der Mann hob die Schultern. »Was heißt Ungereimtheiten? Der Mann hatte nicht den Hauch einer Ahnung von Personalführung. Der wusste gar nicht, was Mitarbeitermotivation bedeutete. Der konnte nichts, nichts! Sie hätten mal hören sollen, wie der seine Leute angepfiffen hat. Aggressiv ist der geworden. Und laut. Der war ungerecht und launisch.« Voss hob die Stimme. Sein Gesicht färbte sich dunkelrot. Er sprang von seinem Stuhl auf, der fiel polternd nach hinten.

Printz registrierte jede Regung. »Das hat Sie richtig wütend gemacht«, stellte er fest. »Was hat Sie denn daran so geärgert? Es hatte doch eigentlich mit Ihnen nichts zu tun.«

Voss lief nun zwei Schritte hin und zwei Schritte zurück, so viele wie die Küche zuließ. »Der war ein ganz streitsüchtiger Typ. Genau wie meine Mutter. Der war wie meine Mutter, genauso.«

»Wie war denn Ihre Mutter?«, warf Anna ein. Ihre Stimme klang weich.

»Meine Mutter? Sie war der Teufel persönlich. Nach außen tat sie freundlich und großzügig. Aber zu Hause? Da hat sie mich verprügelt, mit dem Gummischlauch. Immer mich, immer mich. Nie meine Schwestern, das waren die heiligen Kühe. Nur ich. Ich machte alles falsch.« Seine Stimme klang jetzt gepresst und kalt. »Die alte Hexe hat mich zum letzten Mal geschlagen, als ich siebzehn war. Da hatte ich nach dem Duschen das Handtuch einer meiner Schwestern benutzt. Dafür hat sie mich verprügelt. Dafür! Da hab ich zurückgeschlagen. Hab ihr so eine verpasst, dass sie nicht mehr wusste, wie sie hieß. Sie ist lang hingeschlagen und ich hab ihr noch eine verpasst. Danach hat sie mich nie mehr angefasst. Manche Leute kapieren es nur so.«

»Und Theo Sander?« Printz ließ nicht locker. »Mussten Sie dem auch eine verpassen, damit er kapierte, worum es ging?«

»Ja, dem hab ich auch eine verpasst«, grinste Voss. »Dem hab ich so richtig einen vor den Koffer gegeben. Da hat der nicht mit gerechnet, der Blödmann.« Jetzt lachte er laut, als hätte er einen Witz erzählt.

Printz sah Anna an, sie nickte. »Herr Voss, ich glaube, wir setzen unsere Befragung auf dem Präsidium fort.«

Der Mann starrte ihn an. »Wozu soll das denn gut sein?«

Der Kommissar stand auf. »Sie haben gerade selbst gesagt, dass Sie Theo Sander angegriffen haben.«

»Aber doch nicht mit der Faust«, beeilte sich Voss zu sagen. »Doch nicht so. Ich habe seinen Chefs die Augen über ihn geöffnet. Das war doch viel wirkungsvoller. Der sollte seinen Job verlieren, die unverschämte Sau. Weg mit ihm, weg mit ihm, hat die Stimme immer gesagt. Auf meine innere Stimme kann ich mich verlassen. Ich hab schließlich Theologie studiert. Weg, weg, weg …« Er brach in Tränen aus und wischte sich mit dem Ärmel über die Augen.

»Herr Voss, wo waren Sie am 18. Mai abends?« Anna blieb freundlich.

Er stierte sie an. »Ich? Wo soll ich gewesen sein. Ich war hier zu Hause, hab meine Unterlagen sortiert.« Er wies auf die Papierstapel. »Ich habe immer viel damit zu tun. Muss die Zeitungen und die Zeitschriften auswerten. Da stehen Nachrichten für mich persönlich drin, nur für mich. Manchmal finde ich die nicht so leicht. Einen Fernseher hab ich nicht. Brauch ich auch nicht. Außerdem strahlt der ja. Sie wissen schon – Elektrosmog.«

Der Kommissar stand jetzt vor ihm. »War vielleicht jemand hier bei Ihnen oder hat jemand angerufen?«

Voss verneinte. »Hier kommt keiner hin. Und telefonieren tu ich schon lange nicht mehr. Wegen der Strahlung. Davon bekommt man einen Hirntumor. Ich schreibe Briefe.«

Printz legte ihm die Hand auf den Arm. »Dann begleiten Sie uns doch bitte aufs Präsidium. Wir müssen da noch mal in Ruhe über alles sprechen und Ihre Aussage protokollieren.«

Der Mann schloss das Fenster und ging vor den Kriminalbeamten, die sich wieder zwischen den Papierbergen hindurchwanden, zur Haustür. Er griff den Haustürschlüssel, der am Brett neben der Tür hing, und schloss von draußen zweimal ab. Dann folgte er den beiden zum Dienstwagen. Im Vorgarten sang eine Amsel. Der warme Wind verwehte den fauligen Geruch, den sie aus dem Haus mitgenommen hatten.

13

Es klingelte, zweimal kurz, einmal lang.

»Das ist Karina«, beruhigte Chioma Ebony, die sie ängstlich anblickte, sich aber, nachdem sie wusste, dass es das vereinbarte Klingelzeichen war und nur ihre Freundin vor der Tür stehen konnte, sofort entspannt ihrem Bild zuwandte.

Sie war gerade dabei, in großen Buchstaben ihren Namen auf ein Blatt zu zeichnen und jeden einzelnen Buchstaben in einer anderen Farbe zu gestalten. Um das E hatte sie mit Buntstiften rosa Blüten gerankt und es mit viel Gelb ausgefüllt.

»Très jolie déjà, ta lettre e«, lachte Chioma und fragte an der Tür stehend nach: »Wer ist da?«

»Karina, du Nuss«, krächzte es aus der Sprechanlage. »Mach auf.«

Chioma drückte auf den Öffner. Kurze Zeit später entriegelte sie die Wohnungstür, nicht ohne vorher durch den Türspion zu spitzen. Sicher war sicher.

Karina stellte den triefenden Schirm vor der Tür ab, kam herein, umarmte Chioma und streichelte wenig später Ebony über das Haar. Sie waren inzwischen sehr vertraut miteinander. Am Anfang war das Mädchen sofort unter Chiomas Bett gekrochen, wenn Karina kam. Doch nach und nach hatte sie begriffen, dass von ihr keine Gefahr ausging. Im Gegenteil. Sie war eine Freundin, das war dem Mädchen schnell klar gewesen. Beim zweiten Besuch kam sie irgendwann unter dem Bett hervor und hatte sich auf den Boden im Flur gehockt und die beiden Freundinnen aus sicherer Distanz beobachtet. Karina hatte ein Paket Schokopralinen mitgebracht und auf den Tisch gestellt. Chioma und sie ließen sich die Pralinen zum Kaffee schmecken. Als Karina gegangen war, hatte Ebony die restlichen Pralinen vom Tisch stibitzt und, begleitet von Chiomas aufforderndem Lächeln, aufgegessen. Diese Schokopralinen schmeckten ähnlich wie die Schokobonbons, die Theo Sander ihr immer zugesteckt hatte. Schließlich war das Kind erst gar nicht unter das Bett geflüchtet, sondern im Zimmer geblieben, hatte sich aber sicherheitshalber nahe der Tür an die Wand gestellt. Dann war das Eis endgültig gebrochen.

Karina warf nun ihre Jacke über einen freien Stuhl. »Hat sie etwas gesagt, außer ihrem Namen?«, flüsterte sie ihr leise ins Ohr.

Chioma verneinte mit einem kaum zu bemerkenden Blinzeln.

Karina lächelte Ebony freundlich zu und stellte eine geöffnete Schachtel mit Schokobonbons auf den Tisch. »Das ist ein spezielles Rezept. Die hab ich selber gemacht, extra für dich. Seelentrost heißt diese Kreation.« Sie war nicht sicher, ob Ebony sie verstanden hatte, legte deshalb die Hand aufs Herz, wiegte ihren Körper hin und her und schloss in genießerischer Verzückung die Augen.

Das Mädchen trat näher. Sie angelte sich eine Praline aus der Schachtel und steckte sie in den Mund. Vanille schmeckte sie als Erstes, dann etwas, das im Mund zart und leicht auseinander floss wie warme Tränen. Augenblicklich breitete sich eine Welle in ihr aus, eine Welle, die warme Süße und sanfte Weichheit, einen Hauch Sicherheit und aufblitzende Hoffnung mit sich brachte. Die schokoladige Welle floss durch ihre Kehle, dann die Speiseröhre hinunter. Ein fröhliches Lachen kitzelte in ihrem Magen, das zurück durch die Speiseröhre in den Hals bis in den Mund glitt und sie dazu brachte, laut aufzulachen. Sie schaute die Frauen verblüfft an. Was war das denn?, fragte ihr Blick.

Karina lachte auch. »Das ist ein Geheimnis, ein Familiengeheimnis. Gut, oder? Wir haben da einige auf Lager. De ma famille. Tu comprends?«

Ebony nickte. »Wir haben auch Geheimnis«, flüsterte sie.
Karina und Chioma wagten kaum zu atmen.

Das Kind sprach – gut verständlich. Sie schaute zuerst Chioma, dann Karina an. »Meine Maman«, sagte sie schnell, als liefe sie vor jemand davon. »Sie ist weg. Sie haben sie geholt, die Männer. Sie hat geschrien.« Ihre Stimme war ganz leise, aber die beiden verstanden jedes Wort. Ebony lehnte sich an Chioma, die sie sofort mit beiden Armen umfasste und an sich drückte. »Ma petite chou-fleur«, wisperte sie.

Karina schaute einen Moment irritiert. Kleiner Blumenkohl? Was sollte das denn? Aber das Kind schien das nicht übel zu nehmen. »Wie seid ihr denn in das Museum gekommen? Magst du uns alles erzählen?« Karina wählte jedes Wort behutsam aus.

Ebony sah sie an, dann traf sie eine Entscheidung. Der Druck, unter dem sie die ganze Zeit gestanden hatte, brach sich Bahn. Das kleine Mädchen konnte und wollte die schwere Last nicht mehr alleine tragen. In einem wilden Gemisch aus Französisch und recht gutem Deutsch erzählte sie, wie Karina überrascht feststellte. Aber Kinder lernten ja unglaublich schnell eine Fremdsprache, dachte sie und erinnerte sich kurz daran, wie mühsam sie selbst im Französischunterricht die Grammatik und Vokabeln gepaukt hatte. Sogar eine Sprachreise hatte sie in den großen Ferien gemacht, vier Wochen Perpignan, um sich zu verbessern. Es hatte einiges gebracht, aber vieles war auch wieder verloren gegangen.

Chioma stieß sie leicht mit dem Ellbogen an. Hör zu, signalisierte sie ihr.

Ebony erzählte von ihrem Dorf Bébakoi. Wie ihre Mutter nach dem Tod des Vaters sich dort nicht mehr sicher gefühlt und Männern viel Geld gegeben hatte, um dort wegzukommen. Wie sie alles verkaufen mussten, um nach Europa zu gelangen. Die Männer hätten sie immer wieder bedroht. Die Fahrt in dem kleinen Boot, wo sie doch gar nicht schwimmen konnten. Wie groß ihre Angst gewesen war. Dann waren sie lange unterwegs gewesen und zuerst in einem Lager und dann nach ein paar Tagen im Flüchtlingsheim untergekommen. Später hatten die Männer ihre Mutter terrorisiert.

Karina kroch die Angst den Rücken hinauf bis in den Nacken. Sie spürte, wie sich ihre Muskeln verkrampften. Ein Kopfschmerz züngelte in der Schläfe. Sie bemühte sich, ihr Entsetzen über das, was das Kind berichtete, nicht zu deutlich zu zeigen.

Ebony erzählte weiter. Ihre Mutter und sie wussten nicht genau, wohin die Männer sie bringen wollten, nur so viel, dass sie in ein Haus sollten, beide, wo reiche Männer hinkämen und etwas von ihnen wollten. Für Geld.Eine der anderen Frauen hatte ihnen das anvertraut und sich dann auch in Sicherheit gebracht. Daraufhin hatten sie das Heim verlassen und waren zum Schokoladenmuseum gelaufen, in der Hoffnung, jemand würde ihnen irgendwie helfen. Theo Sander hatte sie gefunden und im Museumskeller versteckt. Alles sprudelte nur so aus ihr heraus. Dass der Küchenchef ihr den Hasen geschenkt hatte, wie sie dann den ganzen Tag ganz leise sein mussten.

Karina holte tief Luft: »Kannst du die Männer beschreiben?«

Das Mädchen nickte. Sie würde sie zeichnen.

Gleichzeitig konnte sie ja von ihnen erzählen, dachte Karina. Sie würde jedes Detail mit ihrem Smartphone aufnehmen.

»Was ist denn oben passiert?«, fragte sie. »An dem Tag, an dem du weggelaufen bist?«

»Weiß nicht«, kam die leise Antwort. »Maman hat geschrien. Ich soll rrraus, rraus, rraus. Da bin ich gelaufen bis zu dem roten Haus.« Die Hände des Mädchens zitterten.

»Dort habe ich dich dann gefunden«, beruhigte Chioma sie sanft.

»Ich möchte zu meine Maman«, weinte das Kind unvermittelt.

Chioma drückte sie an sich. »Wir finden sie, c'est promis!«

Ebony sah sie vertrauensvoll an, dann zu Karina. Auch sie nickte. Sie würden ihre Mutter finden. Chioma war sich sicher, dass sie noch lebte. Karina glaubte ihr, wollte ihr so gerne glauben.

Stephan Printz und seine Kollegin Anna stiegen aus dem Dienstfahrzeug. Nach ausführlicher Befragung war Voss wieder nach Hause geschickt worden und sie hatten sich auf den Weg zum Friedhof gemacht. Im Auto waren sie die Befragung noch einmal durchgegangen. Hatten auch darüber gesprochen, dass man entdeckt hatte, dass das Siegel, mit dem die Küchentür im Schokoladenmuseum gesichert gewesen war, beschädigt wurde. War der Täter noch einmal zurückgekommen und wenn ja, warum? Nach einer längeren Pause des Schweigens hatte Anna laut überlegt, ob sie überhaupt mit zur Beerdigung von Theo Sander gehen sollte oder nicht. Printz war so erstaunt gewesen, dass er sie aus dem Augenwinkel musterte. Sie war doch sonst nicht so zögerlich und unentschieden.

»Ach, weißt du«, hatte Anna schließlich auf seine Frage hin herumgedruckst. »Ich geh halt nicht gern auf den Friedhof und auf den Südfriedhof schon gar nicht. Da schließt die Aufbahrungshalle direkt an die Trauerhalle an.«

»Seit wann hast du denn Probleme mit Leichen?« Printz versuchte es nun noch einmal auf die humorvolle Tour, schloss das Auto ab, das er auf dem Parkplatz neben dem Friedhof abgestellt hatte und griff nach einem Schirm, man konnte ja nie wissen. Anna folgte ihm durch die Pforten, ging dann neben ihm den Weg entlang, der auf beiden Seiten mit alten Linden gesäumt war.

»Wir haben übrigens die Identität der Frau und des Kindes inzwischen geklärt. Da uns Karin Sander sogar die Namen nennen konnte und ein Foto hatte, war das kein Problem.«

»Und?« Anna sah ihn gespannt von der Seite an, dann wieder nach vorn und wich im letzten Moment einer kleinen Pfütze mitten auf dem Weg aus.

Printz griff nach seinem Smartphone, wischte und klickte und las dann vor. »Also: Herkunftsland Elfenbeinküste. Die Mutter Raha, zweiter Vorname Marie – Raha bedeutet übrigens die Freie, das hab ich gegoogelt«, fügte er auf Annas erneuten, erstaunten Seitenblick ein. »Raha Marie, geboren am 1. Januar 1990, ihre Tochter Ebony Camille am 3. Februar 2008, Familienname: Anzian. Sie sind Christen und kommen aus einer kleinen Ansiedlung namens Bébakoi in der Nähe von Anyama, einem Vorort von Abidjan. Das haben sie bei ihrer Registrierung in der Erstaufnahmeeinrichtung angegeben. Weiter?«

Anna nickte. »Warum haben sie denn die Elfenbeinküste verlassen? Weiß man das?«

»Raha Marie Anzias Ehemann, Kojo Anzian, arbeitete als Friseur und verdiente zusätzliches Geld mit der Herstellung von traditionellen Masken, die die Ehefrau dann in Anyama auf dem Markt verkaufte.«

»Warum sprichst du in der Vergangenheitsform?«, unterbrach ihn Anna.

»Kojo Anzian starb bei einer Auseinandersetzung zwischen Christen und Muslimen. Das war auch der Auslöser, warum die Frau mit dem Kind dort weg ist. Ich habe mich da mal schlaugemacht. Es ist so, dass seit Jahren die Islamisierung an der Elfenbeinküste zunimmt. Deshalb fühlte sich Raha Anzian nicht mehr sicher und floh nach Deutschland.«

»Wann genau sind sie denn hier registriert worden?«, fragte Anna.

»Am 13. Januar 2016 zunächst in der Erstaufnahmeeinrichtung Köln-Chorweiler, wo auch die Erstuntersuchung stattfand. Nach drei Tagen Aufenthaltsdauer wurden sie im Flüchtlingsheim Südstadt untergebracht. Dort wurde das Mädchen mit anderen Kindern aus der Unterkunft dann in das Projekt im Schokoladenmuseum aufgenommen. Wie und wo sie genau nach Deutschland gekommen sind, weiß man nicht. Ich vermute mal durch Schleuser. Auf jeden Fall hat Theo Sander ihnen im Museum Unterschlupf gewährt. Vor was oder vor wem weiß man noch nicht. Aber es gab wohl einen triftigen Grund, wie man unschwer schließen kann.«

Anna atmete tief ein. »Bitte leite mir die Infos doch weiter, ja? Bin gespannt, wann endlich die Auswertung der Rechtsmedizin kommt. Die lassen sich echt Zeit.«

»Ja«, stimmte Printz zu. »Aber bei dem Spurenmeer, kein Wunder. Da sind bestimmt Spuren von etlichen Mitarbeitern zu finden. Die haben in dem Bereich zwar nicht alle gearbeitet, aber Pause gemacht. Die Spusi musste erst mal von allen Mitarbeitern Fingerabdrücke nehmen, damit sie Vergleichswerte haben. Aber die finden schon was. Die finden immer was. Die sind gut.« Er klang überzeugt.

Anna schaute ihn nicht an, sondern auf den Weg, als suchte sie etwas, dass sie dort verloren hatte. »Wir sind früh dran. Vielleicht gehen wir mal am Grab von Ursula Kehr vorbei?«

Printz blickte sie verdutzt an. »Sind Verwandte von dir hier begraben?«

»Nein, die liegen alle in Poll. Meine Familie wohnt ja auf der anderen Rheinseite. Nur meine Oma hat früher am Südfriedhof gewohnt. Dann waren Oma und ich öfter hier, wenn ich sie besucht habe. Eine Zeit lang war ich jede Woche bei ihr.«

Sie schlenderten den Weg entlang, kamen vorbei an einem in Trauer versunkenen Engel, der die Ruhmesfanfare nach unten geneigt hatte. Jugendstil vermutete Printz auch bei den nach oben hin trauernden, betenden Engeln, zu denen der Auferstandene trat. In dem Baum dahinter trällerte eine Amsel.

»Hier liegt der langjährige Präsident des 1. FC Köln begraben, Franz Cremer«, Anna wies auf das Grab vor ihnen. »Der Südfriedhof wurde um die Wende zum 20. Jahrhundert erbaut. Ein richtig schöner Park, oder?«

Printz nickte und wunderte sich, eben hatte sie doch noch gesagt, dass sie nicht gerne hierhin ginge. Er mochte alte Friedhöfe. In London hatte er einmal einen entdeckt, direkt an der Fulham Road in South Kensington. Old Brompton Cemetary, halb verfallene, von Unkraut überwucherte Gräber mit anrührenden Inschriften und Skulpturen. Und zwischen den Gräbern tummelten sich Eichhörnchen und Jogger. So einen friedlichen Ort hatte er mitten in London niemals vermutet. Auch der Südfriedhof war wohl ein Teil der grünen Lunge von Köln. Aber Jogger gab es hier keine. Die liefen eher im Grüngürtel und am Rhein.

»Wer ist denn nun diese Ursula Kehr?«, Er sah Anna auffordernd an. Sie könnte ruhig mal etwas gesprächiger sein. Was war denn bloß mit ihr los? Vor einem Grab, das einen Gedenkstein zeigte, auf dem ein Engel eine Frau von ihrem Mann wegführte, blieb er stehen. Schön, fand er, und traurig, sagte aber nichts. Als er sich umdrehte, war seine Kollegin schon weitergegangen. Er folgte ihr, als sie abbog, ein paar Wendungen machte, an einer Grabstätte mit der Aufschrift Berbuer vorbei. War das nicht dieser kölsche Liedermacher gewesen? Heidewitzka, Herr Kapitän … Printz war zwar ein Immi, also nicht in Köln geboren, aber so etwas wusste man, wenn man wie er seit einigen Jahrzehnten hier wohnte. Der Grabstein zeigte ein aufgeschlagenes Buch aus Marmor. Er sah sich um, Anna war wohl inzwischen dort angekommen, wo sie hinwollte.

»Ursula Kehr.« Sie sprach leise, als er neben sie trat, und

las dann laut die Inschrift des Grabsteins vor. Lehrerin 1939–1964. Sie opferte ihr Leben zum Schutze der ihr anvertrauten Schulkinder in Volkhoven.«

Anna wandte sich Printz nun doch zu: »Das war der erste Amoklauf an einer Schule in Deutschland. Hast du mal was vom *Flammenwerfer von Volkhoven* gehört?«

Printz überlegte, schüttelte dann den Kopf. Irgendein Erinnerungsfetzen wollte sich zeigen, wurde aber nicht deutlich.

»Sie war Lehrerin an der Volksschule Volkhoven, stellte sich bei einem Angriff durch einen Nachbarn vor ihre Schüler und wurde ermordet. Dieser Typ war völlig gestört und ist mit einem selbst gebauten Flammenwerfer und einer Lanze in die Schule rein und hat alle verbrannt und mit seiner Lanze niedergemetzelt, die er erwischen konnte. Meine Oma war damals als Malteser-Schwester am Tatort. Der Kerl hat sich dann mit E 605 vergiftet und sich damit dem Prozess und der Strafe entzogen.«

Der Kommissar nickte. Genau. Jetzt erinnerte er sich doch, seine Mutter hatte ihm als Vierjährigem aus der Zeitung darüber vorgelesen und auch später wieder. Wenn sie ihm damit hatte Angst machen wollen, war es ihr gelungen, denn seine Knie hatten geschlottert, als er dann 1966 eingeschult wurde. Da verbrennen Kinder, war seine Befürchtung gewesen. »Es muss monatelang in der überregionalen Presse darüber berichtet worden sein«, überlegte er laut.

»Genau. Lass uns zurück gehen, Printz. Ich glaube, gleich gehts los.« Anna wies auf ihre Armbanduhr und wandte sich zum Gehen. »Weißt du«, fügte sie beiläufig hinzu. »Meine Oma hatte ein Faible für solche Geschichten. Sie war stolz, dass sie vor Ort gewesen war. Für Tote und Schwerverletzte hatte sie sich schon immer interessiert.« Anna hielt inne, als überlegte sie, ob sie etwas erzählen sollte.

Printz ging schweigend an ihrer Seite. Am besten nichts

sagen, dann reden sie alle irgendwann. Er wusste, dass ihr etwas auf der Seele lag. Er konnte es spüren.

Anna schwieg einen Moment, dann atmete sie tief ein. »Als ich klein war, ist meine Oma jede Woche, wenn ich bei ihr war, mit mir auf den Friedhof gegangen um zu gucken, wer wieder alles gestorben war.« Jetzt war es heraus.

Printz kam nicht ganz mit. »Gestorben war?«, echote er. »Gab es eine Liste?«

»Nein, nein«, antwortete Anna schnell. »Wir gingen in die Aufbahrungshalle. Die war damals noch für jedermann zugänglich. Es gab kleine Räume, deren Türen nicht alle abgeschlossen waren. Draußen hingen Täfelchen, auf denen mit Kreide die Namen der in den Zimmern Aufgebahrten standen. Oma ging mit mir an der Hand den Gang entlang, las die Namen laut vor und dann öffnete sie jede Tür, ging in den Raum und wir schauten, wie die Frau Meyer oder der Herr Schmitz aufgebahrt waren.«

Printz riss die Augen auf. »Wie alt warst du denn da?« Seine Stimme überschlug sich fast. »War deine Großmutter verrückt?«

»Ehrlich gesagt zweifle ich heute an ihrem Verstand. So was macht man doch nicht mit einem Kind, oder?« Ihre Stimme klang unsicher und Printz hätte sie am liebsten in den Arm genommen, beschränkte sich aber darauf, nach ihrer Hand zu greifen.

Er hielt sie vorsichtig fest. Sie fühlte sich eiskalt an. Anna sah blass aus.

»Nein, so was macht man nicht mit einem kleinen Mädchen«, betonte Printz mit Nachdruck. »Da geht man Eis essen oder Eichhörnchen oder Enten füttern, aber sicher nicht zur Leichenschau. Ich glaub es nicht.« Er rang nach Fassung. Das durfte doch nicht wahr sein! »Und dann?« Irgendwie musste sie doch da herausgekommen sein.

»Das ging bestimmt zwei Jahre lang so. Dann hab ich es irgendwann meiner Mutter gesteckt. Aber«, Anna lächelte nun, ein kleines Lächeln nur, ihre grauen Augen leuchteten. »Ich war sehr geschickt. Oma hatte mir natürlich verboten, zu Hause etwas zu erzählen. Dann würden die Toten nachts kommen und mich holen. Man durfte nicht darüber sprechen. Eines Tages ist es mir, wie zufällig, einfach rausgerutscht. Da sagte ich völlig zusammenhanglos zu meiner Mutter: *Also die Frau Riepenschmidt ist nicht sehr schön aufgebahrt.* Darauf meine Mutter erstaunt: *Ach ja? Und woher willst du kleine Maus das wissen?* Und ich: *Ich weiß das, weil ich mit der Oma immer gucken gehe, wer alles gestorben ist. Und ich weiß, ob einer schön aussieht im Sarg oder nicht.* Meiner Mutter blieb die Spucke weg. Ich erinnere mich noch, dass sie nach Luft schnappte. Dann klappte sie den Mund wieder zu, schickte mich in mein Zimmer und rief meine Oma an. Danach durfte ich nicht mehr mit. Meine Oma hat mir das ziemlich übel genommen. Ich hatte auch wochenlang Angst, dass mich nun die Toten holen würden, aber als keiner kam, bin ich dann ruhiger geworden.«

Printz schwieg, hielt ihre Hand, die inzwischen wärmer geworden war. Noch nie hatte er sich seiner Kollegin so nah gefühlt. Er verstand gut, dass Beerdigungen und der Besuch von Friedhöfen nicht zu ihren Lieblingsbeschäftigungen gehörten. Er drückte ihre Hand, dann ließ er sie los, inzwischen waren sie an der achteckigen Trauerhalle angekommen. Die Türen standen weit offen. Was würden die Leute denken, wenn die Mordkommission hier Händchen haltend auftrat?

Die vorhandenen vierzig Plätze in der Trauerhalle waren besetzt. Im hinteren Teil des Raumes standen Menschen an die Wände gelehnt. Anna blieb dicht neben ihm, als er sich nahe der Tür hinstellte, wo noch etwas Platz frei war. Direkt vor ihm saßen Karina Sprängel und ihre Kollegen aus dem Schokoladenmuseum. Vorne schluchzte Frau Sander in ein Taschentuch, während ihr Sohn unbeweglich auf den Sarg starrte. Er erinnerte Printz an die Steinfiguren, die er eben auf den Gräbern gesehen hatte. Kalt, unbeweglich, starr. Trauerte der Junge nicht um seinen Vater? Oder stand er noch unter Schock? Konnte er keine Gefühle zeigen, weil er traumatisiert war? Der Kommissar wusste, dass manche Menschen lange brauchten, bis sie die Gefühle der Trauer und des Verlustes zulassen konnten. Trotzdem nahm er sich vor, den jungen Sander genauer unter die Lupe zu nehmen.

Eine alte Frau stand unsicher auf und las mit leiser, kaum verstehbarer Stimme ein Gedicht vor. Die Worte ertranken in Tränen. Wahrscheinlich die Mutter. Schrecklich, es war eine verkehrte Ordnung, wenn die Kinder vor den Eltern starben. Eine Mutter konnte sich kaum von dem Schmerz erholen, ihr Kind zu Grabe tragen zu müssen. Bei Gewaltverbrechen war das leider oft der Fall. Aber dann fiel Printz ein, dass Frau Sander von der verstorbenen Schwiegermutter gesprochen hatte; vielleicht war diese alte Frau ja eine Nachbarin oder Freundin der Familie.

Die Sanders hatten einen freien Redner für die Trauerfeier bestellt, der sich große Mühe gab. Er sorgte bei den Anwesenden sogar für Erheiterung, als er an eine Anekdote aus der Küche erinnerte. Der Küchenchef, der bei der Arbeit so perfekt gewesen war, hatte zu Hause beim Backen vergangenen Winter den Zucker mit dem Salz verwechselt und die Weihnachtskekse verdorben. Der Geschmack war furchtbar gewesen. Sicher hatte seine Frau beim Vorgespräch dieses ungewöhnliche Ereignis verraten. Es lockerte die Schwere einen Moment auf. Printz und Anna wandten sich zum Gehen, sie wollten nicht bis zum Ende bleiben und stören, sie hatten sich nur einen Eindruck verschaffen wollen. Es schienen nur Bekannte und Freunde da zu sein. Viele weinten, andere spielten verlegen mit den Blumen, die sie mitgebracht hatten, um sie dem Küchenchef später mit auf den Weg zu geben. Es wird niemand aufstehen und sich als Sanders Mörder zu erkennen geben, dachte der Kommissar.

Als er leise aus der Halle trat, folgte ihm nicht nur Anna, sondern auch Karina Sprängel. Diese nervige Hobbydetektivin, Printz setzte ein freundlich professionelles Lächeln auf. Eigentlich war sie ja ganz nett, und beim letzten Mal, als sie miteinander zu tun hatten, lag sie gar nicht so falsch mit ihren Vermutungen. Also mal hören, was sie wollte.

»Hallo, Herr Printz.« Karina sah ihn freundlich an und warf ihren rot-blonden Zopf zurück. »Ich wollte noch kurz mit Ihnen sprechen.« Sie schaute schnell zu Anna, die nickte, sich aber dann zum Gehen wandte.

»Ich warte im Auto auf dich«, sagte sie knapp und setzte sich in Bewegung.

»Was gibts?« Small Talk war nicht seine Stärke. Noch nie gewesen.

Karina schien das nicht zu stören. »Ich möchte Ihnen etwas erzählen«, legte sie los. »Es handelt sich um den Mord an Theo Sander und die beiden Leute, die er im Schokoladenmuseum versteckt hat.« Sie schaute ihn fragend an.

Er schwieg.

»Also, wir, das heißt meine Freundin Chioma und ich, die sie ja kennen, nicht wahr, also meine Freundin Chioma hat Erkenntnisse gewonnen, dass es sich bei den Leuten im Keller …«

Weiter kam sie nicht, denn Printz grätschte dazwischen. »Bitte verschonen Sie mich mit den Erkenntnissen dieser Voodoofrau. Hat sie wieder Kräuter verbrannt und getrommelt? Bitte, Frau Sprängel, bitte«, wiederholte er leise, aber eindringlich. *Für wie bekloppt hält die eigentlich die Polizei? Die hat ja wohl überhaupt keinen Respekt vor nichts.* Seine anfängliche Bereitschaft, ihr zuzuhören, war verflogen.

Karina wollte etwas sagen, kam aber nicht dazu.

»Bitte, Frau Sprängel. Sie mag ja eine nette Person und Ihre Freundin sein. Aber für Sie wie für alle anderen

Nicht-Polizisten gilt: MISCHEN SIE SICH NICHT EIN«, fügte er nun wie in Großbuchstaben hinzu. »Lassen Sie uns bitte unsere Arbeit tun, ja? Oder haben Sie eine Zeugenaussage zu machen?«

Sie zögerte einen Moment. Dann schüttelte sie abwehrend den Kopf.

»Nein? Dann wünsche ich Ihnen noch einen guten Tag.«

Bevor Karina etwas erwidern konnte, drehte er ihr den Rücken zu, erreichte mit wenigen Schritten die Friedhofspforte und die Straße. Der hatte er ordentlich Bescheid gestoßen. Er konnte sich vorstellen, wie die verdutzte Sprängel ihm nachstarrte. Er konnte ihren Blick förmlich spüren. Egal, er würde sich nicht auf Dienstgespräche mit Laien einlassen. Auch nicht mit sympathischen Laien. Schluss.

Karina wollte sich nicht über Printz' unwirsches Benehmen am Vortag ärgern. Sie hatte aber schlecht geschlafen, denn Ebonys Aussagen erzeugten ihr Druck in der Magengegend. Selbst der Kakao am Morgen hatte ihr nicht geschmeckt. Vor allem, dass die Männer so hartnäckig hinter Ebony und ihrer Mutter her waren, ließ ihr keine Ruhe. Gut, die beiden kannten die Identität der Schleuser. Aber vielleicht wussten sie etwas, das für die Schleuser gefährlich sein könnte. Das musste sie Printz doch berichten. Aber wie, ohne ihm zu gestehen, dass sie das Polizeisiegel beschädigt und *herumgeschnüffelt* hatte, wie er es nennen würde. Ihr Kopf schmerzte. Vermutlich der Stress. Ausgerechnet heute hatte sie sich für die Observation *Späte Liebe* Perlchens Ente ausgeliehen. Obwohl es sie belastete, gab es ihr auch ein wenig Hoffnung zumindest mit Björns *Fall* weiterzukommen. Bei dem Mord an Theo Sander steckte sie fest.

Von ihrem Kollegen Björn Kampke hatte sie erfahren, dass seine Mutter und deren Verehrer am Sonntag ins

Stadthotel am Römerturm zum Tanztee gehen wollten. Sie schwärmte schon seit Jahrzehnten für den Gesellschaftstanz. Die lateinamerikanischen Tänze liebte sie, besonders die Rumba. Wenn im Fernsehen Tanzturniere übertragen wurden, konnte nichts und niemand Elisabeth Kampke von ihrem Sessel fortbewegen. Angeblich teilte Karl-Heinz Meismann die Leidenschaft seiner Auserwählten; Björn hatte, als er das erzählte, ausgesehen, als habe er in eine Zitrone gebissen.

Karina sinnierte vor sich hin. Auch die Beziehungen zwischen Müttern und Söhnen schienen nicht unproblematisch zu sein. Bisher war sie davon ausgegangen, dass hauptsächlich Mütter und Töchter sich ähnlich wie auf einem Minenfeld bewegten, wenn sie miteinander sprachen. Ständig lief man Gefahr, auf verborgenes, gefährliches Terrain zu tappen, wo ein kleiner Funke oder eine unbedachte Bewegung zur Explosion führen konnte. Zumindest traf das auf ihre Mutter und sie zu. Karina griff in die Schachtel neben ihr auf dem Sitz und fischte nach einer Nugatpraline, ohne hinzuschauen. Sie steckte sie in den Mund und genoss das langsame Zerschmelzen der Köstlichkeit auf der Zunge. Schokolade, ein wenig Pistazie, Zimt schmeckte sie. Ein Traum. Da wurde die Eingangstür der schmucken Patriziervilla weit geöffnet, Frau Kampke trat heraus und stöckelte auf die Stufen der Eingangstreppe. In ihrem hellbeigen Sommermantel mit dem exakt abgestimmten Hut wirkte sie sehr elegant und frisch. Ihr Alter sah man ihr nicht an. Donnerwetter dachte Karina. Wenn ich mit siebzig noch so aussehe. Holla die Waldfee. Björns Mutter folgte, beflissen die Tür hinter sich zuziehend, ein Mann in hellblauem Hemd, dunklem Anzug, Weste und Stockschirm. Er bot der Frau sogleich den linken Arm an und sie hakte sich dankbar lächelnd bei ihm unter. Stattlicher Kavalier ging es Karina durch den Kopf, als sie Karl-Heinz Meismann sah. So würde ihre

Großmutter ihn nennen. In ihren Augen musste ein Mann ein gutes Stück größer sein als die Frau und durfte nicht zu dünn sein – stattlich halt. Das Paar schlenderte ins Gespräch vertieft die Treppen hinunter und an der Ente vorbei zum wartenden Taxi. Der verkniffene Mund, der Karina schon oft auf den Fotos von Björns Mutter aufgefallen war, schien sich in einem Dauerlächeln aufgelöst zu haben, ihre Augen leuchteten und sie sah rundum glücklich aus. Karina seufzte. Ebenso dieser Herr Meismann – in seinem gebräunten Gesicht waren alle Lachfältchen in Aktion und er schaute die zwei Köpfe kleinere, zierliche Frau liebevoll an. Gespielt wirkte das auf den ersten Blick nicht. Karina machte schnell ein Foto von den beiden und sprach ihre ersten Eindrücke auf das Diktiergerät. Björns Mutter und ihr Verehrer hatten das Taxi erreicht, Herr Meismann hielt ihr die Wagentür auf und deutete galant eine Verbeugung an. Sie kicherte und hielt sich beim Hineinklettern die Hand vor den Mund.

Die Hobbydetektivin folgte dem Taxi bis zur Helenenstraße; sie hatte Glück, gerade parkte ein PKW vor ihr aus und sie fuhr die Ente mit Schwung in die Lücke. Schnell eilte sie die Stufen hinauf und hinein ins Hotel. Während die beiden noch an der Garderobe beschäftigt waren, steuerte Karina die Sitzgruppe mit den Klubsesseln an und nahm Platz. Die Schlange der Senioren, die ebenfalls zum Tanzen erschienen waren, wurde immer länger. Viele begrüßten sich mit großem *Hallo*, vermutlich war der Tanztee ein fester Bestandteil ihrer Freizeitgestaltung. Karina folgte Björns Mutter und ihrem Verehrer in sicherer Entfernung in den Tanzsaal. Eine kleine Kapelle spielte gerade *Wenn bei Capri die rote Sonne im Meer versinkt* und Karina erinnerte sich kurz an ihre Tanzschulzeit. Die kichernden Mädchen, die unbeholfenen Jungen, die sie mit hochrotem Kopf aufforderten und vor deren schwitzigen Händen sie sich geekelt hatte. Bei dieser Ü-70-bis-100-Veranstaltung hier schien das nicht mehr auf die Männer zuzutreffen; sie traten sehr selbstbewusst und charmant auf; wahrscheinlich war ihnen klar, dass sie sich in der Minderheit befanden und an jedem Finger fünf tanzfreudige Frauen haben konnten.

Karina platzierte sich an der kleinen Bar seitlich zur Tanzfläche und bestellte einen Gojibeeren-Bananen-Kirsch-Drink, der mit einem roten Schirmchen serviert wurde. Als der Barkeeper das Getränk vor ihr abstellte, platzte sie heraus: »Wieso sehen die Sachen auf Kindergeburtstagen und Veranstaltungen für Senioren eigentlich immer so ähnlich aus?«

»Je oller desto mehr Kind …« Der Augenaufschlag des jungen Mannes war perfekt. Er grinste sie frech an. »Du passt altersmäßig aber weder auf die eine noch auf die andere Veranstaltung! Was willst du denn hier? Einen Großvater abschleppen? Nach dem Motto *Sugargrandpa*?«

»Bin rein beruflich hier.« Karina wollte nicht flirten. In letzter Zeit beschlich sie manchmal der Gedanke, dass sie gar nicht mehr richtig wusste, wie das ging. Während ihr Freund Tabio im Gefängnis saß, schien sie blockiert. Sie wusste nur nicht so richtig, warum. Irgendwie hatte sie ein schlechtes Gewissen. Wie konnte sie sich amüsieren, wenn er im Knast saß? Auch wenn sie seine Tat nicht nachvollziehen konnte, sie mochte ihn und verstand seine Beweggründe. Der Manager hatte Tabios Vater auf dem Gewissen gehabt. Trotzdem hatte ihr Freund kein Recht, ihm das Leben zu nehmen. Wo käme man denn da hin? Karina fragte sich, wie sich ihre Beziehung entwickeln würde, wenn er aus dem Gefängnis in den offenen Vollzug wechselte. Bald war es soweit und sie hatte ihm sogar angeboten, ihn abzuholen. Sie sog kräftig am Strohhalm, sofort breitete sich in ihrem Mund beerige Süße aus. Ihr Magen war immer noch sensibel, er zog sich regelrecht zusammen. Da half nur Ablenkung. Karina schaute in den Spiegel, der über der Bar hing, und hatte den gesamten Raum im Blick. Björns Mutter und Herr Meismann tanzten beinahe zu jedem Stück der Viermannkapelle und machten dabei eine gute Figur. Nach einiger Zeit steuerte die Frau die Toilette an und Karina beobachtete ihren Verehrer ganz genau. Flirtete er nun mit anderen oder sah er sich gar um? Nein, nichts, er saß einfach da, schaute vor sich hin und sprang auf, als Björns Mutter zurückkam. Dann ging es sofort wieder auf die Tanzfläche.

Karina schüttelte leicht den Kopf. Vermutlich sah ihr Kollege nur Gespenster. Der Typ war offensichtlich auf die Frau fixiert. Aber so schnell konnte sie die Sache nicht abhaken. Sie würde sich in Meismanns Nachbarschaft noch ein wenig umhören, vielleicht auch im Ministerium, in dem er früher gearbeitet hatte. Soweit sie sich richtig erinnerte, arbeitete eine frühere Klassenkameradin von ihr dort, Melanie Wille. Vielleicht hatte sie ihn noch kennengelernt, bevor er dort weggegangen war. Karina bezahlte und verabschiedete sich Richtung Ausgang. Sie bemerkte nicht, dass Karl-Heinz Meismann ihr interessiert nachschaute.

Lautes Stimmengewirr schlug Anna und Printz entgegen, als er die schwere Tür zum Brauhaus aufstemmte und sie ihr offenhielt. Mit einem kleinen Lächeln streifte sie kurz seinen Arm, als sie an ihm vorbei das Brauhaus betrat. Er folgte ihr und stellte fest, dass sie eine erfreulich gute Figur hatte. Ihr Po zeichnete sich deutlich in der engen Jeans ab. Achtung, du bist hier, um Sven Sanders Alibi zu überprüfen, rief Printz sich zur Ordnung und bemerkte den leichten Vorwurf seiner inneren Stimme. Er grinste. Die alte Schule seiner Mutter. *Auch Gedanken müssen diszipliniert werden, mein Lieber. Denke richtig, dann handelst du auch richtig.* Nur, zwischen dem, was sie für richtig hielt und was es für ihn bedeutete, klafften Abgründe. Lass mich in Ruhe, Mutter, hier hast du nichts zu kamellen, dachte er, konzentrierte sich auf die Umgebung und lief beim nächsten Schritt gegen Anna, die stehen geblieben war.

»Zum Stammtisch der FC-Fans?« Sie hielt einen Köbes kurz auf.

»Nen Stock höher, da sitzen de Fußballfreunde. Hoffe, du bess in männlicher Bejleitung«, knurrte der Köbes sie an. »Ach ja, ich seh schon, den trägst du ja huckepack.«

Printz machte schnell einen Schritt zurück und stapfte dann mit etwas Abstand hinter seiner Kollegin die ausgetretenen Holzstufen hinauf.

Ein Mann torkelte ihnen entgegen, direkt hinter ihm ein Köbes. »Dat Klo is direkt rächts, mach hier kin Sauerei!«, rief er dem Mann nach. »Süns bezahlst du dat!«

Anna und Printz drehten sich zur Seite und ließen die beiden vorbei.

Der Schankraum im ersten Stock war gut gefüllt. Um einen langen Holztisch hatten sich überwiegend junge Männer in roten oder schwarzen T- oder Kapuzen-Shirts versammelt. Vor ihnen auf dem Tisch waren Wimpel verschiedener Fan-Clubs und Gruppierungen des 1. FC Köln aufgestellt. Printz wusste, dass das nicht nur friedliche Fußballfans waren, sondern auch knochenharte Ultras. Gerade erhoben sich alle, mehr oder weniger standfest, schoben mit lautem Getöse die Stühle nach hinten und legten die rechte Hand aufs Herz. Einer kletterte auf den Stuhl und hob die Arme.

»Das ist der Capo«, flüsterte Printz an Annas Ohr und schnupperte. »Der Vorsänger, nein, eher Anpeitscher, steht im Stadion auf dem Zaun, mit dem Rücken zum Spielfeld und dirigiert die Gesänge in der Kurve.«

Anna hob die Augenbrauen, während die Fans zu singen begannen: »Egal was auch passiert die rote Wand steht hinter dir. / Weicht nicht«, schallte es durch das Brauhaus. »Von deiner Seite, denn nur für dich ist sie hier / Oooohhhhhhh FC Kölle / Ein ganzes Leben / für den Verein.«

Printz entdeckte den Sandersohn und zog Anna am

Arm hinter sich her in seine Richtung. Kurz spürte er ihre Wärme. Angenehm.

»Alles klar, Herr Kommissar?« Sven Sander sah aus, als hätte er schon einige Gläser Kölsch getrunken. Seine Augen waren glasig und verschwommen, genau wie seine Art zu sprechen. »Sie wissen ja wohl, dass die Jungs der Wüsten Meute und auch von den anderen Fanclubs keine Freunde der Polizei sind, oder?«

Der Kommissar winkte ab. »Ja, ja, wir sind der Feind. Und die Medien und natürlich die Fans der anderen Vereine, aber darum geht es jetzt nicht, Herr Sander.«

»Es geht eher um Ihre Kumpel, also die, die Ihre Aussage bestätigen können«, klinkte Anna sich ein und lehnte sich ein wenig an Printz.

»Wie Ihr im letzten Magazin lesen konntet, hat unser Ältestenrat beschlossen, die Fan-Freundschaft mit den Dortmundern auszubauen, beim letzten Spiel war das doch ne sehr schöne Sache.« Ein dickbäuchiger Enddreißiger hatte sich erhoben.

»Na ja, bis auf die Sache mit der Zaunfahne!«, grölte ein Mann, der ein T-Shirt trug mit der Aufschrift *Müngersdorfer Stadion – op ewig*.

Printz raunte Anna zu, dass die Zaunfahne das Heiligtum einer jeden Ultra-Gruppe wäre, die sie, wenn es sein müsste, auch mit Gewalt verteidigte.

»Ja, ja, dat war doch schnell gelöst. Dat war so ein einzelner Spacko, der sich wichtigmachen wollte bei seiner Freundin, Kalle«, beschwichtige der Dickbäuchige.

»Ich fand die verabredete Schlägerei beschissen«, keilte ein anderer dazwischen. »Von dem Image wollten wir doch weg, verdammte Hacke!«

»Entweder fällt der Gegner oder wir«, schallte es aus dem hinteren Teil des Raumes.

»Das will ich jetzt nicht gehört haben, wir sind keine Hooligans«, mischte sich der Capo ein. »Wir sind Fans!«

Nun zog die Kommissarin Sven Sander am Arm vom Tisch weg. »Wir machen das kurz und schmerzlos. Umso schneller sind wir wieder weg. Ich bräuchte die Namen von den Leuten, mit denen Sie zusammen waren, als Ihr Vater ermordet wurde.«

Sander streckte den Arm aus und wies mit dem Zeigefinger auf vier junge Männer, neben denen er gestanden hatte: »Marko, Fabian, Timo, Alf.«

Printz war mit wenigen Schritten dort, sprach sie an und bat sie an die Seite. Er und Anna notierten sich die Namen.

»Wo waren Sie am 18. Mai abends?«, wandte sie sich an Marko Nütsch. Auch er hatte schon einiges getrunken.

»Wat weiß ich denn? Hab meinen Terminkalender grad nich dabei.« Er grinste breit.

»Mittwoch, der 18. Mai!« Anna verschärfte den Ton. »So schwer ist das doch nicht.«

»Mittwoch, war da nich Stammtisch?« Der Befragte wandte sich an die anderen. Sven nickte kurz und Marko drehte sich wieder Anna zu. »Genau. Dann war ich hier.«

»Wer sonst noch?« Printz sah ihn aufmerksam an.

Marko holte mit beiden Armen aus: »Na, die all he. Mir sin alle immer beim Stammtisch!«, fügte er mit Nachdruck hinzu.

»Und wie lange dauert so ein Stammtisch?«, fragte Anna den Mann, der seine Personalien mit Timo Schmitzler angegeben hatte.

»Der fängt so um neunzehn Uhr an, Ende offen.« Er trank sein Kölschglas in einem Zug leer und hielt es dann unschlüssig in der Hand. »Wir treffen uns hier, bleiben bis zum Schluss und gehen dann auch zusammen, machen noch einen Zug durch die Altstadtgemeinde.«

»Und das war am 18. Mai auch so?«

Alle nickten eifrig.

»Wobei, einmal is der Sven hinterher nicht mehr mit in

die Altstadt gegangen. Da hatte er keine Böcke drauf. War das am 18. Mai?« Timo sah fragend in die Runde.

»Jau, dat kann sein. Jetzt erinnere ich mich auch.« Fabian sah Sven an. »Warum wollen Se dat denn wissen?« Er beugte sich zu Anna hinüber, kam ihr so nah, dass sie den feuchten Kölschatem auf ihrem Gesicht spürte.

Sie schob ihn mit beiden Händen von sich weg. »Wie Sie ja bestimmt wissen, ist der Vater von Sven Sander ermordet worden. Zufälligerweise am Abend Ihres Stammtisches!«

Printz schaute die Kollegin warnend an. Immer mit der Ruhe schien der Blick zu sagen. Wieso reagiert sie so unprofessionell, fragte er sich. Seit wann geben wir denn Infos an die Zeugen? Er fand diese Typen auch merkwürdig, die ganze Veranstaltung hier, dieses Saufgelage und das blöde Geschwätz, aber das tat jetzt nichts zur Sache. Hauptsache, sie bekamen ihre Antworten. Fertig. Dass Sven Sanders Freunde ihn decken würden, war zu erwarten gewesen.

Er sah einem nach dem anderen an. »Danke. Das war es erst einmal. Schönen Tag noch.« Die neugierigen Bemerkungen der Fußballfans ignorierte er und warf Anna einen Blick zu, der sie in Bewegung setzte. Erst mal raus hier. Der Lärmpegel war enorm. Er brauchte frische Luft.

14

»Ladies and Gentlemen, hier sehen Sie exemplarisch eine Schokoladenfrucht und das dazu gehörende Erntewerkzeug.« Karina Sprängel deutete auf die Glasvitrine, die rechts von ihr stand. Die japanische Reisegruppe, die eine abendliche Führung gebucht hatte, klebte ihr an den Fersen und die Frauen im mittleren Alter nickten bei jedem ihrer Worte, während deren Männer ununterbrochen auf die Auslöser ihrer Kameras und Smartphones drückten. Es klickte und klickte. Wenn sie wenigstens den Ton der Apparate abstellen würden. Karina strich sich über die Stirn, manche Klischees bestätigten sich einfach immer wieder aufs Neue. Der japanische Reiseführer hatte schon am Vortag die Fragen seiner Touristengruppe aufgelistet und sie ihr zu Beginn der Führung überreicht. »Wir sind ein wissbegieriges Volk«, war mit einem Dauergrinsen von ihm gekommen und sie wusste nicht mit Sicherheit, ob er das ernst oder ironisch gemeint hatte. Egal, sie würde ihnen alle Fragen beantworten können, schließlich war sie Profi.

In der Schleuse zum Tropenhaus gab es eine leichte Drängelei, weil nicht alle Personen gleichzeitig hineinpassten, aber anscheinend Sorge hatten, den Anschluss zur Gruppe zu verlieren. Karina konnte nur mit Unterstützung des Reiseleiters die aufgeregten Männer und Frauen beruhigen. Einige Damen zückten anschließend kleine Fächer, um sich in dem tropischen Klima zwischen meterhohen Kakaopflanzen und Palmen Luft zuzufächeln. Nur mit Mühe konnte sie die Teilnehmer aus den Beeten heraushalten, sie wollten alle direkt neben einer solchen Pflanze fotografiert werden. Vom Tropenhaus aus ging es, vorbei am festlich beleuchteten und süß duftenden Schokobrunnen, zur aktuellen Sonderausstellung

Schokoladenrausch im Rheinland. Die Verkostung der Schokolade würde erst dort stattfinden, denn die Mitarbeiter, die sonst am Schokobrunnen Waffeln in flüssige Schokolade tauchten und an die Besucher verteilten, genossen schon ihren Feierabend. Das war der einzige Nachteil dieser besonderen Abendführung, die erst nach der regulären Öffnungszeit startete.

Karinas Ausführungen zur Düsseldorfer Konditorei *bittersüß & edelweiß* interessierte die Reisegruppe nicht so sehr wie Aufstieg und Niedergang der traditionellen Schokoladenindustrien. Doch das Hauptinteresse galt der Schokolade, die nun gereicht wurde: Immer wieder griffen die Besucher zu. Darin unterschied sich diese Gruppe nicht von denen anderer Nationalitäten. Man konnte ihnen ansehen, wie sehr sie die süß-herben Köstlichkeiten genossen. Karina freute sich über die Faszination, die die Schokolade offensichtlich auch auf die Japaner ausübte. Sie war diesem Genuss seit ihren Kindertagen verfallen und betrachtete es als Auszeichnung hier im Schokoladenmuseum arbeiten zu können. Nach der Sonderausstellung ging es noch kurz in die unterste Etage, denn die Gruppe wollte unbedingt noch die dort ausgestellten Maschinen sehen. Normalerweise gehörte dies nicht mehr zur Führung, aber Karina war so euphorisch wegen des starken Interesses an ihren Ausführungen und der Schokolade im Besonderen, dass sie den Schlenker gerne machte. Abends waren ihr diese Räume nicht mehr geheuer, vor allem nicht nach dem Mord an Theo Sander. Doch mit einer solchen Masse Mensch fühlte sie sich sicher. Trotzdem lächelte sie nervös und beantwortete die Fragen eher kurz, weil sie schnell fertig werden wollte. Sie ließ die Teilnehmer Fotos schießen und war erleichtert, als sie die Gruppe wieder in die Eingangshalle begleiten konnte. Frauen wie Männer bedankten sich mit einer kleinen Verbeugung bei ihr und einige wollten noch ein Selfie mit ihr machen. Auch das ließ sie freundlich über sich ergehen und war froh, als der Mitarbeiter des Sicherheitsdienstes Anstalten machte, die Eingangstür hinter der Gruppe abzuschließen.

Auch sie verließ zügig das Museum, denn heute Abend stand noch etwas Wichtiges an. Ihr Job als Hobbydetektivin rief. Sie hatte Melanie Wille, ihre frühere Klassenkameradin, am Vormittag im Ministerium erreicht, aber diese wollte nicht über den Dienstanschluss mit ihr sprechen, hatte sie daher auf den Abend vertröstet und sofort Karinas Neugier geweckt, zumal die Befragung von Meismanns Nachbarn nichts ergeben hatte. Nun schlitterte sie leicht über das regennasse Kopfsteinpflaster nach Hause und musste aufpassen, wohin sie trat, um nicht auszurutschen.

Pünktlich um halb zehn klingelte das Telefon. Nachdem Melanie mit Karina ein wenig persönliches Geplänkel ausgetauscht hatte, kam sie direkt zur Sache. »Du, ich wollte heute Morgen mit dir nicht über den Meismann sprechen, weil man ja nie weiß, ob jemand mithört.«

Karina verdrehte die Augen. Solange sie sich erinnern konnte, hatte Melanie so etwas wie einen leichten Verfolgungswahn gehabt. Schon in der Schule fühlte sie sich ständig von jemandem beobachtet. »Hast du ihn denn noch persönlich kennengelernt?« Die Hobbydetektivin wollte keine Verschwörungstheorien von ihr hören, sondern erfahren, ob sie tatsächlich etwas Konkretes über Björns Stiefvater in spe wusste.

»Ja klar, ich war schon ein gutes halbes Jahr im Ministerium, als er gehen musste.«

»Wie, er musste gehen?« Karina war irritiert. »Ich dachte immer, als Beamter geht so etwas nicht.«

»Meismann war Mitglied des Landtages und parlamentarischer Staatssekretär und damit kein originärer Beamter. Er sollte den Minister, der ihn quasi mitgebracht hatte, unterstützen. Er erhielt Amtsbezüge, hatte Anspruch auf Versorgung und durfte keinen anderen Beruf ausüben.«

»Puh, nicht so schnell, Melanie, ich muss mir das notieren«, grätschte Karina dazwischen.

»Ich war sowieso schon so gut wie fertig. So viel mehr weiß ich nicht. Übrigens«, sagte sie spitz, »kannst du diese Informationen alle googeln, da brauchst du mich nicht für.«

»Dann sag mir doch bitte, liebe«, Karina betonte das liebe besonders, »Melanie, warum er gehen musste. Hat er Mist gebaut oder was?«

»So kann man das nicht sagen. Da muss ich doch noch etwas ausholen. Also das Amt wird oft benutzt, um Parteimitglieder, die eigentlich einen Ministerposten haben wollen, ihn aber nicht bekommen sollen, ruhig zu stellen. Meismann wollte ursprünglich Minister werden und hat an allen Strippen, die ihm zur Verfügung standen, gezogen, aber seine Parteifreunde waren anderer Meinung und …«

»Halt, halt, warum wollten sie das denn nicht?« Karina tippte mit ihrem Kugelschreiber auf den Block.

»Das weiß ich nicht, vielleicht kennen Mitarbeiter, die vor meiner Zeit im Ministerium waren, die Gründe.«

Als Karina einen enttäuschten Schnaufer ausstieß, fügte Melanie hinzu: »Aber ich könnte mal bei den Kollegen, die länger da sind, nachfragen.«

»Ach, das wäre aber wirklich supernett von dir!«, flötete die Hobbydetektivin. »Aber warum musste er denn jetzt, ich meine, als Staatssekretär gehen?«

»Da ist gar nichts dabei gewesen. Das Amt des Staatssekretärs ist an das des Ministers, dem er unterstellt ist, gebunden. Das heißt, wenn der Minister geht, muss auch der Staatssekretär gehen. Es sei denn, der neue Minister will ihn behalten, oder man hat noch eine andere Verwendung für ihn, wenn er noch jung genug ist.« Melanie war nun richtig in Fahrt geraten. »Wobei ich glaube, dass es zwischen den beiden, also dem neuen Minister und Meismann, irgendwelche Differenzen gegeben hat. Aber bevor du das fragst, darüber weiß ich inhaltlich nichts.«

»Das könntest du ja vielleicht auch die alten Kollegen fragen, oder?« Karina machte sich weitere Notizen.

»Wieso interessierst du dich denn für den Meismann? Soweit ich mich erinnere, arbeitest du doch im Schokoladenmuseum, oder?« Melanies Neugier war unüberhörbar.

»Ich lad dich gerne auf ein Stück köstlicher Schokotorte und einen Cappuccino ein. Das ist nämlich eine lange Geschichte. Dann erzähl ich dir ausführlich, warum mich das interessiert.« Karina wollte sich noch nicht in die Karten schauen lassen und ihre Informantin sprang direkt darauf an.

»Ja, super, vielleicht kommendes Wochenende, bis dahin hab ich das bestimmt rausgefunden. Ich mach das gerne. Finde das eigentlich ganz spannend, denn bei uns ist es ja manchmal ein bisschen öde.«

Sie verabschiedeten sich noch und machten ein Treffen für Samstagnachmittag fest. Die Hobbydetektivin war zufrieden. Sie würde schon herausfinden, ob mit Meismann etwas nicht stimmte.

Stephan Printz schaute auf die Anzeige über der Fahrerkabine der Straßenbahn. Ensen-Kloster wurde in Leuchtschrift angekündigt und nun ertönte auch die Lautsprecheransage: *»Nächste Haltestelle Ensen-Kloster.«* Okay. Gleich würde er da sein. Die Bahn war für die Uhrzeit noch gut gefüllt, er hatte beim Umsteigen an der Haltestelle Deutzer Freiheit schon einen Sitzplatz ergattert. Ab und zu fuhr er gern mit der Bahn, da konnte man gut die Leute beobachten. In Poll war ganz schön was los gewesen. An der Haltestelle Salmstraße hatten Betrunkene unter dem Glasdach gestanden und laut gesungen, dabei war heute doch Montag. Vielleicht waren die von Sonntag übrig geblieben, hatte Printz überlegt. Während die Straßenbahn wieder anfuhr, beobachtete er zwei etwa fünfzehn Jahre alte Teenagermädchen, die an der Drehbrücke eingestiegen waren und seither mit einer Gruppe Jungen flirteten. Die Jungen waren offensichtlich Ausländer, einer hatte sein Handy gezückt und machte begeistert Fotos von den jungen Frauen. Das eine Mädchen, stramme Beine in den engen Leggins, schwarze, lange Haare, hatte frech: »Du erst mal Deutsch lernen« dem Jungen zugerufen. Offensichtlich kam sie selbst nicht von hier, denn sie sprach mit ihrer Freundin in einer Sprache, die Printz nicht kannte. Kroatisch? Rumänisch? Offensichtlich war auch, den Mädchen gefiel der Junge mit dem Handy gut. Sie strahlten ihn an, drehten sich dann aber wieder weg und machte weiterhin freche Bemerkungen. Deutlich zeigen, dass sie ihn mochten? Na, das ging doch gar nicht. Er grinste. Das kam ihm irgendwie bekannt vor. Die Straßenbahn verlangsamte das Tempo, er drückte auf den Halteknopf und stieg aus, als sich die Türen öffneten. Printz versuchte sich zu orientieren, er hatte sich im Internet die Wegbeschreibung angeschaut. Gesundheitszentrum des Porzer Krankenhauses, Urbacher Weg. Vor einigen Wochen hatte er zufällig ein Veranstaltungsprogramm auf einer Fensterbank im Polizeipräsidium gefunden und sich das Kursprogramm durchgesehen. Er war an dem Kurs *Aquafitness mit fetziger Musik* hängen geblieben. Schon lange wollte er etwas für seine Fitness tun. Und in Porz würde er bestimmt niemanden treffen, den er kannte oder der ihn kannte. Er hatte angerufen und tatsächlich war noch ein einziger Platz frei. Beginn Viertel nach neun. Das passte ihm gut. Dann konnte er nach der Arbeit noch eine Kleinigkeit essen und in Ruhe dorthin fahren. Der Kurs dauerte fünfundvierzig Minuten, das war perfekt. Danach würde er duschen und gemütlich zurückfahren. Die Verbindung mit der Linie 7 war gut. Er schulterte die Sporttasche, schlenderte vor sich hin summend die

Rampe hoch, die zur Glastür und schließlich in das kleine Schwimmbad führte. Die Dame von der Verwaltung hatte ihm am Telefon den Zugang genau erklärt, der ansonsten nicht so leicht zu finden gewesen wäre. Die Türen zum Eingangsbereich und zu den Umkleideräumen schwangen automatisch auf, als er sich darauf zu bewegte.

Er war spät dran. Die anderen waren anscheinend schon hineingegangen. Es sollte maximal zehn Kursteilnehmer geben, das entsprach seinen Vorstellungen einer Fitnessgruppe genau. Sein Herz klopfte, denn es war das erste Mal seit Jahrzehnten, dass er sich einer gemischten Sportgruppe anschloss. Die Sicherheit, dass ihn keiner kannte, beruhigte ihn ein wenig. Er trat in eine Kabine, zog Schuhe und Trainingsanzug aus, die Badehose hatte er schon an. Es war so ein modernes Teil, braun, mit orangefarbenen Palmen. Die Badehosen von heute waren so riesig, obwohl sie Badeshorts hießen. Die kleinen, engen Lycradinger, die er früher getragen hatte, seien völlig out, war ihm von der Verkäuferin im Sportgeschäft erklärt worden. Er zog seine Gummischlappen an, öffnete die andere Tür der Umkleidekabine und betrat die Schwimmhalle. Die anderen durchpflügten schon das Wasser. Musik dröhnte. Es war unglaublich warm. Die Wassertemperaturanzeige an der hinteren Wand zeigte 32,8 Grad.

Die Kursleiterin sah kurz auf. »Dann bist du der Stephan, richtig?«, schrie sie gegen die Musik an. »Du bist der einzige Mann in dem Kurs. Herzlich willkommen. Du kannst deine Sachen drüben links ablegen und kurz duschen. Da!« Sie wies mit dem Finger auf die Dusche direkt neben dem Becken. »Wir fangen immer pünktlich um Viertel nach an, sobald die andere Gruppe raus ist.«

Stephan Printz nickte, es war zwanzig nach. Das nächste Mal würde er eine Bahn früher nehmen. Puh, die Aquafitnessexpertin war ja noch jung. Anfang zwanzig? Aber gut, sie konnte ja trotzdem schon was können. Und natürlich waren nur Teilnehmerinnen im Becken.

Er ging zur Dusche, drehte das Wasser auf, erschrak, als es ihm eiskalt auf die Schultern platschte. Dann stellte er seine weißen Gummischlappen am Beckenrand ab und stieg vorsichtig die Treppe hinunter.

»Im hinteren Becken ist es tiefer«, rief die Kursleiterin ihm fröhlich zu.

Printz nickte ergeben, machte ein paar Züge, stellte sich erwartungsvoll zwischen zwei Frauen, grüßte sie kurz und blickte dann konzentriert auf die Kursleiterin, die nun vom Beckenrand Schaumstoff-Nudeln ins Wasser warf. Er griff nach einer pinkfarbenen.

Sie lachte. »Jetzt strengt ihr euch erst mal etwas an. Nehmt die Pool-Nudel zwischen die Hände und dann paddelt ihr, so schnell ihr könnt durchs Wasser, mit den Beinen. Rad fahren rückwärts. Das geht so.« Sie hielt die Nudel mit beiden Händen und führte mit einem Bein eine kreisende Bewegung rückwärts vor.

Printz drückte die peinlich pinke Nudel unter Wasser und versuchte es. Er fühlte sich wie eine lahmende Ente, kam überhaupt nicht vorwärts und rückwärts schon gar nicht.

»Mach dir nichts draus«, tönte eine vertraute Stimme direkt neben seinem Ohr. »Wir haben alle mal so angefangen.« Anna Sabrowski lachte ihn an. Sie hatte die Haare zu einem kleinen Zopf zusammengebunden und hielt eine grüne Nudel in der Hand.

Der Kommissar schreckte zusammen, ihm stockte einen Moment der Herzschlag. Das durfte doch wohl nicht wahr sein. «Wie, wo kommst du denn her?«, stotterte er. »Ich hab dich gar nicht gesehen. Warst du eben schon im Wasser?«

»Ja, klar«, kicherte Anna. »Weiter vorn, ich bin ja klein. Du bist hier reingetapert, hast weder rechts noch links geguckt und bist sofort ins Wasser. Ich dachte, ich seh nicht richtig. Schicke Badehose übrigens.«

Printz spürte einen drängenden Fluchtimpuls. Nichts wie weg, raus hier. Aber das konnte er nicht machen; das wäre noch peinlicher gewesen. Anna hatte inzwischen die anderen aufmerksam gemacht.

»Das ist mein Arbeitskollege«, sie machte eine weit ausladende Handbewegung. »Er hat keinem gesagt, dass er sich hier angemeldet hat.«

Die Kursleiterin lachte und die anderen Frauen schauten interessiert.

»Ist der auch Polizist?«, fragte eine akkurat frisierte und dezent geschminkte Frau. »Sieht eigentlich viel zu gut aus für den Job. Ich heiße übrigens Hilda Meyermann-Kölbl«, stellte sie sich vor. »Und das sind Beate, Margarete, Sonja und Petra.« Sie zeigte von einer zur anderen.

Printz wusste nicht, ob er lachen oder schreien sollte. »Ich wusste nicht, dass du hier schwimmen gehst, Anna«, verteidigte er sich. »Woher auch?« Hoffentlich dachte sie nicht, er würde ihr nachstellen. Nie und nimmer hätte er sich hier angemeldet, wenn er gewusst hätte …

Anna schmunzelte. »Meine Eltern wohnen seit 1985 in Porz. Ich bin schon ewig hier in dem Kurs. Ich freue mich richtig, dass du auch mit dabei bist. So ein Zufall.« Sie strahlte und wandte sich dann wieder ihrer grünen Nudel zu.

Printz schnaufte vernehmlich. Ja, das war echt ein Zufall. Der Impuls weglaufen zu müssen, hatte sich verflüchtigt. Er würde jetzt erst einmal versuchen, mit der rosa Nudel Rad zu fahren. Obwohl er sich dabei ziemlich albern vorkam, paddelte er brav hinter ihr her.

»Bei der Polizei wollte ich ja nicht arbeiten«, die Frau, die sich als Hilda vorgestellt hatte, wandte sich an die Frauen, die neben ihr strampelten. »Da hat man ja immer nur mit Schwergestörten zu tun. Davon laufen ja so viele herum. Letztens wollte doch tatsächlich so einer dem netten Küchenchef vom Schokoladenmuseum an die Gurgel.«

»Seit wann hast du denn Zeit fürs Schokomuseum?«, gluckste die Frau neben ihr.

»Ich war natürlich mit meiner Klasse da.« Hilda Meyermann-Kölbls Stimme klang beleidigt. »Und diesen Typ kannte ich sogar schon, der hat schon im Café Reichardt Hausverbot, weil er zwei Frauen angegangen ist. Ich weiß das von einer der Serviererinnen. Sie sagte, er hieße Voss, oder so ähnlich.«

Printz spitzte die Ohren. Die Lehrerin meinte doch wohl nicht Reinhardt Voss?

»Als er vom Sicherheitsdienst rausgeführt wurde, schrie er, die Frauen hätten ihn provoziert. Meiner Meinung nach ist so einer ganz und gar nicht harmlos, sondern gefährlich. Der kann seinen Hass auf Frauen nicht kontrollieren.«

Küchenpsychologin ging es dem Kommissar durch den Kopf. Wahrscheinlich las die Frau zu viele Beziehungsratgeber. Mittlerweile musste die Gruppe den Hampelmann im Wasser machen. Die Kursleiterin zählte eisern von zehn bis eins runter und fing wieder von vorne an. Immer diese Frauen mit Halbwissen, die sich überall einmischen, dachte Printz. Ihm reichte schon die Sprängel. Vermutlich war Reinhardt Voss nur ein harmloser Irrer, der keinem etwas tat. Bei der Befragung hatte er schließlich am Ende doch einen ganz passablen Eindruck gemacht. Obwohl … Er schaute sich um. Was sagte die Trainerin? Sie sollten, so schnell sie konnten, durchs Wasser laufen. Na dann. Das Wasser im Becken brodelte und Anna zog an ihm vorbei.

»Wir können ja nachher zusammen nach Köln fahren. Bist du mit der Bahn gekommen?«, rief sie.

Printz nickte.

»Ich bin mit dem Auto da, nehme dich gern mit zurück, der nächste Regen lässt bestimmt nicht lange auf sich warten.«

»Danke.« Er lächelte. »Gerne.« Vielleicht konnten sie im Auto noch mal über den Voss sprechen, dachte er. Die Information der Frau Meyermann-Kölbl konnte vielleicht ein Hinweis sein, dem sie nachgehen sollten. Aber er freute sich insgeheim noch mehr auf die gemeinsame Autofahrt mit Anna.

15

»Dich kenne ich doch.« Reinhardt Voss warf Sven Sander kurz einen Blick von der Seite zu.

Beide saßen im Flur des Polizeipräsidiums in Kalk. Voss nun schon zum zweiten Mal, denn Printz hatte ihn nach dem Hinweis von Frau Meyermann-Kölbl und einem Telefonat mit der Geschäftsführung des Café Reichardt noch einmal vorgeladen, um ihn erkennungsdienstlich behandeln zu lassen. Anna war seiner Meinung gewesen.

»Seit wann sind wir denn beim Du?« Der junge Mann starrte den Weißgekleideten feindselig an.

Voss ließ sich nicht beirren: »Moment, gleich hab ichs. Ich, ich hab dich im Schokoladenmuseum gesehen. Genau. Du hattest Streit mit diesem Großkotz von Küchenchef. Hast du ihn umgebracht? Verdient hatte ers ja! Also ich könnte das gut verstehen ... Wenn ich mich nicht so gut im Griff hätte, dann hätte ich es vielleicht selbst gemacht.« Er begutachtete ausgiebig seine Fingernägel.

Sven Sander klappte den Mund auf und wieder zu, rückte mit dem Stuhl von ihm ab. »Hätte hätte Fahrradkette ...«, murmelte er.

»Gearbeitet hast du nicht für ihn, sonst hätte ich dich öfter da gesehen. Und du hast ihn geduzt, du hast gebrüllt ... Moment«, er zückte ein Notizbuch mit schwarzem Einband und blätterte. »Ah ja, hier: Deine Zeit ist eh abgelaufen, du pseudo-liberales Arschloch. Das wird die Polizei bestimmt interessieren.« Er grinste ihn siegessicher an.

Sander sprang auf, versuchte nach der Kladde zu greifen, aber Voss war schneller, zog sie weg und verbarg sie hinter dem Rücken. »Na, na, junger Mann, die dreckigen Pfoten weg«, zischte er. »Wer wird denn so ein schlechtes Benehmen an den Tag legen? Da hätte deine Mutter dich aber mal frühzeitig maßregeln müssen, mit dem Gummischlauch am besten. So was zieht immer.« Er grinste über das Wortspiel.

»Sie sind ja verrückt! Erzählen Sie den Bullen doch, was Sie wollen. Ich hab ihn nicht umgebracht. Aber vielleicht ja Sie?« Der junge Mann drehte sich um und setzte sich wieder auf seinen Stuhl.

»Ich sagte bereits, dass ich ein absolut friedliebender Mensch gegenüber Fremden bin, selbst Kakerlaken trage ich in meinen Garten, auch sie sind Geschöpfe Gottes, so wie wir. Ich höre sie dann immer betteln, wenn ich sie nach draußen trage.«

»Sie hören sie betteln? Sie haben doch einen Knall.« Sven tippte sich mit dem Zeigefinger gegen die Stirn, betrachtete dann Voss' Gesicht genauer. Allmählich erinnerte er sich. »Sie sind doch der Bekloppte, der meinem Vater das Leben zur Hölle gemacht hat. Der die Geschäftsleitung gegen ihn aufgebracht hat, Sie ...«

Reinhardt Voss unterbrach ihn: »Sie sind sein Sohn? Meine Güte, Vatermord ist das Schlimmste überhaupt. Also ich meine, das kommt direkt nach Muttermord. Du sollst deinen Vater und deine Mutter ehren, auf dass du lange lebest auf Erden und es dir wohlergehe.« Er bekreuzigte sich. »Das ist eine Todsünde. Das musst du beichten.« Er kicherte.

Sven sprang wieder auf. Mit wenigen Schritten erreichte er den Mann, packte ihn am Hemdkragen und zerrte ihn hoch. Sein Gesicht war blass, am Hals und im Gesicht bildeten sich rote Flecken: »Ich hab ihn nicht umgebracht«, flüsterte er zunächst. Dann wurde seine Stimme immer lauter: »Aber dich, dich schlag ich tot! Du Ratte!«, brüllte er schließlich und holte mit der freien Hand aus.

»Ganz der Vater, ganz der Vater«, kreischte Voss wieder und wieder, unterbrochen von schrillem Lachen.

Zwei Polizisten sprinteten den Flur entlang, der eine griff

sich Sander und zog ihn von Voss weg, der andere postierte sich vor dem immer noch kichernden Mann.

Die gegenüberliegende Tür wurde aufgerissen und ein Beamter trat in den Flur. »Die Show ist vorbei, meine Herren«, sagte er streng. »Herr Sander, bitte folgen Sie mir, Sie werden jetzt erkennungsdienstlich behandelt.« Mit einem Blick auf Reinhardt Voss fügte er hinzu: »Die Kollegen hier leisten Ihnen gerne noch Gesellschaft, bis Sie an die Reihe kommen.«

Voss hatte aufgehört zu kichern, saß schon wieder ruhig da und betrachtete seine Hände.

Melanie Wille hatte an einem Tisch am Fenster Platz genommen und beobachtete aufmerksam den Eingang des Schokoladencafés. Als sie Karina sah, winkte sie heftig. Die Hobbydetektivin setzte sich zu ihr und legte ihren Notizblock direkt neben das Teelicht und die Vase mit der Rose, die in der Mitte des dunklen Holztisches standen. Eine blonde Servicekraft kam zu ihnen und nahm die Bestellung auf.

»Danke, Laura.« Karina nickte ihr zu.

»Bin mal gespannt, ob die Schokotorte immer noch so lecker ist. Ich war bestimmt schon Jahre nicht mehr hier.« Melanie betrachtete neugierig die anderen Gäste. »Wie manche rumlaufen, da frag ich mich ernsthaft, ob die keinen Spiegel zu Hause haben.« Sie plapperte und plapperte.

Karina kannte das noch von früher und wartete ab. Während Melanie nacheinander die Menschen um sie herum durchhechelte, betrachtete Karina die dunklen Wolken über dem Rhein, die sie an die Wolkenungetüme der alten holländischen Meister erinnerten. Mühsam quälte sich ein Sonnenstrahl durch das Grau.

»Jetzt aber zu dem sauberen Herrn Staatssekretär.« Melanie zog einen schwarzen Klemmhefter aus ihrer Tasche, legte ihn auf den Tisch und tippte darauf. »Die alten Kollegen waren nicht alle mitteilsam.« Sie beugte sich vor und raunte: »Manche haben richtig gemauert. Was mich natürlich noch neugieriger gemacht hat.«

Neugier ist ihr zweiter Vorname, dachte Karina und grinste innerlich. Das war schon damals in der Schule so gewesen. Sie hatte gewusst, dass ihre Schulfreundin auf die Recherche anspringen würde.

»Also, weggelobt auf den Staatssekretärposten wurde er wegen seiner politischen Gesinnung, seine Parteikollegen wollten nicht, dass er Minister wurde.« Melanie blätterte in ihren Unterlagen. »Er hätte vermutlich besser nach Bayern oder Österreich gepasst, aber nicht in ein NRW-Ministerium.«

Laura Langner brachte den Kuchen und die heiße Schokolade an den Tisch und stellte alles zwar klirrend, aber ohne Unfall vor die beiden Frauen, wie Karina feststellte. Ging doch, die Frau war lernfähig, wie man sehen konnte. Sie lächelte Laura aufmunternd an.

Melanie Wille nahm den Hefter hoch und legte ihn auf ihren Schoß. Sofort griff sie nach der Kuchengabel und schob sich ein Stück Torte in den Mund. Sie schloss die Augen. »Mmh. Ein bisschen herb, ein bisschen süß. Total cremig und«, sie öffnete die Augen wieder, »fast noch leckerer als ich ihn in Erinnerung hatte.«

Karina nippte an ihrem Kakao. »Okay, soweit verständlich. Aber wieso ist er nicht mehr im Amt. Er erzählte etwas von Frühpension oder so.«

Melanie öffnete den vollen Mund, wollte etwas sagen, verschluckte sich, hustete los und schnappte nach Luft. Als sie wieder sprechen konnte, war ihr Gesicht karmesinrot angelaufen. »Blödsinn. Vergiss es, so etwas gibt es bei uns nicht. Er ist aus dem aktiven Dienst entfernt worden.«

»Hat er Dienstgeheimnisse verraten oder Seilschaften genutzt?« Karina tupfte sich den Sahnebart von der Oberlippe.

»Schlimmer.« Ihre Informantin runzelte die Stirn und starrte auf die krümeligen Kuchenreste vor ihr.

Karinas Fuß fing, wie von selbst, an zu wippen. Wollte Melanie sie auf die Folter spannen?

»Ich dürfte dir das eigentlich nicht sagen.« Sie leckte sich mit der Zunge über die Lippen.

»Möchtest du noch ein Stück Torte?« Karina wusste, sie musste jetzt vorsichtig vorgehen, sonst würde sie Melanie verschrecken. »Das soll keine Bestechung sein. Und ich möchte dich auch nicht in einen Gewissenskonflikt bringen.«

Melanie sah hoch. »Das weiß ich doch. Am besten machen wir es so, wie ich es mal in einem Agentenfilm gesehen habe.« Sie zwinkerte ihr zu und Karina musste sich dazu zwingen, ernst zu bleiben.

Wollte Melanie jetzt auch noch Spielchen spielen? Wie albern war das denn? Aber sie blieb ruhig und sah ihre Schulfreundin erwartungsvoll an.

»Also, wenn ich was vergesse, da kann ja keiner was für. Pass auf, ich geh gleich zur Toilette und du steckst einfach den Hefter ein. Ja?« Melanie strahlte.

Karina stimmte zu und bemühte sich, nicht dabei zu grinsen. Das klappte doch hervorragend. Sofort griff Melanie nach dem Hefter, legte ihn neben ihren Kuchenteller, sprang auf, drückte die Brust raus und durchquerte das Café, als balancierte sie auf dem Kopf ein Buch. Karina wartete einen Moment, dann packte sie zu und ließ die Mappe langsam in ihre Handtasche gleiten. Sie sah sich kurz um. Niemand hatte sie beachtet, alle waren mit ihren Gesprächspartnern beschäftigt. Am liebsten wäre sie direkt in ihr Büro gelaufen, so schwer fiel es ihr, nicht sofort die Dokumente zu lesen.

16

Stephan Printz hielt seinen Dienstausweis hoch. Die weitere Befragung von Sven Sander hatte länger gedauert, als er gedacht hatte. Herausgekommen war wieder nichts.

Der JVA-Beamte hinter der Scheibe grinste. »Na, zu wem denn noch?«

»Tabio Stüttgen«, bellte Printz knapp. »Ist schon angekündigt.«

Der Beamte nickte und drückte auf den Öffnungsknopf.

Ab und zu schaute der Kommissar bei dem jungen Mann von der Elfenbeinküste vorbei. Er mochte den Jungen, obwohl er im Affekt einen Menschen getötet hatte. Als Printz ihm auf die Spur gekommen war, hatte sich Tabio nicht abgesetzt, obwohl er es gekonnt hätte, sondern sich gestellt. Davon war Printz beeindruckt gewesen. Die Hintergrundgeschichte hatte ihm damals Museumsmitarbeiterin Karina Sprängel erzählt. Sie stand in einer ganz besonderen Beziehung zu dem jungen Kerl, der Sozialwissenschaften studierte und als Kind von einem Kölner Lehrerehepaar adoptiert worden war. Als kleiner Junge musste er Schreckliches erleben. Der Vater hatte die ganze Familie in einem erweiterten Suizid ausgelöscht. Nur Tabio war damals durch Zufall nicht zu Hause gewesen und fand die gesamte Familie bei seiner Heimkehr blutüberströmt vor. Über zwei Tage war der Junge neben seinen toten Eltern und Geschwistern sitzen geblieben. Unter Schock, verzweifelt. Der Vater hatte auf einer Kakaoplantage gearbeitet. Und ausgerechnet dem Manager, der damals den Vater in die Verzweiflungstat trieb, war ihm viele Jahre später im Kölner Schokoladenmuseum begegnet. Solch grausame Geschichten konnte sich nur das Leben selbst ausdenken. Printz versuchte sich vorzustellen, was in ihm damals vorgegangen war. Die ganze Familie tot. Er war ausgerastet, als er dem Mann gegenüberstand, der für ihn seine Familie auf dem Gewissen hatte. Der Kommissar konnte das bis zu einem gewissen Punkt nachvollziehen, obwohl er Menschen hasste, die ihre Gefühle nicht kontrollieren konnten. Trotzdem – der Junge war kein schlechter. Printz war überzeugt davon, dass er seinen Weg in ein normales Leben finden würde. Soweit das mit einem Menschenleben auf dem Gewissen überhaupt möglich war. Diese Last würde er immer mit sich herumtragen, auch nachdem er seine Strafe abgesessen hatte.

Auf dem Flur begegnete Printz dem Gefängnispfarrer. Nach etwas Small Talk kam dem Kommissar eine Frage in den Sinn: »Was sind eigentlich Ihre schwierigsten Fälle?«, fragte er den Mann.

Der Pfarrer war Mitte vierzig und liebte seinen Beruf. Die meisten *Knackis*, wie er sie nannte, vertrauten ihm rückhaltlos. Seine Gottesdienste waren gut besucht, denn die Gefangenen genossen die Gelegenheit, aus dem normalen Anstaltsalltag herauszukommen. »Die schwierigsten Fälle, mmh.« Er runzelte die Stirn und strich sich über das Kinn: »Schwierige Frage. Ich glaube, das sind die, denen bei dem Wort *Mutter* nichts Gutes einfällt.«

Printz spürte einen heftigen Druck im Magen und schluckte. Kurz sah er seine Mutter vor sich, wie sie ihn zuckersüß anlächelte. Falsche Schlange, dachte er und verdrängte das Bild sofort, räusperte sich. »Und welchen Eindruck haben Sie von Tabio Stüttgen?«

»Trotz allem ein guter Junge. Seine Mutter, ich meine, seine Adoptivmutter, kommt zweimal die Woche zu Besuch, seine Adoptivschwester auch. Dann noch so eine gut gelaunte blonde Schönheit«, schmunzelte der Pfarrer versonnen. »Die ist so wach und freundlich und hat die Augen und Ohren überall. Ja, und manchmal noch der eine oder andere Kollege aus dem Schokocafé, Studienfreunde, der hat ein richtig gutes Netzwerk. Meine Prognose ist positiv, auch wenn Sie mich das noch nicht gefragt haben.«

Printz wusste sofort, von wem der Pfarrer sprach. Lyn, Tabios Schwester, stammte, soweit sich Printz richtig erinnerte, aus Sri Lanka. Die Blondine musste Karina Sprängel sein, dann bestimmt die Riege aus der Küche und dem Service des Schokoladenmuseums. Einige der Studienkollegen hatte er bei der Gerichtsverhandlung kennengelernt.

Der Gefängnispfarrer seufzte: »Ganz im Gegensatz zu seinen Mithäftlingen. Sorgen machen mir die Salafisten. Zwei dieser Typen haben anscheinend ein Auge auf Stüttgen geworfen.«

Printz sah ihn aufmerksam an. »Ich werde mit ihm reden. Stecken die oft zusammen?«

»Na ja, sobald er die Zelle verlässt, hängt sich meist einer an ihn dran.« Der Mann fuhr sich mit gespreizten Fingern durch die Mähne. »Ich denk, der ist gefestigt, aber man weiß ja nie.«

»Danke, muss weiter.« Printz wandte sich ab. »Schönen Tag noch.«

Der Pfarrer brummte ihm ein »Gleichfalls« hinterher.

Tabio Stüttgen saß an einem Besuchertisch, als der Kommissar den Raum betrat. Er reichte ihm die Hand und Tabios breites Lächeln steckte Printz wie immer an.

»Na, Junge, studierst du fleißig? Bald bist du hier raus und dann machst du was Anständiges!«

Tabio lehnte sich lässig auf dem Stuhl zurück. »Ach tatsächlich? Eigentlich hab ich vor, eine kriminelle Laufbahn einzuschlagen. Hier hab ich echt gute Vorbilder. Und lerne jeden Tag was dazu.« Er lachte jetzt richtig.

Printz wurde ernst. »Mach keine Witze, Junge. Wir arbeiten alle daran, dass du bald in den offenen Vollzug kommst, also bau keinen Mist!«

»Warum sollte ich?« Tabio klang beleidigt, er tippte mit dem Finger auf die Tischplatte und kratzte an einem imaginären Fleck. »Hat irgendjemand was gesagt?«

»Könnte denn irgendjemand etwas sagen?«, konterte der Kommissar.

Der junge Mann hob die Schultern. »Keine Ahnung. Gequatscht wird ja immer. Außerdem macht sich meine Mutter andauernd Sorgen um irgendwas. Hat sie Sie geschickt?« Jetzt hatte er den Blick eines kleinen Jungen.

Printz setzte sich betont lässig auf den unbequemen Holzstuhl. »Nein, deine Mutter hat damit nichts zu tun. Aber ein Vögelchen hat mir gezwitschert, dass dich ein paar Typen nicht in Ruhe lassen.« Er sah Tabio offen an. »Ich bin nicht als Polizist hier, das weißt du. Eher als«, er überlegte kurz, »na ja, als so ne Art Freund.« Er setzte sich aufrechter hin, rieb mit den Handinnenflächen über die Oberschenkel.

»Freund? Na, na, Herr Kommissar, ich bin doch keine Yucca-Palme. Sie sind doch eher der Pflanzenfreund, oder?« Tabio grinste schon wieder.

Bestimmt hat Karina Sprängel ihm erzählt, dass ich Pflanzen mag, dachte Printz. Aber er konnte ihm nicht böse sein. Wollte es auch gar nicht. Er drohte ihm mit dem Zeigefinger. »Ganz schön frech für dein Alter! Wenn's dir lieber ist, kann ich dich auch befragen!« Er beugte sich vor. »Also rede schon.«

Tabio hob die Hände. »Sheriff, ich übergebe mich. Bitte nicht schießen. Aber ernsthaft: Da gibt es tatsächlich eine Gruppe Muslime, die sich hier im Knast immer weiter radikalisieren und auch mehr oder weniger erfolgreich Leute rekrutieren. Die habens auch bei mir versucht, meinten, die Menschen an der Elfenbeinküste wären ja auch alle Muslime.« Er schüttelte den Kopf. »Keine Ahnung von nichts, aber das umfassend.«

»Die haben es versucht oder versuchen sie es noch

immer?« Der Kommissar wusste, dass er noch einmal mit dem Gefängnispfarrer reden würde, und strich dabei mit einer Hand über den Tisch.

»Na ja, die sind hartnäckig. Aber Sie müssen sich keine Sorgen machen.« Tabio legte seine rechte Hand direkt vor die linke von Printz. Nur die Mittelfinger berührten sich leicht.

Printz zuckte kurz, ließ die Hand aber liegen. »Kannst du sagen, wie die Typen heißen?«

Sofort wurde Tabio ernst. Er schaute sich um. Noch weitere vier Gefangene hatten Besuch. Einer saß mit seiner Frau, ein anderer mit einem Freund oder Bruder da. Eine Frau und die kleine Tochter besuchten wohl den Ehemann und Vater und an einem Tisch redete ein betagtes Ehepaar in griechischer Sprache auf seinen inhaftierten Sohn ein, der betreten schwieg und nur in stummer Abwehr die Arme verschränkt hielt.

Der junge Mann schien einen Moment zu überlegen. »Auch wenn mir die Typen auf die Eier gehen, werde ich nichts über sie sagen. Manchmal ist es besser, die Klappe zu halten. Hier lernt man so einiges.« Auf einmal sah er viel älter aus als Anfang zwanzig.

Printz drückte Tabios Hand und wunderte sich über sich selbst. Das hätte er vor Kurzem noch nicht gekonnt. Die Therapie wirkte schon, das merkte er jeden Tag. Er hatte sich endlich darauf eingelassen. Beziehungsfähig wollte er werden. Menschen vertrauen können, sie an sich ran lassen. Nur sein alter Freund Frank und seine Kollegin Anna waren eingeweiht; eigentlich schon viel mehr Menschen, als seiner Meinung nach nötig.

»Sie werden das über den *kleinen Dienstweg* bestimmt auch so rauskriegen, oder?«, riss ihn Tabio aus seinen Gedanken. Er flüsterte fast. »Bringen Sie mich bitte nicht in Schwierigkeiten.«

Printz nickte. »Klar doch, aber du musst mir versprechen,

wirklich keinen Mist zu machen. Wir alle bürgen ja quasi für dich.«

Tabio senkte den Kopf. »Ich weiß. Bin euch auch mehr als dankbar dafür.« Als er den Kopf hob, standen Tränen in seinen Augen. Schnell schaute er weg. »Ich werde euch nicht enttäuschen.«

Meine Güte, jetzt werd bloß nicht sentimental, ermahnte Printz sich. Er spürte, wie sich sein Hals zuschnürte. Seit er diese Therapie machte, wurde er häufiger von Gefühlen überschwemmt, als ihm lieb war. »Das weiß ich doch, Junge.« Er stand auf und klopfte Tabio unbeholfen auf die Schulter.

Der junge Mann drückte sich schwerfällig hoch. Beide standen sich gegenüber. Printz erschrak – das war jetzt der Moment, in dem er ihn vermutlich umarmen musste, aber seine Arme schienen wie eingefroren.

»Ist gut, Alter, wir sind hier in keiner Selbsthilfegruppe.« Tabio lächelte schief. »Sie sind in Ordnung, alles gut. Und bald bin ich ja hier raus.«

Der kann nichts von der Therapie wissen, der hat nur eine verdammt gute Intuition, dachte Printz und klopfte ihm noch einmal auf den Rücken. »Bis die Tage und pass gut auf dich auf, okay?« Dann winkte er den Beamten, die hinter der Glasscheibe den Besuchersaal überwachten.

Einer drückte auf den Knopf, die Tür schwang auf. Der Kommissar verließ den Raum und wurde von einem Justizbeamten in Empfang genommen, der ihn durch die Gänge begleitete, um alle Türen vor ihnen auf- und hinter ihnen wieder zu verschließen. Ein weiterer Beamter holte durch die andere Tür des Raumes Tabio ab, um ihn zurück in seinen Trakt zu begleiten.

17

»Hier klappt ja wohl immer noch gar nichts«, rief Reinhardt Voss und schlug wütend mit der Faust auf den Tisch. »Jetzt warte ich schon eine halbe Stunde auf meinen Tee. Hier arbeitet ja wohl überhaupt keiner.«

Die anderen Gäste sahen irritiert zu dem ganz in Weiß gekleideten Mann mit den wirren grauen Haaren hin. Er hatte bisher eifrig Notizen gemacht.

Eine ältere Dame, Besitzerin einer Dauerkarte für das Museum und begeisterte Cafébesucherin, schüttelte den Kopf. So ein ungehobelter Klotz. Der hatte ja wohl überhaupt keine Manieren. »Der glaubt wohl, er sei der einzige Gast«, raunte sie halblaut ihrer Freundin zu und rührte aufgeregt in ihrer Kaffeetasse.

Voss schaute in die Runde, dann wandte er sich wieder seiner Kladde zu. Eine Zeit lang hörte man nichts außer Löffelklappern und den leisen Gesprächen der Gäste. In der Eingangshalle tummelte sich eine Schulklasse. Die Schülerinnen und Schüler stellten sich gerade in einer Reihe auf und diskutierten lautstark und voller Vorfreude, ob es wohl genügend Schokolade für sie zum Probieren gäbe.

»Ich halte genau fest, was hier passiert, beziehungsweise, was eben nicht passiert!«, betonte Voss gut hörbar für die anderen Gäste. »Dass die Bedienung nun schon geschlagene fünfunddreißig Minuten braucht, um einen Tee zu bringen. Wo bleibt die bloß? Muss sie den Tee erst anbauen und ernten?« Seine Stimme überschlug sich.

Laura Langner stolperte mit hochrotem Kopf und einem kleinen Tablett näher. Sie stellte die Tasse und einen Kuchenteller mit einem Stück Schokoladentorte vor ihn auf den Tisch. Die Kuchengabel rutschte vom Teller und fiel klirrend zu Boden. Schnell bückte sie sich und hob sie auf. »Entschuldigung.« Ihre Stimme war gedämpft. »Ich hole Ihnen sofort eine saubere. Bitte entschuldigen Sie, dass es etwas gedauert hat. Ich musste in der Küche aushelfen, wir haben einen personellen Engpass.«

Voss schlug mit der Faust auf den Tisch, das Geschirr klapperte: »Engpass? Bei Ihnen läuft doch nie was vernünftig! Der Kuchen ist auch umgekippt. Einfach auf den Teller geklatscht, oder was?«

Das Rot im Gesicht der jungen Frau drang nun bis unter die Haarspitzen vor. Sie leuchtete förmlich. Nochmals eine Entschuldigung murmelnd, wandte sie sich ab, holte eine saubere Kuchengabel aus der Schublade, wickelte sie geschickt in eine Serviette, legte sie wortlos vor den Gast hin und verschwand in Richtung Küche. Am Fenster winkte jemand: »Bitte zahlen.« Aber sie war schon wieder weg.

»Die sind doch alle gleich. Faules Gesindel«, rief Voss so laut, dass sich ihm wieder alle Blicke zuwandten. »Die Frauen an der Kasse da drüben«, mit dem Zeigefinger wies er auf Perlchen und ihre Kollegin. Er hatte sie offenbar genau im Blick. »Die Jüngere war jetzt schon wieder zehn Minuten draußen und die Alte musste die ganze Arbeit alleine tun. Kein Wunder, dass die Kinder hier so rumlärmen. Das geht doch gar nicht da im Eingangsbereich. Ich werde es der Geschäftsleitung mitteilen.«

»Jetzt ist es aber mal gut!« Die ältere Dame hob die Stimme. »Lassen Sie doch die Leute in Ruhe. Sie sitzen hier rum und meckern und meckern. Es reicht langsam.«

Voss erhob sich langsam. »Mir reicht es. Mir reicht es schon lange hier. Du kommst mir gerade recht«, knurrte er. »Du fette Glucke sitzt hier und frisst dich voll. Wie meine Mutter. Die hatte auch immer was an mir auszusetzen. Es reicht, es reicht … «, äffte er die Frau nach.

»Ich verbitte mir Ihre Frechheiten.« Der alten Dame hätte man nicht ein solches Stimmvolumen zugetraut. »Und bitte duzen Sie mich nicht.« Sie ließ sich nicht einschüchtern.

»Anscheinend hat Ihre Frau Mutter es versäumt, Ihnen Manieren beizubringen. Sonst würden Sie sich nicht so aufführen. Vielleicht hätte sie Ihnen ja mal ab und zu einen hinter die Löffel geben sollen. Sich wegen solcher Lappalien so aufzublasen … Gehen Sie doch woanders hin, wenn es Ihnen hier nicht passt.« Die Frau wandte sich wieder ihrem Kaffee und ihrer Begleiterin zu.

Reinhardt Voss schnappte hörbar nach Luft. »Du alte Vettel schlägst mich nicht«, sagte er mit unterdrückter Wut. »Keiner schlägt mich. Auch du nicht.« Er griff nach der Kuchengabel, war mit mehreren schnellen Schritten bei der alten Dame, die ihn mit aufgerissenen Augen fassungslos anstarrte. Mit der linken Hand griff er nach ihrer rechten und stach, ehe irgendjemand etwas dagegen unternehmen konnte, mit der Gabel auf sie ein.

Die alte Dame schrie, wehrte sich, die Begleiterin kreischte, ein Mann am Nebentisch sprang auf, schlug Voss die Gabel aus der Hand, drehte ihm die Arme auf den Rücken, und hielt den laut brüllenden Mann fest. »Rufen Sie die Polizei«, schrie er. »Los! Der ist ja irre.«

Perlchen schaute entsetzt von der Kasse herüber. Wo war bloß der Sicherheitsdienst? Da kam er endlich, erfasste sofort die Situation und übernahm Voss. Kurze Zeit später fuhr ein Polizeiwagen vor. Die Beamten führten ihn aus dem Museum. Voss wehrte sich und schrie laut, man wolle ihn mundtot machen, der Sander wolle sich an ihm rächen, der hätte immer noch seine Hand im Spiel, der würde nie damit aufhören, nie …

Eine Stunde später saß Reinhardt Voss Kriminalhauptkommissar Printz gegenüber, der Wochenendbereitschaft hatte und seinen Augen nicht traute, als er das Protokoll las.

»Die alte Hexe wollte mich schlagen«, schilderte Voss, der inzwischen ruhiger war. »Genau wie meine Mutter. Sie müssen die Zeugen befragen, Herr Kommissar. Sie hat mir

Prügel angedroht. Ich kenne die Sorte. Die sind alle so. Die schlagen sofort zu.«

Printz sah hoch. »Herr Voss, die alte Dame wäre wohl kaum in der Lage gewesen, Sie zu verprügeln, ja? Ich lese hier, dass Sie den Polizisten zugerufen haben, Sander, der Küchenchef, wolle Sie mundtot machen und sich an Ihnen rächen? Wie kommen Sie denn da drauf?«

»Ach, der war doch sauer auf mich, weil ich ihn bei seinen Chefs angezeigt hatte.« Der Angesprochene grinste. »Aber jetzt ist er ja tot. Eigentlich kann da ja nichts mehr kommen. Aber man weiß ja nie …«

»Herr Voss, Sie haben Glück, dass die Frau, die Sie angegriffen haben, nur leicht verletzt ist. Trotzdem liegt jetzt eine Anzeige wegen gefährlicher Körperverletzung gegen Sie vor. Sie dürfen nach Hause gehen. Es ist ja das erste Mal, dass Sie tätlich geworden sind. Sie werden eine Vorladung zu einem Gerichtstermin bekommen.«

Voss stand auf. »Danke, Herr Kommissar. Ich weiß, Sie machen nur Ihre Arbeit«, plapperte er versöhnlich. Printz war ihm offenbar sympathisch. »Tut mir leid, dass ich so ausgerastet bin. Aber die Alte hat mich wirklich provoziert.«

»Halten Sie sich vom Schokoladenmuseum fern, ja? Die Geschäftsleitung hat ein Hausverbot gegen Sie ausgesprochen«, der Kommissar sah ihn streng an. »Übrigens ist das ja nicht das erste Hausverbot, das Sie erhalten haben.«

Voss winkte ab. »Alles nur Missverständnisse, man versteht mich einfach nicht.«

»Gehen Sie jetzt nach Hause und versuchen Sie in Zukunft alles mal etwas friedlicher anzugehen.« Printz fand, seine eigenen Worte klangen ähnlich wie das *Wort zum Sonntag*.

Als Voss leise die Tür hinter sich zuzog, starrte Printz eine ganze Weile ins Leere. Der Kerl trug ein ordentliches Päckchen mit sich herum. Schwierige Kindheit. Seine Mutter, dachte er. Damit kannte er sich aus. So eine Mutter hatte er auch gehabt.

18

Ebony starrte auf den großen Zeichenblock, dann sah sie Chioma an. »Du haben mehr kleine Papier?«

»Ja, du hast recht, ma petite.« Chioma streichelte ihr aufmunternd über den Rücken. »Man darf diesen bösen Männern gar nicht so viel Raum geben.« Sie griff nach dem obersten Blatt, riss es ab, faltete es mehrfach, strich die Falten mit dem Daumennagel nach, legte das Papier über die Tischkante und riss einzelne Stücke ab.

Erfreut nahm Ebony die Blättchen, beugte sich über das oberste, den schwarzen Stift in der Hand. Schwarz wählte sie als erste Farbe.

Was sonst?, dachte Chioma.

Karina verhielt sich still. Sie stellte fasziniert fest, wie nah sich die beiden schon waren. Nun schaltete sie die Audio-Aufnahmefunktion ihres Handys an. »Wenn du beim Malen etwas über den Mann, den du gerade aufs Papier zeichnest, erzählen möchtest, nur zu«, ermunterte sie Ebony sanft.

Das Mädchen schien gar nicht zuzuhören, schloss die Augen, öffnete sie wieder und setzte den Stift an. Sie begann bei den Füßen, malte sie klobig und groß.

»Hatte der Mann Stiefel an?« Karina beugte sich ein wenig vor.

Die Kleine nickte zaghaft. »Schwarz, alles schwarz. Schuhe, Hose, Augen, Haare.« Sie schloss wieder die Augen. »Non, nicht alle Haare, einer keine, Kopf wie Ball, rund, glatt.« Der Stift flitzte über das Papier. Die Beine des Mannes waren kurz, der Oberkörper länger und breiter, die Oberarme sehr kräftig. In einer Hand trug er eine Art Stock.

Chioma zeigte darauf: »Gewehr?«

Ebony bejahte, ohne aufzusehen. Karina stellten sich die

Nackenhaare auf. Sie wagte kaum zu atmen. Das Mädchen war jetzt beim Gesicht der Figur angekommen und hielt kurz inne. Ihre Hand mit dem Stift stockte und sie biss sich auf die Unterlippe. Chioma trat hinter sie und legte ihr die Hände auf die Schultern. Sie flüsterte etwas, das Karina nicht verstand; für sie klang es wie eine Beschwörungsformel, denn sie wiederholte die Worte immer wieder in einer Art Singsang. Ebonys Rücken wurde gerader, sie hielt sich so aufrecht, als trüge sie eine Krone. Chiomas Worte wurden leiser und leiser und die Kleine setzte ganz ruhig den Stift aufs Papier.

Sie skizzierte eine hohe Stirn, dichte Augenbrauen, dunkle, böse blickende Augen. Eine breite Nase, einen großen Mund, der geschlossen war. Der Mann hatte kurzes dunkles Haar und auffällig kleine Ohren. Dann griff sie nach dem roten Stift und malte den Boden unter den Füßen des Mannes damit an. Ebony tippte darauf: »Koffi Ahoua, sehr böse. Tut immer, was Farid sagt. Hat Frau totgemacht, so.« Sie griff sich mit den Händen an den Hals, die Augen weit aufgerissen und voller Tränen.

Karina war nun nahe daran, das Projekt abzubrechen. Das war doch eine Zumutung für das Kind.

Schon beugte sich Chioma zu der Kleinen hinunter, nahm sie in die Arme und wiegte sie sanft. »Wir machen eine kleine Pause, ma petite, es gibt heiße Schokolade für uns alle!« Sie sah die Freundin an, die zustimmend brummte und die Audioaufnahme beendete. Den Namen hatte sie.

»Chioma, du kannst wirklich Gedanken lesen. Ich habe uns Schokocroissants mitgebracht.« Sie bemühte sich um einen neutralen Ton, obwohl ihr das Entsetzen über die Erlebnisse des Mädchens den Hals zuschnürte. So etwas sollte ein Kind niemals sehen, niemals. Sie war so froh, dass Chioma immer zu wissen schien, was zu tun war.

Gestärkt kehrten sie nach ihrer süßen Pause aus der Küche wieder an den großen Tisch mit den Stiften zurück.

Chioma legte das Bild von Koffi Ahoua beiseite, damit Karina es nachher fotografieren konnte. Dann setzte sie sich ganz nah neben Ebony und legte ihr die Hand auf den Arm. »Du kannst das, du bist schon ein großes Mädchen und wir helfen deiner Maman damit.«

Karina zweifelte einen Moment, ob ihr Vorgehen richtig war, schaltete dann aber die Aufnahmefunktion des Handys wieder ein und beobachtete, wie die Kleine mit einer weiteren Skizze begann.

Wieder zeichnete sie zuerst die Füße: »Das ist Mamadou. Koffi Ahoua hat *kleiner Bruder* gesagt zu ihm. Ich glaub, er hat auch manchmal Angst, nachts im Boot, hat geschrien, wenn geschlafen. Aber musste immer alles richtig machen.« Dieser Mann trug kein Gewehr in der Hand, hatte aber auch einen kräftigen Oberkörper wie sein Bruder. Eine Glatze, große Ohren. Das Gesicht wirkte eher grobschlächtig, auf die Wangen malte sie Punkte.

»Was ist das?« Karina wies auf die Punkte.

Ebony zuckte mit den Schultern. »Sah aus, wie hätte Vogel gepickt.«

»Könnte Akne sein«, überlegte Karina laut, »oder Narben.«

»Wenn Narben, dann eher Striche«, warf Chioma ein. Sie wusste, wovon sie sprach, denn ihr waren von einem Rebellensoldaten, damals vor der Flucht, mit einer Rasierklinge Schnitte an Armen und Beinen zugefügt worden.

Karina stand schnell auf und legte das Bild zu dem anderen. »Wie haben die Männer denn gesprochen?« Sie wandte sich wieder dem Mädchen zu. Das wollte gerade nach einem neuen Blatt greifen und hielt inne.

»Mamadou hat so gepiept, wie schwarzer Vogel, dann hat Bruder geschimpft. Koffi Ahoua hat Stimme wie Stier.« Die Kleine brüllte so tief und laut sie konnte, »Uaoh Uaoh! Stimme von Farid leise. Böse. Zischt wie Schlange.« Sie strich sich eine Locke aus dem Gesicht.

»Farid ist der Chef?«, fragte Karina und Ebony nickte.

»Da nickst du.« Der Hobbydetektivin war klar, dass man das Nicken in der Audioaufnahme nicht hören konnte.

Dann atmete das Mädchen tief ein, zog ein weiteres Blatt Papier zu sich heran und zeichnete weiter. Der Mann, den sie jetzt skizzierte, schien kleiner zu sein, hatte aber einen überproportionalen großen Kopf.

Karina fragte das Mädchen sanft: »Farid hat allen immer gesagt, was zu tun ist?«

Ebony beugte den Kopf tief über das Papier, zeichnete die Augen, eine Hakennase und einen zusammengekniffenen kleinen Mund. In der einen Hand trug der Mann etwas Spitzes, in der anderen etwas Eckiges.

»Ist das ein Messer?« Chioma deutete auf die rechte Hand des Mannes.

»Oui, und hier hat er Geld.« Die Kleine zeigte auf die andere Hand.

Karina spürte dumpfe Angst. Wenn sie nur wüssten, wie sie Ebonys Mutter finden konnten. »Das hast du ganz toll gemacht!«, lobte sie das Kind und bemühte sich um Sicherheit in ihrer Stimme. »Wie gut du das kannst!«

Das Mädchen sprang auf, der Stuhl kippte nach hinten und knallte auf den Boden: »Ich will zu meiner Maman!«, schluchzte sie laut.

Chioma schnellte hoch und nahm sie fest in die Arme. »Schschsch, ma petite, das war viel heute. Und genug.« Sie blickte Karina bittend an, wandte sich dann sofort dem Kind zu. »Komm mit, wir gehn uns ausruhen, komm mit, ich erzähle dir schöne Geschichte.« Sie wedelte mit der Hand hinter Ebonys Rücken, die Freundin verstand.

Sie stoppte die Tonaufnahme und fotografierte auch das dritte Bild. Dann erhob sie sich und signalisierte Chioma, dass sie gehen würde. Sie musste unbedingt mit Printz sprechen. Vielleicht konnte er mit dieser exakten Beschreibung und den Namen etwas anfangen. Halt, dachte sie sofort. Wenn er erfährt, wo Ebony ist, wird er uns bestimmt

Kindesentführung und Unterschlagung von Zeugen vorwerfen, oder wie das hieß. Was konnte sie nur tun? Es wäre unverantwortlich, noch länger zu zögern, schon weil ihre Mutter offenbar in höchster Gefahr war. Die Schilderung von der Tötung der Frau war eindeutig gewesen. Hoffentlich lebte ihre Mutter noch. Sie konnte jetzt nicht einfach zur Tagesordnung übergehen. So verzweifelt war Karina schon lange nicht mehr gewesen. Sie hörte noch, wie Chioma mit leiser, sanfter Stimme mit dem Mädchen redete, als sie die Tür sacht hinter sich zuzog.

Karina Sprängel hatte Melanie Willes Klemmhefter in ihrem Schreibtisch verstaut. Die spannenden Informationen über den flotten Meismann, wie sie ihn in Gedanken nannte, hatte sie ihrem Kollegen Björn noch nicht weitergeben können. Nach der Befragung der kleinen Ebony drehten sich ihre Gedanken unablässig um das Mädchen und die Frage, wie sie es schaffen konnte, Printz endlich ins Vertrauen zu ziehen, ohne sich und Chioma zu belasten. Jetzt holte sie den Hefter wieder aus der Schublade und versuchte sich auf den Inhalt zu konzentrieren. Gleich würde Björn von seinem Meeting zurückkommen, dann könnte sie endlich mit ihm reden. Sie überlegte noch, wie sie ihm die brisanten Details beibringen sollte. Schonend oder direkt und ohne Rücksicht? Da flog die Bürotür auf und ihr Kollege stürzte herein. Er hatte das Smartphone am Ohr, sein Gesicht leuchtete ungesund rot. »Frau Michalska, bitte beruhigen Sie sich, ich mache mich sofort auf den Weg zu Ihnen. Ja, ich hab Sie verstanden. Ja. Bis gleich.« Er steckte das Smartphone in die Hemdtasche und rang sichtlich nach Fassung.

»Ist etwas passiert? Mit deiner Mutter? Michalska, ist das nicht die Putzfrau deiner Mutter?« Karina erhob sich langsam, denn Björn sah aus, als stünde er kurz vor dem Kollaps. Vielleicht würde sie ihm gleich Erste Hilfe leisten müssen.

»Meismann«, presste Björn hervor. »Die Putzfrau. Er hat

wohl gestern versucht, mit ihr zu schlafen.« Er rieb sich die Schläfen, dann ließ er sich auf seinen Bürostuhl fallen.

Karina starrte ihn an. »Wie bitte? Sexuelle Nötigung oder wollte sie auch was von ihm?«

»Nee, die Michalska ist in festen Händen und will doch nix von so einem alten Knacker. Sie sagt, sie hätte ihn nicht rangelassen und wäre dann weggelaufen. Und jetzt behauptet er, dass sie Mutters Schmuck gestohlen hätte. Der Schmuck ist tatsächlich weg. Wie kommst du auf Nötigung?«

»Ach, das passt einfach. Jetzt sag mal: Was meinst du damit *der Schmuck ist weg*?« Karina schlug den Hefter auf. »Aber das passt echt zu dem Kerl.«

Björn sprang auf. »Ich muss jetzt los. Zu meiner Mutter.« Er fuhr sich mit der Hand übers Gesicht. »Was passt?«

»Ich wollte es dir gerade sowieso sagen. Meismann hat gelogen, er ist kein Frührentner. Er wurde aus seinem Amt entfernt wegen verschiedener Beschwerden von Mitarbeiterinnen. Verbale und körperliche sexuelle Belästigungen, Besitz von pornografischen Bildern auf dem Dienstrechner und er hat sie einer Kollegin auch noch gezeigt und ihr vorgeschlagen, auch solche Fotos von ihr zu machen. Der ist, besonders was jüngere Frauen angeht, völlig schwanzgesteuert. Entschuldige den Ausdruck.« Karina zeigte auf den Hefter. »Das hier ist streng vertrauliches Material, das darf ich dir nicht geben. Sag der Polizei, dass Beträchtliches gegen ihn bereits aktenkundig sei, zumindest in seiner Personalakte, aber nicht nur dort. Es liegen tatsächlich Anzeigen gegen ihn vor.«

Kopfschüttelnd stützte sich Björn auf dem Schreibtisch ab. »Ich habs geahnt«, presste er hervor.

Karina seufzte. »Du hast direkt gespürt, dass mit ihm etwas nicht stimmt. Tut mir leid, da hab ich völlig falsch gelegen. Ich dachte, deine Eifersucht vernebelt dir den Blick.«

»Schwamm drüber, ich hab mir ja manchmal selbst nicht geglaubt. Danke, dass du mich trotzdem ernst genommen hast. Ich muss jetzt los.«

19

»Herr Sander, danke, dass Sie gekommen sind.« Printz deutete auf den Stuhl vor seinem Schreibtisch und der junge Mann nahm Platz.

»Blieb mir ja nicht viel anderes übrig, oder?« Er schlug die Beine übereinander und sah Printz trotzig an.

Ohne darauf einzugehen, nahm der Kommissar eine Akte zur Hand, blätterte darin und schaute hoch. »Es läuft eine Anzeige gegen Sie wegen der Teilnahme an einer Auseinandersetzung zwischen Kölner Problemfans und Angehörigen der Mainzer Ultraszene im Bereich eines Fantreffs vor dem Auswärtsspiel des 1. FC; dabei wurden Latten und Schlagwerkzeuge eingesetzt. Dann läuft eine Anzeige wegen sexueller Belästigung einer jungen Frau nach dem Spiel gegen Dortmund. Doch jetzt zum wichtigsten Punkt: Mitarbeiter des Schokoladenmuseums haben ausgesagt, dass Sie eine heftige Auseinandersetzung mit Ihrem Vater, kurz vor dessen Tod, hatten. Für mich sieht das nach einem hohen Aggressionspotenzial Ihrerseits aus. Und jetzt hat die Spurensicherung nach dem Tod Ihres Vaters Ihre Fingerabdrücke in der Küche des Museums gefunden. Sie waren eindeutig am Tatort. Wollen Sie mir nicht endlich sagen, was am Abend des 18. Mai passiert ist?«

»Da war nix.«Sander verschränkte die Hände vor der Brust.

Printz tippte auf die Akte. »Doch, Herr Sander.«

»Ich hab mich mit den Mainzern gekloppt, ja. Aber das war verabredet. Das im Zug ist blöd gelaufen, wir waren ziemlich besoffen. Außerdem hat sie uns provoziert. Sie hätten mal sehen sollen, wie die angezogen war. Aber da ist auch nix Schlimmes passiert.«

Der Kommissar zitierte Auszüge der Aussage der jungen Frau. »Das nennen Sie nichts?«

Sven Sanders Fuß wippte ununterbrochen. »Ja, nee, also ich stand mehr mit dabei, hab die blöde Tusse gar nicht angefasst.«

»Sie sitzen hier bei der Mordkommission. Das ist kein Spaß. Ich frage Sie jetzt noch einmal: Was war am 18.?«

»Nichts. Hab ich doch schon gesagt. Ich war saufen und dann später bin ich auf irgendner Bank eingepennt.« Er schnellte vor und stützte sich auf dem Schreibtisch ab: »Glauben Sie echt, ich hätte meinen Alten abgestochen?«

»Wie jetzt – abgestochen?« Printz war wie elektrisiert. Diese Information war nie an die Presse oder Frau Sander gegangen. Das war Täterwissen. »Herr Sander, Ihre Mutter hat uns mitgeteilt, dass Sie in der letzten Zeit ständig Streit mit Ihrem Vater hatten. Reden Sie. Wenn Sie mir nicht sagen, was an dem Abend wirklich passiert ist, lassen Sie mir keine Wahl. Ich muss Sie vorläufig festnehmen. Und glauben Sie mir, mit den Spuren und dem vorhandenen Motiv liegt ein dringender Tatverdacht vor.«

»Ich hab alles gesagt.« Sven Sanders Augen blitzten.

Reinhardt Voss betrat schnell und möglichst unauffällig die Eingangshalle des Schokoladenmuseums. Wie immer jede Menge Schüler und ein Lärmpegel, der ihm beinahe die Ohren wegsprengte. Doch er war froh, dass gerade zwei Klassen angekommen waren, hatte sich mit den Kindern durch die Tür gedrängt. So würde ihn keiner wahrnehmen und auch nicht aufhalten. Mit wenigen Schritten durchquerte er den Eingangsbereich, an den dichten Schlangen vor den Kassen vorbei zum Café. Er musste dort mal nach dem Rechten sehen.

Perlchen, die an der Kasse Dienst hatte, erkannte ihn sofort und rief: »Hallo! Sie dürfen hier nicht mehr rein! Herr Voss, hallo!«

Er blieb stehen. »Auf faule Kassiererinnen, denen fast die Möpse aus der Bluse fallen, reagiere ich grundsätzlich nicht«, zischte er halblaut, drehte sich weg und betrat das Café des Schokoladenmuseums. »Mit Nutten rede ich nicht. Ist nicht mein Niveau. Überhaupt gar nicht. Nie gewesen … «, brabbelte er vor sich hin.

Perlchen stand auf, gab ihrer Kollegin an der anderen Kasse, ein Zeichen und rannte hinter dem Mann her. Wo war bloß wieder der Sicherheitsdienst? »Hallo, Herr Voss!«, rief sie. Da war schon einer der Security neben ihr. »Bring ihn raus!«, sie zeigte auf Voss. »Er hat Hausverbot.« Damit drehte sie sich um und ging zu ihrer Kasse zurück. Der Wachmann hatte den Mann erreicht, sprach ihn kurz an und bat ihn, sofort das Museum zu verlassen.

Voss folgte ihm, ohne zu diskutieren. Als er an Perlchens Kasse vorbei kam, zischte er: »Du Miststück, ihr seid alle gleich. Alle. Wie du schon aussiehst, du Schlampe! Warte ab, man begegnet sich immer noch ein zweites Mal.«

Der Wachmann drängte ihn vorwärts. »Jetzt schwaat he nit eröm, sonst kriegste noch ne Anzeige wegen Beleidigung, du Schwachmat.«

Perlchen fasste sich unter die Brüste und ließ sie hüpfen. Die andere Kassiererin lachte laut.

»Der hat doch viel zu viel Angst vor Frauen«, stimmte Perlchen in das Gelächter ein, ließ Voss aber nicht aus den Augen. »Pass bloß auf, dass du mir nicht zu nah kommst, sonst zieh ich meine Bluse aus und zeig mich nackig. Da wird man sehen, wie der dann rennt«, sagte sie dann kichernd an ihre Kollegin gewandt, die sich fast nicht mehr halten konnte.

»Hör auf«, rief diese. »Sonst mach ich mir noch in den Schlüpper vor Lachen.«

Voss drehte sich weg. »Ekelhaft, diese Weiber, e-kelhaft«, zischte er, der Wachmann konnte kaum ein Grinsen unterdrücken.

20

Anna Sabrowski legte eine Akte auf Printz' Schreibtisch. Sie hatte geklopft. Als keiner antwortete, war ihr klar, dass ihr Kollege noch nicht von der erneuten Befragung einiger Museumsmitarbeiter zurück war. Er wollte sich die Auseinandersetzung zwischen Sander und seinem Sohn nochmals genau schildern lassen. Außerdem hatte er etwas von einer vorliegenden Sachbeschädigung erwähnt, die wahrscheinlich auch auf das Konto des Sandersohns ging. Anna schaute auf die Uhr. Wo blieb er bloß? Ihr Blick fiel auf das Board, das Printz immer für seine aktuellen Fälle nutzte. Alle Details, die in irgendeinem Zusammenhang zum aktuellen Fall stehen könnten, heftete er dorthin. Manchmal waren seine Gedankengänge überraschend und auf den ersten Blick für Außenstehende nicht nachvollziehbar, aber er hatte schon oft ein exzellentes Gespür bewiesen. Häufig nahm er Dinge wahr und ordnete sie den Fällen zu, auf die niemand gekommen wäre; auf diese Weise hatte er in der Vergangenheit so manchen Fall gelöst. Die Kriminalhauptkommissarin betrachtete nachdenklich die Fotos, die ihr Kollege an die Wand gepinnt hatte: Theo Sander, dessen Sohn Sven. Daneben ein Zettel, auf dem ein großes Fragezeichen stand. Printz hatte sie darüber informiert, dass der Haftrichter seiner Meinung war und den jungen Sander festgesetzt hatte. Er könne zwar einen festen Wohnsitz nachweisen und schien keine auffälligen Verbindungen ins Ausland zu haben, sodass kaum Flucht- oder Verdunkelungsgefahr bestünde, trotzdem habe er, da es sich um ein Tötungsdelikt handelte und dringender Tatverdacht bestünde, den Haftbefehl unterschrieben. Denn Sander hatte ein Motiv und war nachweislich am Tatort gewesen, außerdem waren zwei Verfahren gegen ihn anhängig. Deshalb saß er jetzt in Untersuchungshaft. Wenn er weiterhin verstockt schwieg, drohte ihm bei der Beweislage eine Verurteilung.

Anna seufzte. Sie bezweifelte, dass der junge Mann seinen Vater ermordet hatte. In Gedanken versunken ließ sie ihren Blick weiter über das Board schweifen. Zwischen dem Fragezeichen und dem Foto mit Raha Anzian und ihrer Tochter Ebony, das ihr Kollege von Theo Sanders Frau bekommen hatte, klebte eine Meldung aus dem Intranet. Hier wurde über eine Auseinandersetzung in dem Flüchtlingsheim Köln-Südstadt berichtet. Die Kommissarin zog die Augenbrauen hoch. Dort hatten doch auch Raha und Ebony gewohnt. Folge dieser Auseinandersetzung war der Tod des syrischen Flüchtlings Bassam Jenyat gewesen. Todesursache: *Ungeklärt. Widersprüchliche Zeugenaussagen.* Die Wörter waren rot unterstrichen und mit einem großen Fragezeichen versehen. Anna zückte ihr Handy, machte ein Foto, um die Meldung schneller im Intranet finden zu können. Sie würde mit Printz später darüber sprechen. Irgendwie klappte der Austausch im Moment nicht so richtig innerhalb der Abteilung. Kurz danach war sie schon auf dem Weg ins Flüchtlingsheim, denn sie wollte sich vor Ort ein eigenes Bild machen.

Perlchen zog ihr Smartphone aus der Tasche. Zwei Minuten nach achtzehn Uhr. Den Kassenabschluss würde heute die Kollegin erledigen, sie hatte jetzt Feierabend. Sie war froh, dass sie sich so gut verstanden und sich gegenseitig vertrauen konnten. Schwungvoll stand sie auf, hängte sich die Handtasche um, winkte der Kollegin kurz zu, dehnte sich und nahm noch ein paar Schokoladentäfelchen aus der kleinen Schale neben der Kasse. Jedem Besucher drückte sie so ein Täfelchen zusammen mit dem Kassenbon in die Hand. Sie schnupperte kurz an dem goldfarbenen Papier. Hmh, köstlich. Selbst durch die Hülle roch man Schokolade und einen Hauch Vanille. Es knisterte leise, als sie die Verpackung löste. Wie ruhig es inzwischen hier im Museum war. Sie schob sich die Schokolade in den Mund, schloss einen Moment die Augen und genoss das Gefühl, wie sich der zarte Schmelz langsam auf ihrer Zunge ausbreitete.

Dann ging sie in die Garderobe, schnappte sich ihre Jeansjacke und verließ genüsslich kauend das Museum. Gut, dass sie sich noch ein wenig Proviant für den Heimweg eingesteckt hatte. Sie kramte ein weiteres Schokoladentäfelchen aus der Tasche. Genau wie Karina liebte Perlchen das Naschen von Schokolade über alles. Sie empfand sich als regelrechten *Schokoholic*. Wenn sie einmal anfing, Süßes zu essen, konnte sie nur schwer wieder aufhören. Deshalb hatte sie sich einige Regeln aufgestellt, um ihre Genusssucht am Arbeitsplatz wenigstens ein bisschen zu kontrollieren. Eine dieser Regeln besagte: keine Schokolade während der Arbeitszeit. »*Sonst bin ich irgendwann so rund wie eine riesige Kakaobohne*«, hatte sie zu Karina gesagt. »Dann kannst du mir bald einen Tritt verpassen und ich rolle von ganz allein durch Köln.« Sie war stolz auf ihre Figur, deren Kurven, genau wie die ihrer Freundin, an den richtigen Stellen saßen. Ihre Lover dankten es ihr. Aber sie wollte nicht, dass es des Guten zu viel wurde! Körbchengröße C reichte.

Sie hatte die Rheinuferstraße überquert und den düsteren Parkplatz unter Severinsbrücke, der ihr immer etwas unheimlich war, hinter sich gelassen. In Gedanken versunken schlenderte sie den Gehweg der kleinen Straße entlang und wunderte sich darüber, dass sich anscheinend außer ihr niemand auf dem Heimweg befand.

Wie aus dem Nichts tauchte ein Auto auf und hielt neben ihr. »Hallo! Können Sie mir bitte mal helfen?«, fragte jemand.

Die Stimme kam ihr bekannt vor. In ihrem Hinterkopf meldete sich ein Warnsignal, das sie aber ignorierte. Die Beifahrertür ging auf. Perlchen trat an das Auto, beugte sich vor. Sie hatte heute ihren sozialen Tag. »Was gibts denn?« Ein süßlicher Geruch stieg ihr in die Nase. Dann ging alles ganz schnell. Hände griffen nach ihr, zogen sie ins Auto. Sie versuchte zu schreien. Eine Hand presste sich auf ihren Mund. Die andere auf die Nase. Der Geruch war unerträglich. Sie verlor das Bewusstsein.

Hier stehen die Türen überall offen, jeder kann ständig raus und reinmarschieren, dachte Anna Sabrowski, die ihren Dienstschluss schon lange überzogen hatte, im Flüchtlingsheim und schaute die Frau freundlich an, die ihr gegenüberstand.

»Ich gar nichts wissen.« Die dunkelhäutige Frau, die nun in dem Zimmer untergebracht war, in dem der Syrer Bassam Jenyat angeblich im Streit mit anderen Flüchtlingen zu Tode gekommen war, schüttelte den Kopf und blickte sie mit ängstlichem Blick an. »War nicht hier, als passiert. Du andere fragen. Die Polizei schon hier war. Mich gefragt und geguckt.«

Die Kommissarin sah sich in dem schmalen Raum mit den drei Hochbetten und dem kleinen Fenster um. Es roch muffig nach feuchter Kleidung. Kein Wunder, es regnete ja dauernd. Aus den Schränken, die sie öffnete, stieg ihr der Geruch nach Desinfektionsmitteln in die Nase. Anna war sicher, dass die Kollegen wie immer akribisch gearbeitet hatten, trotzdem ging sie in die Hocke und schaute unter die Betten. Nichts.

Sie nickte der Frau kurz zum Abschied zu und ging ein Zimmer weiter. Hoffentlich hatte sie dort mehr Glück. Die Frau schlotterte ja förmlich vor Angst.

Im Nebenzimmer blickte sie ein Mann mit rot geränderten Augen an, hob auf ihre Fragen hin beschwichtigend die Hände: »Ist gefallen. Kopf geschlagen, tot. Mehr ich nicht weiß.«

Ein kleines Mädchen klammerte sich ängstlich an sein Bein.

»Wenn ich das richtig lese, sind Sie doch der Bruder des Verstorbenen. Sie sind doch Dakhil Jenyat, oder?« Als der Mann zaghaft zustimmte, fuhr sie fort. »Wie ist es denn zu dem Streit gekommen?«

»Ich nicht weiß. Da war Männer, tlate.« Er streckte drei Finger hoch, Anna notierte es. »Waren bei schwarze Frauen, Stimmen laut. Mein Bruder hin, er immer helfen wollen, Frauen mit Männer weg, er auf Boden. Gefallen.«

»Aber«, sagte die Kommissarin leise und sah auf ihre Unterlagen, »hier steht, Sie waren gar nicht mit dabei, woher wissen Sie denn, dass er gefallen ist?«

Der Mann wich einen Schritt zurück. »Kein Ärger. Deutschland gut. Nicht zurück will in Krieg. Überall Bombe, sie Kinder schießen.«

»Herr Jenyat. Sie müssen nicht zurück, auch nicht, wenn Sie mir sagen, was Ihrem Bruder passiert ist. Bitte sagen Sie mir die Wahrheit. Was ist da genau passiert? Was war mit den Frauen?«

»Frauen weg an dem Tag, mit Männer. Männer haben gesucht, noch andere Frau.« Der Mann nahm das Mädchen auf den Arm und sprach beruhigend auf es ein.

Anna hielt ihm ihr Handy hin, sie hatte das Foto von Raha und Ebony dort gespeichert: »Haben die Männer vielleicht die beiden gesucht?«

Er überlegte einen Moment. »Ay, ay, aber sie nicht da, weg. Schon lange. Vorher. Weiß nicht, wo. Keiner weiß, wo.« Er sah sie nicht an, sondern hielt den Blick auf das Mädchen gesenkt.

»Wir werden uns noch einmal mit dieser Sache befassen und brauchen Ihre Aussage.« Sie sprach eindringlich: »Bitte helfen Sie uns, Herr Jenyat, es wird Ihnen keine Nachteile bringen, denke ich.«

Er sah sie an, schien einen Moment zu überlegen. Dann setzte er das Mädchen ab.

Anna blieb ruhig stehen und sah ihn freundlich an. Nur

jetzt keine hektischen Bewegungen machen oder Fragen stellen.

Der Mann knetete mit der linken die rechte Hand. Dann schien er eine Entscheidung zu treffen, war mit zwei Schritten an einem Schrank und öffnete ihn. Er griff nach einer Plastiktüte, die ganz unten lag, und übergab sie ihr. Sie sah kurz hinein, eine Sweatshirtjacke, die an einigen Stellen dunkel verfärbt war. Geronnenes Blut?

»Ich gefunden. Ist von mein Bruder. Habe versteckt vor Polizei. Ich haben Kinder. Dir nicht gegeben, versprich!«, flüsterte Jenyat und drehte sich weg. »Männer noch mal hier gewesen«. Seine Stimme war kaum zu verstehen. Langsam drehte er sich zu ihr um, die ganz stillstand und abwartete. »Haben nach Kind gesucht. Frau neben im Raum«, fuhr er fort und wies mit der Hand auf die Wand. »Wände hier Ohren. Sie sagen, dass auch zwei Frau gesucht nach Frau von Kind.«

»Meinen Sie die Mutter des Kindes? Haben zwei Frauen nach der Frau gesucht? Der Frau auf dem Foto hier?«, versuchte Anna das Gesagte zu ordnen und zeigte auf Rahas Foto. »Wie sahen die Frauen denn aus?«

Der Mann kam näher zu ihr, nickte. »Ich gesehen. Blond, schön, aus Schokoladenmuseum. Mein Tochter auch dort Projekt.« Er wies auf das Mädchen neben ihm. »Ich gesehen dort, arbeiten sie. Nicht in Projekt, aber da.«

Die Kommissarin hatte sofort das Bild von Karina Sprängel vor Augen. Kurvenreich, blond und Fragen stellend. Das konnte nur sie sein. »Und die andere Frau?«

Der Mann sprach jetzt eindringlich, obwohl er nach wie vor flüsterte. »Schwarz, Afrika, bestimmt Freundin von die Blonde. Sehr gute Frau.«

Die Sprängel und ihre Freundin, die Voodoopriesterin. Anna erinnerte sich genau an die beiden, die sie – und noch andere Freundinnen dieser Hobbydetektivin – seinerzeit bei den Ermittlungen im Schokoladenmuseum kennengelernt hatte. »Danke. Ich nehme an, Sie wollen keine Aussage machen? Ich würde das gern zu Protokoll nehmen.« Sie erwartete keine zustimmende Antwort.

Der Mann war völlig verängstigt, er würde nichts offiziell sagen. Er schüttelte den Kopf. Doch dann schien er noch etwas erzählen zu wollen.

»Ja?« Die Kommissarin reagierte sofort.

»Frau neben«, er wies wieder zur Wand. »Sie mit Männer sprechen. Hinterher viel Geld. Böses Geld.«

Anna nickte. Sie hatte verstanden. Wenn das stimmte, dann waren die Sprängel und ihre Freundin in Gefahr. »Danke«. Als sie sah, dass der Mann nichts mehr sagen würde, nahm sie die Tüte fest in die Hand und ging. Da würde sich die Spusi aber freuen. Und Stephan Printz erst, wenn er hörte, dass die Hobbydetektivin schon wieder aktiv war und sich womöglich in Gefahr brachte.

21

Chioma zog die dicken Vorhänge in ihrem gemütlichen Wohnzimmer zu, dann setzte sie sich wieder zu Karina an den großen Esstisch.

»Wo ist denn die Kleine?« Karina sah ihre Freundin fragend an.

»Liegt nebenan, auf Bett. Hört *Bibi und Tina*, mit Hörer an.« Chioma legte die Hände auf die Ohren.

»Bibi, ist das nicht eine kleine Hexe? Das passt ja, wo sie bei dir wohnt«, lachte Karina.

Ein Meer von weißen Kerzen brannte im Zimmer, mehrere Räucherstäbchen verbreiteten herben Sandelholz-Duft, auf dem Tisch hatte Chioma eine festgewebte bunte Decke ausgebreitet. Die Handtrommel stand neben ihr und das Säckchen, in dem sie ihre wichtigen Holzpüppchen verwahrte, lag vor ihr. Karina spürte, wie ihre Arme und Beine kribbelten. Unruhig rutschte sie auf dem Stuhl hin und her, schob die Füße vor, dann zog sie sie wieder zurück. Irgendwie schaffte sie es einfach nicht, ruhig zu sitzen. Ihre Freundin beachtete ihre Nervosität nicht. Auch wenn Karina in der Vergangenheit festgestellt hatte, dass es anscheinend noch andere Bewusstseinsebenen gab, als die, die ihr zu Hause und in der Schule vermittelt worden waren, so fühlte sie sich doch unwohl, wenn die Afrikanerin eine Reise in andere Sphären startete, in die sie ihr nicht folgen konnte und wollte. Sie erklärte ihr zwar immer wieder geduldig, dass nichts Schlimmes geschehen könne, aber das änderte nichts an Karinas Unruhe und leichter Abwehr. Sie mochte Chioma sehr, doch diese spirituelle Seite war und blieb ihr fremd. Aber einen Versuch war es allemal wert. Zumal all ihre Kontakte, Nachfragen und Telefonate sie bisher im Fall des Küchenchefs nicht weitergebracht hatten.

Karina legte einen Zettel vor sich auf den Tisch: »Also«, begann sie und versuchte ihr Anliegen auf den Punkt zu bringen, wie es Chioma ihr erklärt hatte. »Heute wollen wir mehr über den Verbleib von Ebonys Mutter herausfinden, ja? Und vielleicht auch noch etwas über ihre Entführer?« Ihre Stimme klang so zweifelnd, wie ihr Blick skeptisch war, mit dem sie Chioma ansah, doch die Freundin gab keine Antwort.

Stattdessen summte sie leise und griff nach dem Säckchen mit den Holzfiguren. Sie hielt es einen Moment ungeöffnet in der Hand und wiegte sich mit geschlossenen Augen zu der Melodie. Karina stellten sich die Härchen an den Armen, dann an den Beinen auf, denn als die Afrikanerin die Augen wieder öffnete, war nur noch das Weiße darin sichtbar. Obwohl Karina diese Veränderung an Chioma schon häufiger bei den *Reisen* miterlebt hatte, spürte sie jedes Mal wieder den Grusel, den dieses *Schauen in eine andere Welt*, wie ihre Freundin es nannte, in ihr auslöste. Chioma griff nun mit abgewandtem Blick in das Säckchen und warf eine Handvoll Püppchen auf den Tisch. Ihr leises Summen ging jetzt in einen melodischen Singsang über, Karina hielt den Atem an, sie hätte zu gern gewusst, was Chioma gerade sah. Dann atmete sie bewusst aus und langsam und leise wieder ein. Ihre Freundin begann zögerlich zu sprechen, es hörte sich an wie eine Frage, dann schneller, noch eine und noch eine. Ihr Atem ging schwer. Wieder fragte sie, so als wolle sie sich vergewissern. Dann folgte eine Formel, die wie ein Dank klang. Karina kannte diesen Teil schon, ihre Freundin hatte ihr erklärt, dass man sich immer hinterher bei den guten Geistern bedanken müsse, für ihre Hilfe und ihren Beistand.

Nun saß Chioma mit geschlossenen Augen da und legte die Hand aufs Herz. »Freundinnen werden bedroht. Wir bedroht. Große Gefahr. Für Leben, für Körper.«

»Wie jetzt?« Karina beugte sich vor, »Rahas Freundinnen? Wer soll das denn sein? Was hast du gesehen?«

»Gefährliche Gefahr für UNS«, betonte Chioma nachdrücklich. Wieder und wieder. »Gefährliche Gefahr für UNS. Gefährliche Gefahr für UNS …«

Karina ging um den Tisch herum und packte sie bei den Schultern. Sie fühlte sich warm an, während Karinas Hände eiskalt waren. Sie wusste nicht, ob sie Chioma nach einer solchen Sitzung überhaupt anfassen durfte, aber in diesem Moment konnte sie darauf keine Rücksicht nehmen. Ihr Herz schlug schneller als nach einem langen Lauf und sie spürte, wie Angst ihr die Brust zuschnürte, sodass sie kaum atmen konnte. Solche Angst hatte sie schon lange nicht mehr gefühlt. »Was hast du denn gesehen?« Ihre Stimme klang dünn und piepsig wie die eines kleinen Mädchens. Sie schüttelte ihre Freundin leicht. »Jetzt sag doch endlich mal was.«

Chioma schlug die Augen auf. »Böser Mensch. Bedroht uns. Unser Kreis.«

»Du meinst, dich, Perlchen, Nicole und mich?« Karinas Stimme zitterte. Die Afrikanerin nickte.

»Wann denn? In Zukunft oder jetzt gerade schon?«

»Ich immer nur sehe, was möglich. Gerade.«

»Das kann doch nicht sein.« Jetzt redete sich Karina selbst Mut zu. Sie hörte es genau heraus. »Guck mal, wir sind hier in Sicherheit, Perlchen und Nicole sind bestimmt bei der Arbeit, was soll denn da passieren?« Sie verstand Chiomas Blick und suchte fieberhaft in ihrer Handtasche nach dem Handy. »Okay, ich ruf sie jetzt an, ja? Dann wirst du sehen, dass alles in Ordnung ist. Wir haben uns doch erst vor ein paar Tagen getroffen. Deine Püppchen können sich ja auch mal irren, nicht wahr?!« Karina brauchte nur die Kurzwahl eins einzugeben und schon klingelte es auf Nicoles Handy.

»Was ist los, du rufst mich doch sonst nicht während der Arbeit an?« Ihre Stimme klang besorgt.

»Nicole, gehts dir gut, alles in Ordnung bei dir?« Karina war erleichtert.

»Na klar, was soll denn sein? Spinnst du?« Schon hatte sie zu ihrem frechen Mundwerk zurückgefunden.

»Chioma. Sie hat gesehen, dass wir Freundinnen oder eine von uns irgendwie in Gefahr ist.« Hoffentlich denkt sie jetzt nicht, dass ich völlig durchgeknallt bin, dachte Karina. Aber Nicole nahm die Warnung ernst. »Chioma hat bisher noch nie Quatsch erzählt, hast du schon Perlchen erreicht?« In ihrer Stimme klang jetzt wieder eine Spur Besorgnis mit.

»Nein, mach ich direkt und melde mich dann bei dir.« Karina drückte das Gespräch weg und tippte auf die zweite eingespeicherte Nummer. Der Ruf ging durch, es klingelte.

Aber Perlchen nahm nicht ab, stattdessen sprang die Mailbox an. »Hi, ihr lieben Menschen! Hier bin ich oder frei nach G. F. Daumer: Eine Riesenmuschel ist die Welt, die als einzige Perle mich enthält. Sagt, was ihr wollt nach dem Piep, ihr kennt euch ja aus.«

»Ich bins, ruf mich doch bitte so schnell wie möglich zurück, es ist dringend!«, sprach Karina schnell und sah auf ihre Armbanduhr. Vermutlich war Perlchen nach der Arbeit zum Sport gegangen oder hatte das Handy stumm gestellt, versuchte sie sich zu beruhigen. Sie probierte es bei den Kollegen im Schokoladenmuseum, aber dort wurde ihr gesagt, dass ihre Freundin nicht da sei. Gestern hätte sie einen freien Tag gehabt. Heute hätte man die Kollegin versucht zu erreichen, nachdem sie unentschuldigt nicht zum Dienst erschienen sei, aber es sei immer nur die Mailbox angesprungen. Eine Aushilfe hätte ihren Job an der Kasse schließlich übernommen.

Karina ballte die Hand zur Faust; wieso war sie denn von niemandem angesprochen worden? Schnell wählte sie wieder Nicole an.

Sie war sofort am Apparat. »Und? Hast du sie erreicht?«, fragte sie atemlos.

»Leider nicht, sie hatte gestern frei und war heute nicht im Museum. Mir ist das gar nicht aufgefallen, weil ich so beschäftigt war.« Karina wurde es mulmig. Sie konnte sich nicht daran erinnern, dass ihre Freundin jemals unentschuldigt bei der Arbeit gefehlt hätte. Aus dem Augenwinkel sah sie, wie Chioma immer noch am Tisch saß und ein Püppchen an die Stirn führte. Das wirkte alles andere als beruhigend. Im Gegenteil. Ihr Herz klopfte wild.

Nicoles Stimme klang abgehackt aus dem Handy, wahrscheinlich war sie unterwegs: »Ich geh jetzt zu ihr. Schau mal nach, ob sie zu Hause ist. Sobald ich da bin, meld ich mich.« Jede der Freundinnen hatte einen Ersatzschlüssel für die Wohnungen der anderen.

»Perlchen«, flüsterte Chioma, »es ist Perlchen.«

Karina spürte, wie trocken ihr Mund war, und versuchte den dicken Kloß in ihrem Hals herunterzuschlucken. Sie kämpfte gegen die Tränen an und setzte sich zurück an den Tisch. Noch wissen wir gar nichts, sprach sie sich selbst Mut zu. Es half nicht gegen die Angst, die sich in ihrer Brust ausbreitete. Wortlos saßen die zwei Frauen da und warteten. Nach zehn Minuten vibrierte Karinas Handy.

»Nichts, sie ist nicht da.« Nicole war außer Atem, sie war vermutlich bis in die dritte Etage gerannt. »So, wie es aussieht, ist sie irgendwann aus dem Haus, alles tip top aufgeräumt. Smileys Napf ist blank geleckt, auch der mit dem Trockenfutter ist leer. Hat sie die Katze auf Diät gesetzt? Der ist doch sonst übervoll, oder? Und jetzt?«

»Bleib doch erst mal da und ich ruf jetzt zur Sicherheit bei Kommissar Printz an, vielleicht ist ja alles in Ordnung und sie taucht gleich auf«, versuchte Karina Nicole und auch sich selbst zu beruhigen und legte auf. Dann wählte sie Stephan Printz' Nummer und erklärte ihm, worüber sie sich Sorgen machte und dass sie eine Vermisstenanzeige aufgeben wolle.

»Frau Sprängel, Ihre Freundin ist eine erwachsene Frau und auch noch gar nicht lange weg, sie kommt wahrscheinlich gleich quietschvergnügt nach Hause und hat einen neuen Liebhaber kennengelernt. Das ist doch kein Grund, die Polizei anzufordern. Ich bitte Sie.« Es klang beschwichtigend.

Immerhin ging er nicht gleich in die Luft wie sonst, wenn er sich belästigt fühlte. Sie atmete tief durch, sie wusste inzwischen, wie er tickte. »Natürlich ist sie erwachsen, aber sie würde immer ans Telefon gehen, wenn ich anrufe. Außerdem hatte meine Freundin Chioma eine Eingebung, dass jemand von uns in Gefahr ist.« Schon während sie es aussprach, wusste sie, was nun kommen würde. Immerhin hatte sie nicht *Vision* gesagt. Trotzdem klang es auch so völlig an den Haaren herbeigezogen. Fast schämte sie sich, dass sie ihn angerufen hatte. Der musste ja denken, sie sei übergeschnappt.

Sie hörte den Kommissar heftig einatmen. »Liebe Frau Sprängel«, sagte er ganz langsam und nachdrücklich. »Auf Eingebungen geb ich nicht viel, das sollten Sie doch am besten wissen. Es ist alles eine Frage des präzisen Denkens, der Logik. Wenn Sie sonst nichts Wichtiges mehr haben … Vielleicht hat Ihre Freundin ja tatsächlich einen neuen Freund gefunden, den sie noch ein bisschen geheim halten möchte.«

»Aber Herr Printz, so was halten wir doch untereinander nicht geheim. Wenn es jemand gäbe, dann wüsste ich das, wüssten wir das als Erste!« Sie hörte selbst, wie albern das klang. Hatte sie den anderen denn von ihrer Affäre mit Tabio erzählt damals? Nein. Es war ihr peinlich gewesen, dass er um einiges jünger war als sie. »Vor allem ist sie heute Morgen einfach nicht bei der Arbeit erschienen, das ist gar nicht ihr Stil.«

»Frau Sprängel, ich bin noch im Büro«, lenkte der Kommissar auf einmal überraschend ein.

Er schien sich tatsächlich verändert zu haben, stellte Karina fest.

»Wenn es Sie beruhigt, hör ich mal nach, ob etwas vorliegt, das auf eine Bedrohung Ihrer Freundin hinweisen könnte. Und sollte, ich betone *sollte* ich etwas hören, melde ich mich bei Ihnen, okay?« Printz wollte in erster Linie das Gespräch beenden, trotzdem arbeitete es schon in seinem Hinterkopf. »Gibt es sonst noch etwas, das für mich interessant sein könnte?«, fragte er und ließ seine Frage ganz ins Blaue hinein klingen. »Wie ich von meiner Kollegin hörte, sind Sie kürzlich mit Ihrer afrikanischen Freundin im Flüchtlingsheim in der Südstadt aufgetaucht und haben sich dort nach einer verschwundenen Frau erkundigt?« Die Sprängel sollte bloß nicht glauben, sie könne ihn an der Nase herumführen. Zugegeben, sie war ein heller Kopf, aber sie steckte mal wieder ihre Nase in Dinge, die sie nichts angingen. »Woher wissen Sie denn von der Frau? Ich hatte sie doch gebeten, sich rauszuhalten.«

Karina erstarrte, gleichzeitig spürte sie, wie ihr der Schweiß ausbrach. Jetzt wäre eigentlich der Moment, um ihm alles zu gestehen. Die Gespräche mit Ebony, dass das Mädchen bei Chioma war. »Ja, schon, aber im Moment suchen wir erst mal nach meiner Freundin«, wehrte Karina zögerlich ab. »Danke, dass Sie das für uns tun wollen.« Dann legte sie auf. *Sobald Perlchen wieder da ist, rede ich mit dir, versprochen.*

Printz starrte auf das Telefon und runzelte die Stirn, merkwürdige Frau. Er hätte schwören können, dass sie ihm etwas Wichtiges verschwieg. Dann wandte er sich seinem PC zu und durchforstete das Intranet nach den aktuellen Meldungen.

Anna kam nach kurzem Anklopfen herein und stellte ihm eine Tasse Kaffee auf den Schreibtisch. »Habe ich gerade übrig«, ihre Stimme klang weich.

Er hob den Kopf und erzählte ihr von Karinas Anruf. »Ich habe ihr gesagt, dass wir wissen, dass sie in der Südstadt herumgeschnüffelt hat. Sie hat nicht gesagt, warum. Frauen!«, fügte er dann ratlos hinzu. Dann sah er sie prüfend an: »Sagen Frauen ihren besten Freundinnen wirklich alles?

Über ihr Privatleben, Beziehungen und so, meine ich.« Es klang misstrauisch.

Anna grinste mindestens so breit wie das Pokémon Pummeluff, dessen hervorstechende Eigenschaften Charme und ein fröhliches Wesen waren. »Meistens. Es sei denn, es ist ihnen wichtig. Dann erst mal nicht.«

Karina riss die Augen auf. Sie hatte unruhig und zu kurz geschlafen. Die ganze Nacht hatte sie sich hin- und hergeworfen, nachdem sie alle möglichen Frauen und Männer aus Perlchens Bekanntenkreis angerufen hatte. Niemand wusste, wo sie steckte. Die Müdigkeit um die Augen fühlte sie, da brauchte sie keinen Spiegel. Wahrscheinlich sah sie zum Fürchten aus. Sie sprang aus dem Bett und griff gleichzeitig nach dem Handy. Keine Nachricht, nicht von Perlchen, auch nicht von Nicole. Das hieß: Perlchen war noch nicht aufgetaucht. Nicole hatte in der Wohnung übernachtet, war bei ihrer Glückskatze geblieben, hatte sie gefüttert und mit ihr auf die Freundin gewartet, offensichtlich vergeblich. Karina wusste ebenso gut wie Nicole, dass Perlchen die Katze niemals allein lassen würde. Die dreifarbige Smiley war völlig auf sie fixiert. Es musste etwas passiert sein. Sofort versuchte sie Printz zu erreichen, aber der schien noch nicht im Büro zu sein. Sie schleppte sich unter die Dusche und stopfte sich danach lustlos einen Toast mit Honig in den Mund. Ihr war nicht nach Frühstück, selbst der Kaffee schmeckte heute bitter. Schnell zog sie sich an, probierte es nochmals erfolglos bei Printz und machte sich dann auf zur Arbeit. Vielleicht würde sie dort etwas herausfinden. Irgendwo musste Perlchen doch sein, verdammt noch mal.

Kaum hatte sie das Schokoladenmuseum betreten, nahm sie erst einmal Kurs auf die Kasse, wo Elsa Richartz schon in Position stand. In ihrer Unruhe überfiel Karina sie förmlich mit ihrer Frage: »Hallo Elsa, hattest du vorvorgestern mit Perlchen zusammen Dienst?«

Die sorgfältig gestylte Endfünfzigerin, die eigentlich eine

Frohnatur war, sah sie missmutig an. »Ja, hatte ich und heute auch. Aber deine Freundin hat anscheinend was Besseres zu tun, oder siehst du sie hier irgendwo?«

»Sie hat nichts Besseres zu tun, sie ist verschwunden.« Ihre Antwort klang aggressiv, das hörte sie selbst. Aber sie konnte nicht anders. Sie war wirklich besorgt.

»Wie verschwunden? Sie war am Dienstag doch noch da und hat ganz normal Feierabend gemacht. Ich hab noch die Kasse geprüft. Wo soll sie denn sein?« Elsa zupfte an ihrer perfekt sitzenden Bluse herum.

»Was weiß ich denn, wir suchen sie ja. Sie ist nicht nach Hause gekommen und hat ihre Katze nicht gefüttert, das passt überhaupt nicht zu ihr. Außerdem ist sie gestern nicht zur Arbeit gekommen und heute offensichtlich auch nicht.« Karina lehnte sich gegen die Kassentheke.

»Nein, das sieht ihr nicht ähnlich«, die Kassiererin runzelte die Stirn.

Karina sah sie eindringlich an: »War am Dienstag denn etwas anders als sonst?«

»Anders? Lass mich mal nachdenken.« Die Frau leckte sich über die Lippen, ihr Blick schweifte durch den Eingangsbereich, dann zum Café hinüber. »Nee, nicht dass ich …« Sie stockte. »Na ja, der blöde Voss war wieder da, trotz Hausverbot. Aber sonst …«

»Voss? Und hat er was gesagt, oder gemacht? Überleg doch mal genau.« Die Hobbydetektivin sah sie eindringlich an.

»Na ja. Der hat ja früher immer dahinten in der Mitte gesessen und auf die Theke und die Küche geguckt und dann in sein Buch gekritzelt. Du weißt, bevor das mit dem Küchenchef passiert ist.« Sofort füllten sich ihre Augen mit Tränen und sie zauberte ein Taschentuch aus ihrem Blusenärmel.

»Ja, doch, das weiß ich.« Karina trat von einem Fuß auf den anderen. »Und was war dann?«

»Ach, der Voss, der war ja schon die ganze Zeit vorher hier, bis der das Hausverbot kriegte. Seit Sander tot war, hatte der sich meist da vorn auf die Bank direkt an der Wand gesetzt und hier rüber geguckt. Wir haben schon Witze gemacht, ob er auf mich oder Perlchen steht. Aber der hat immer so komisch geguckt. Mir hat der Angst gemacht.« Sie schnäuzte sich. »Aber du kennst ja deine Freundin mit ihrer frechen Klappe. Sie ging irgendwann zu ihm hin und hat ihn gefragt, ob sie jetzt das *Objekt seiner Begierde* wäre, dann könnte er ja draußen auf sie warten. Hier drinnen würde er sie von der Arbeit abhalten, weil ihr so heiß würde, wenn er sie so anmacht. Und dann ist sie hüftschwingend und laut pfeifend wieder zurück an ihre Kasse gegangen.«

»Nee jetzt, wirklich? Wie kam sie denn auf so was?« Karina schnappte nach Luft.

»Sie fand das lustig, konnte sich gar nicht mehr einkriegen. Dann kam der Voss durch die Halle auf uns zugewetzt und hat gebrüllt. *Mädchen, die pfeifen und Hähnen, die krähn, denen soll man beizeiten die Hälse rumdrehn.* Ich hab dann gesagt, er soll sich wieder beruhigen, er würde der Kundschaft im Weg rumstehen und Perlchen hat gekräht: *Kikeriki, kikeriki*, und hat so mit dem Oberkörper geschüttelt.« Elsa warf sich in die Brust und wackelte heftig.

»Mensch ist die verrückt geworden? Was hat sie denn geritten?« Karina schüttelte den Kopf.

»Eben, ich versteh das auch nicht. Die Kunden haben sich kaputt gelacht. Und der Typ hat geplärrt, man müsse ihr den Mund mit Seife auswaschen, dem *dreckigen Luder* und dann kam sofort der Heinz vom Sicherheitsdienst durch die Halle gelaufen und hat gebrüllt, dass der Voss sofort das Museum verlassen sollte. Aber das war ja noch alles, bevor er das Hausverbot kriegte. Und dann ist er am Dienstag einfach wieder aufgetaucht und hat sich hier reingeschlichen. Da hat Perlchen den Kerl raussetzen lassen. Durch den Sicherheitsdienst. Natürlich nicht, ohne den noch mal kräftig hochzunehmen. Sie kann das einfach nicht lassen.« Selbst in der Erinnerung musste die Kollegin wieder grinsen.

»Trotz des Hausverbots war der hier?« Karina hangelte nach ihrem Handy, doch bevor sie Printz anrufen konnte, klingelte es und der Kommissar meldete sich.

»Hallo Frau Sprängel, Printz hier. Ist Ihre Freundin wieder aufgetaucht? Ist sie an ihrem Arbeitsplatz?«

Karina stützte sich mit einer Hand auf die Kassentheke. »Nein. Und ich mach mir richtig Sorgen. Keiner weiß, wo sie ist. Ich habe gerade erfahren, dass es hier im Museum mehrere Auseinandersetzungen zwischen Reinhardt Voss und Perlchen gegeben hat. Die letzte am Dienstag, bevor sie verschwunden ist.«

»Voss? Aber der darf doch gar nicht …« Er schwieg einen Moment. »Ich werd mich darum kümmern, Frau Sprängel, Sie können mir helfen, indem Sie mir die Daten Ihrer Freundin und ein Foto mailen. Ansonsten halten Sie sich ab jetzt bitte auch da raus. Einverstanden? Ich melde mich später noch mal.«

Er hörte nicht, dass Karina flüsterte: »Sie ist doch meine Freundin. Wie soll ich mich denn da raushalten?« Sein »auch da« war deutlich angekommen.

Die Kassiererin blickte Karina mit großen Augen an. »Du bist ja ganz blass um die Nase, soll ich dir …«, aber Karina hatte schon auf dem Absatz umgedreht und eilte die Treppe hoch, rannte weiter bis zu ihrem Büro und riss die Tür auf. Ihr Kollege fuhr erschrocken hoch.

»Perlchen ist verschwunden, ich muss sie suchen. Du kümmerst dich heute hier um alles, ja? Ich mach Homeoffice.«

»Perlchen? Okay, ja, mach ich. Aber willst du nicht lieber … Außerdem wollte ich dir noch erzählen, wie es mit dem Meismann weitergegangen ist. Er hat versucht, sich abzusetzen, aber die Polizei hat ihn bei einer Kontrolle erwischt. Stell dir vor, der Schmuck war noch im Auto …«

Karina winkte ab, hörte nicht mehr, was er sagte, denn sie hatte die Tür schon zugeworfen und war auf dem Weg zum Personalbüro. Nachher würde sie mit Printz noch über die Bilder und die Angaben des Mädchens sprechen. Sie konnte das nicht länger verschweigen. Trotz der Sorge um ihre Freundin arbeitete ihr Kopf präzise. Voss hatte doch Briefe an die Geschäftsleitung geschrieben und sich über den Küchenchef beschwert. Dazu musste es eine Akte geben. Wahrscheinlich war auch seine Adresse vermerkt. Wenn sie da herankäme, wüsste sie, wo er wohnte und würde sich diesen Typ mal vorknöpfen. Sie ballte die Hände zu Fäusten, klopfte mit der einen an die Tür, mit der anderen öffnete sie direkt. Der Personalchef blickte sie erfreut an.

Karina wusste seit der letzten Betriebsfeier, bei der er unter starkem Alkoholeinfluss so mitteilungsbedürftig wie anhänglich gewesen war, dass er ein Faible für sie hatte. Sie versuchte ruhig durchzuatmen und sah ihn freundlich an. »Na, mein Lieber, was macht die Kunst?«

»Ich, ich, was für eine Freude, du hier.« Er strahlte sie an.

Karina war klar, dass sie jetzt nichts überstürzen durfte, und fing mit ihm ein lockeres Schwätzchen an, obwohl der Druck in ihrem Magen schier unerträglich war. »Na du, wann wollen wir denn mal einen kleinen Abendspaziergang durch den romantischen Regen machen?« Schwungvoll setzte sie sich auf seinen Schreibtisch und ließ die Beine baumeln.

Der Kollege bekam Stielaugen. Nach einiger Zeit und einem gekonnten Augenaufschlag hatte sie ihn so weit, dass er ihnen eine heiße Schokolade aus dem Café hochholen wollte. Er verließ das Büro und sie stürzte sofort zu der großen Hängeregistratur. Sie war nicht abgeschlossen, Karina riss die Schublade auf. Gut, dass der Kollege so penibel wie langsam arbeitete. Da war alles an seinem Platz und leicht zu finden, auch für Außenstehende. Sie blätterte die Akte durch und stieß auf die Briefe. Edles Büttenpapier und oben prangte die Adresse. Na, ging doch. Mit einem Griff zog sie einen Brief heraus und stopfte ihn in ihre Handtasche. Sie schob alles wieder an seinen Platz und kritzelte noch schnell eine Nachricht auf ein gelbes Post-it. *Musste leider dringend weg. Trink den Kakao für mich mit. Bis bald! K.* und stürmte hinaus.

Perlchen schlug langsam die Augen auf. Sie lag auf einem Bett, über ihr ein Baldachin. Weder Arme noch Beine konnte sie bewegen. Sie waren an die Streben des Bettes gefesselt, die Kabelbinder schnitten ihr ins Fleisch. In ihren Händen und Füßen kribbelte es. Da hatte jemand viel zu fest zugezogen. Auf ihrem Mund pappte ein breiter Streifen Klebeband, sie probierte vergeblich, die Lippen auseinanderzuziehen. Angestrengt bemühte sie sich Laute zu formen, brachte aber nur ein paar gutturale Töne zustande. Sie versuchte, sich zu erinnern. Wie lange war sie schon hier? Was war passiert? Ein Auto hatte gehalten. Wann war das gewesen? Jemand hatte etwas gefragt. Dann war alles ganz schnell gegangen. Zwei Hände hatten nach ihr gegriffen, sie wurde ins Auto gezogen, sich ihr auf Mund und Nase gedrückt. Voss, hatte sie gerade noch denken können, dann war da das feuchte Tuch auf ihrem Gesicht gewesen. Mit dem schrecklich süßen Geruch. Angst stieg in ihr auf. Und Übelkeit. Was wollte er von ihr? Sex? Rache für ihre Frechheiten? Sie zerrte an den Kabelbindern, sie saßen bombenfest. Dann hielt sie inne. Das war zwecklos. Perlchen hob, soweit es ging den Kopf, sah sich beklommen um. Immerhin konnte sie etwas sehen. Eiche rustikal, dachte sie. Tapeten von Anno Pief. Die dunklen, wild gemusterten Vorhänge waren zugezogen. Nur wenig Tageslicht drang durch die Pfauen, exotischen Pflanzen und lilafarbenen Trauben. Das Muster wirkte wie aus dem letzten Jahrhundert. Was war das bloß für ein schreckliches Großmutterzimmer?

Erschöpft ließ sie den Kopf sinken, bewegte vorsichtig Finger und Zehen, die sich taub anfühlten. Ihr war übel. Es roch nach Mottenkugeln, irgendwie ranzig. Hier war schon lange nicht mehr gelüftet worden. Sie hatte einen pelzigen Geschmack auf der Zunge und Durst. Ich bin in der Hand eines Psychopathen. Zitternd hob sie erneut den Kopf und konnte im Dämmerlicht einen Waschtisch ausmachen, darauf ein Ensemble aus altmodischen Parfümflakons, einer silbernen Haarbürste und passendem Kamm. Anthrazitfarbener Teppichboden. Das war das Zimmer einer alten Dame. Sie musste an den Film *Psycho* von Hitchcock denken und schluckte. Wo hatte der Kerl sie bloß hin verschleppt? Ihr Kopf sank zurück. Keiner wusste, wo sie war.

Die Tür ging auf. Grelles Licht flammte auf. Voss. Wie immer in Weiß. Die grauen langen Haare fielen ihm bis auf die Schultern. Mit einem teuflischen Grinsen sah er auf sie herunter. »Na, was liegst du denn hier so alleine? Willst du mir immer noch deine Brüste zeigen? Ich hab dir die Bluse angelassen, du Nutte«, zischte er leise.

Perlchen zerrte wieder an den Kabelbindern, die noch tiefer ins Fleisch schnitten. Der Schmerz flammte auf und trieb ihr die Tränen in die Augen.

Er sah sie verächtlich an. »Heul ruhig. Mich interessieren deine Gefühle nicht und deine Brüste schon mal gar nicht. Du denkst, alle fliegen auf dich, was? Weil du so toll bist. Aber du bist genau wie alle anderen. Immer nur ich, ich, ich. Faul wie Mist. Und alles nur in die eigene Tasche und zum eigenen Vorteil. Aber damit ist jetzt Schluss. Du wirst jetzt gehorchen. Am Ende gehorchen sie alle. Dich kriege ich auch noch klein.« Er beugte sich zu ihr herunter. »Hast du etwa Hunger? Dann hast du Pech, du Schlampe. Essen und Trinken gibts hier nicht. Du bist ja nicht im Hotel.« Damit drehte er sich um.

Sie wimmerte, zerrte wieder an den Kabelbindern.

Mit dem Rücken zu ihr höhnte er: »Und wenn du musst, lass einfach laufen. Der Matratze schadet das nicht. Du liegst auf einer Plastikplane. Ich komme wieder. Du kannst dich auf mich freuen«, kicherte er. Dann ging das Licht aus, er verließ das Zimmer und zog die Tür hinter sich zu. Der Schlüssel knirschte beim Umdrehen.

Perlchen spürte, wie ihr die mühsam zurückgehaltenen Tränen die Wangen herunterliefen. Ihr Magen knurrte und zog sich vor Schmerz zusammen. Mund und Kehle waren wie ausgedörrt. Dort, wo die Kabelbinder ihre Haut bis ins Fleisch eingeschnitten hatten, brannten die Wunden unerträglich. Auch wenn sie es nicht sehen konnte, spürte sie, dass sie bluteten. Sie war diesem Irren ausgeliefert. Die Panik ließ keinen anderen Gedanken mehr zu. Die Stille in ihren Ohren dröhnte. Es gab nichts, was sie tun konnte. Nichts.

Karina parkte Perlchens Ente vor der Jugendstilvilla und überprüfte noch einmal mit einem Blick auf den Brief die Hausnummer. In dem verdammten Auto war es schon am frühen Morgen heiß und das, obwohl es eigentlich durch alle Ritzen zog, die Klappfenster schlossen nicht richtig. Das schwülfeuchte Wetter trieb ihr Schweißperlen auf die Stirn. Wenn es in Köln warm wurde, war es meist sofort drückend. Einen kurzen Moment überlegte sie, ob sie nicht doch den Kommissar informieren sollte, wo sie hingefahren war. Aber er hatte ihr klar und deutlich zu verstehen gegeben, dass sie sich heraushalten solle. Obwohl er bestimmt ahnte, dass sie das auf gar keinen Fall tun würde. Perlchen war ihre beste Freundin, da musste sie jeder Spur nachgehen. Und zwar schnell. Abgesehen davon: Womöglich lag sie ja auch mit diesem Voss völlig falsch. Und dann? Sie konnte sich die Reaktion des Kommissars gut vorstellen. »Alles wird gut!« Laut sprach sie sich Mut zu, als sie den Wagen abschloss. Das Gartentor quietschte beim Öffnen und der

Duft der blühenden und halb verblühten Rosen umgab sie wie Äther. Ihr wurde richtig schwindlig, so stark war der Geruch. Sie hatte sich vorgenommen, zuerst einmal das Haus zu umrunden, wurde aber von dem stark wuchernden Knöterich, der den ganzen seitlichen und hinteren Teil der Villa wie eine einzige Schlingpflanze umgab und penetrant süßlich ausdünstete, daran gehindert. So musste es dem Prinzen der Brüder Grimm mit der Dornenhecke gegangen sein. Undurchdringlich. Karina entschied sich für den Frontalangriff und steuerte auf die Eingangstür zu. Schnell hatte sie die wenigen Stufen der Marmortreppe hinter sich gebracht und legte die Hand auf den Klingelknopf neben der Haustür.

Bevor sie darauf drücken konnte, riss Reinhardt Voss schon die Tür auf. »Ich brauche nichts, ich kaufe nichts und auf Zeugen Jehovas hetze ich meinen Hund!« Er starrte die Frau feindselig an.

Sie schluckte. Er ist also doch zu Hause. Was nun? »Aber, aber Herr Voss, Moment mal. Ich«, sie hob beschwichtigend die Hände, ihr fiel auf, dass das weiße Hemd ihres Gegenübers dunkle Flecken hatte. Ist das Blut, Perlchens Blut? Quatsch. Jetzt drehe ich wohl langsam durch. Immer mit der Ruhe, dachte sie. Sie atmete ein, machte den Rücken gerade, streckte die Brust raus. »Sie müssen mich doch kennen, ich arbeite im Schokoladenmuseum.«

Der Mann wich einen Schritt zurück, Karina ging näher heran. Nur keine Schwäche zeigen. »Ich bin Eventmanagerin und führe auch Gruppen durchs Museum.«

Voss war einen Schritt weiter zurückgetreten, starrte Karina unverwandt an. Seinen Gesichtsausdruck wusste sie nicht zu deuten.

Die junge Frau machte einen Schritt in den dunklen, engen Flur, das Blut rauschte so laut in ihrem Kopf, dass sie keinen klaren Gedanken fassen konnte. Die Haustür fiel mit einem Quietschen ins Schloss. Wahrscheinlich der Durchzug. Meine Güte, wie sah es denn hier aus. Der Typ war eindeutig ein Chaot. Sie quetschte sich an den schulter- bis deckenhohen Papierstapeln und Mülltüten vorbei. »Jetzt bleiben Sie doch mal stehen, ich wollte Sie doch nur etwas fragen. Meine Freundin arbeitet auch im Schokoladenmuseum an der Kasse. Sie heißt Sabrina Meier, aber ich nenn sie nur Perlchen, weil sie eine richtige Perle ist …« Sie plapperte weiter, blickte zurück zur Eingangstür, die sie hoffentlich schnell erreichen konnte, dann wieder zu dem Mann.

Der drehte sich um, schritt ohne ein Wort den Flur entlang und bog am Ende unvermittelt nach rechts ab.

»Jetzt bleiben Sie doch mal stehen!« Karina hörte selbst, wie unsicher ihre Worte klangen. Doch sie folgte ihm. Sie musste die Arme dabei fest anlegen, sonst wäre sie nicht an den rechts und links gestapelten Zeitungen vorbei gekommen. »Herr Voss, ich wollte Sie doch nur fragen, ob Sie sie vielleicht gesehen haben. Ich hab gehört, dass es einen Streit zwischen Ihnen und Perlchen … Herr Voss?« Sie machte einen langen Hals und streckte vorsichtig den Kopf in das Zimmer, in dem er verschwunden war. Etwas Hartes traf sie am Kopf. Schmerz durchschnitt ihren Schädel. Sie strauchelte, versuchte sich am Türpfosten festzuhalten.

Voss war sofort hinter ihr, drehte ihr mit einer schnellen Bewegung den rechten Arm auf den Rücken. »Wenn einer frech wird, sofort einen in den Nacken. Und wenn er fragt, *warum*, direkt noch einen«, zischte er ihr ins Ohr. »Außerdem fördert ein Schlag auf den Hinterkopf das Denkvermögen.«

Das konnte nicht stimmen, denn Karina hatte soeben das Bewusstsein verloren.

22

»Hör mal, Stephan.« Anna betrat mit einer Akte unter dem Arm Printz' Büro. «Ich muss mit dir noch mal über den Voss sprechen. Mit dem stimmt was nicht.«

Der Kommissar stand vor dem Schreibtisch, als wollte er gerade das Büro verlassen.

Sie stellte sich neben ihn. »Stör ich?«

Printz lächelte. »Du doch nicht, Anna.« Früher wäre er zurückgezuckt, aber mittlerweile war ihm ihre Nähe vertraut und so blieb er entspannt. Im Gegenteil, wenn er ehrlich war, genoss er es sogar, ihr so nah zu sein. »Voss?«, fragte er interessiert. »Dann lass mal hören.«

Sie schlug die Mappe auf. »Er hat uns doch gesagt, seine beiden Schwestern seien weggezogen. Die eine nach, Moment …« Sie blätterte ein paar Seiten um und fuhr mit dem Finger über das Blatt.

Printz sah sie von der Seite an. Er mochte ihren Gesichtsausdruck, wenn sie sich konzentrierte. »Hier, eine sei nach Süddeutschland und eine in den *hohen Norden* gezogen, hat er uns bei der Befragung in seinem Haus gesagt. Später wurde er präziser und es hieß München und Hamburg.«

»Ich erinnere mich. Und weiter?«, brummte er.

»Ich habe versucht die Schwestern zu finden, aber Fehlanzeige. Die wohnen da nicht.« Anna strich sich eine Strähne hinters Ohr.

»Wo denn dann?« Er zwang sich, nicht weiter auf ihr Ohr zu starren, so klein konnte ein Ohr doch gar nicht sein. »Wo sind sie denn nun?«

»Keine Ahnung. Seine ältere Schwester Charlotte war hier gemeldet bis zum 23. Juni 1982, dann hat sie sich umgemeldet und eine Adresse in Hamburg-Wandsbek angegeben. Nach langem Hin und Her habe ich den

Hausbesitzer des Sechsparteienhauses gefunden und mit ihm gesprochen und …« Sie hielt wieder inne und sah Printz bedeutungsvoll an, »sie hat wohl den Mietvertrag für eine möblierte Wohnung unterschrieben, ist vermutlich damit auch zum Amt und hat sich dort angemeldet. Aber eingezogen ist sie offensichtlich nie.«

»Wie bitte? Was sagt denn der Vermieter?« Er zwirbelte seinen Schnauzbart.

»Er hat herumgedruckst, von wegen, dass das ja schon so lange her wäre und so. Tatsache ist, sie hatte schon für ein halbes Jahr im Voraus bezahlt, und als sie nach einer Weile nicht auftauchte, hat er die Wohnung einfach weitervermietet.« Sie tippte auf das Blatt, das vor ihr lag. »Auf meine Frage, ob er es denn nicht für nötig gehalten hätte nachzuhaken, wo sie abgeblieben sei, meinte er, er hätte keine Kontaktdaten von ihr gehabt. Sie hätte gesagt, sie wolle ein neues Leben anfangen und von Zuhause weg, sie müsse nur noch ihre Habseligkeiten holen.«

»Ach, das wusste er aber dann doch noch.« Seine Stimme war dunkel. »Die Kollegen vor Ort?«

»Hab ich schon kontaktiert. Es gibt keinen Hinweis auf einen ungeklärten Todesfall einer Frau in dem Alter und auch keine Vermisstenanzeige, die passen würde.« Anna sah ratlos aus. »Sie ist einfach verschwunden und auch die Familie hat sie nie vermisst gemeldet.«

«Und die andere Schwester?« Printz runzelte die Stirn.

»Christina Voss hatte sich 1984 auf eine Stellenausschreibung der Firma BMD in München beworben und die Stelle im Bereich Marketing auch bekommen. Dazu gehörte, zumindest für den Anfang, eine kleine Werkswohnung. Der Personalchef ist schon im Ruhestand, kann sich aber noch gut an die sympathische junge Frau erinnern, die ihre Stelle zum 1. Juli einfach nicht angetreten hat.« Sie blätterte wieder in den Unterlagen. »Aber er hatte eine Telefonnummer hier in Köln und hat da angerufen. Der

Mann, der sich dort meldete, sei ein Verwandter gewesen. Er habe ihm versichert, dass Frau Voss es sich anders überlegt habe und nach Australien ausgewandert sei.«

»Wie bitte?!« Der Kommissar stemmte die Hände in die Seiten. »Der Mann am Telefon könnte Reinhardt Voss gewesen sein. Wenn ja, dann hat er uns belogen. Wer weiß, was der noch alles verheimlicht.« Er ging jetzt in Richtung Tür. »Ich wollte da eh gerade hin wegen einer Vermisstenmeldung. Die Freundin von der Sprängel ist seit zwei Tagen verschwunden, ich hatte die Daten und ein Foto gerade an die Leitstelle weitergeleitet. Keiner weiß, wo sie abgeblieben ist. Vorher gab es eine Auseinandersetzung mit dem Voss. Ich meine, bevor sie verschwunden ist. Ich fahre jetzt direkt zu ihm hin.«

»Sollen wir ihn nicht besser hierher bringen lassen? Vielleicht ist der gefährlich.« Sie sah ihn schräg von der Seite an. »Ich würde ja mitfahren, muss aber noch mal zur Rechtsmedizin. Hab da was zu klären.«

»Auf dich zu warten, dauert mir zu lang.« Printz steckte seine Dienstwaffe ein und zog die Jacke über. »Du kannst ja nachkommen.«

»Na ja, ich weiß nicht …« Sie beobachtete ihn auf dem Weg zur Tür.

»Mach dir keine Sorgen, vielleicht gibt es eine einfache Erklärung für das Verschwinden der Schwestern. Bis später. Wenn ich Unterstützung brauche, ruf ich selbstverständlich die Kollegen oder dich und ihr rettet mich«, alberte Printz und war schon auf dem Flur.

»Bis nachher.« Anna machte sich auf den Weg zur Rechtsmedizin. Sie wollte nur schnell die Ergebnisse der Untersuchung des Sweatshirts abholen.

Der Kommissar parkte vor dem Haus in der Robert-Heuser-Straße, direkt hinter einer roten Ente. Er stieg aus und umrundete das Auto. Der Starkregen hatte es mit

Birkenpollenstaub beklebt. Karina Sprängels Freundin besaß doch, wenn er sich recht erinnerte, auch so eine Karre. Damit fuhr die Sprängel häufig herum und beobachtete die Leute. Diese Hobbydetektivin. Er seufzte. Auf dem Beifahrersitz lag ein Brief, er konnte den Absender entziffern: Reinhardt Voss und die Adresse hier. Das war doch einer der Briefe, die er in der Akte des Mordopfers Sander gesehen hatte. Wie war die Sprängel oder deren Freundin denn daran gekommen? Unglaublich. Der Kommissar fühlte Groll in sich aufsteigen. Diese Frau steckte schon wieder ihre Nase in Dinge, die sie überhaupt nichts angingen. Neben dem Brief lagen mehrere Schokoriegel. Er atmete tief durch. Bestimmt schnüffelte sie wieder auf eigene Faust, fragte dem Voss gerade Löcher in den Bauch und versaute alles. Abrupt drehte er um und stapfte zum Haus. Das Eingangstörchen stand sperrangelweit offen, ansonsten sah alles ruhig aus. Printz klingelte einmal, zweimal, dreimal, dann ließ er den Finger einfach auf dem Klingelknopf und im Haus schrillte es ununterbrochen. Printz hielt inne. Er lauschte angestrengt. War da nicht ein Geräusch? Nein, da war nichts. Gerade wollte er noch einmal auf den Klingelknopf drücken, da hörte er es wieder. Ein leises Wimmern. Wie von einer Katze oder einem Kind. War das im Haus? Oder kam es doch aus dem Garten? Da, da war es schon wieder, deutlicher als vorher. Er hämmerte gegen die Tür: »Polizei. Stephan Printz hier, Herr Voss, öffnen Sie. Hallo!«

Keine Reaktion.

Schweiß rann seinen Rücken hinunter, die Schwüle war unerträglich. Sollte er die Kollegen anrufen? Er schaute sich die weiße Tür genauer an. Mehrfachsicherung. Entweder ein ängstlicher Mensch oder einer, der etwas zu verbergen hatte. Wieso war ihm das nicht bei seinem letzten Besuch aufgefallen? Der Kommissar schob den Gedanken beiseite. Im Grunde konnte sich ja jeder verbarrikadieren, wie er wollte. Er ging zurück, die Stufen hinunter und trat ein paar Schritte zurück, nahm die Hausfront in Augenschein. Die Fenster lagen zu hoch, um hineinsehen zu können, außerdem waren Vorhänge und Jalousien zugezogen. Bei der Größe des Hauses gab es vermutlich einen Hintereingang oder auch einen Zugang durch den Keller. Er erinnerte sich an den Wintergarten hinter der Küche. Eine Tür hatte nach draußen in den Garten geführt. Printz ging mit großen Schritten links um das Haus herum. Die Natur hatte sich hier ihr Terrain zurückerobert, alles war überwuchert. Um weiter zu kommen, hätte er eine Machete gebraucht. Er versuchte, die Sträucher mit den Händen auseinanderzuziehen, ohne Erfolg. Leise fluchte er, als ein Dorn ihm die Hand zerkratzte. Das hatte keinen Sinn, er drehte um und versuchte es auf der anderen Seite. Da kletterte der Efeu zwar auch die Fassade hoch und hatte sich mattenartig bis in die nahestehenden Bäume ausgebreitet, aber er entdeckte einen kleinen Trampelpfad, der durch das Dickicht führte, und folgte ihm. Umschlossen von kühlem Blättergrün schob er sich weiter. Selbst ihm als erklärtem Pflanzenfreund war das Gewucher zu viel, man konnte glatt das Gefühl bekommen, die Natur verdrängte alles von Menschenhand Geschaffene. Das passierte in unseren Breiten überraschend schnell, wenn man Sträucher und Bäume nicht regelmäßig beschnitt. In zehn Jahren wäre hier Urwald, wenn nicht jemand umgehend eine Heckenschere oder Kettensäge ansetzte und alles freilegte.

Der Kommissar gelangte an eine Kellertreppe, die wie frisch gekehrt aussah. Fast keine Blätter. Hier ging wohl jemand aus und ein. Er hörte ein leises Geräusch aus dem Garten. Wie ein Schaben. Trotzdem folgte er erst einmal den Stufen hinunter bis zur Tür. Auch sie war mehrfach gesichert, aber nur angelehnt, wie er überrascht feststellte. »Auch Fort Knox hat seine Sicherheitslücken«, grinste er. Im selben Moment hörte er wieder das Geräusch weiter hinten im Garten. Ein regelmäßiges Schaben, Erde prasselte. Sprach oder lachte da jemand? Printz drehte sich um, stieg die Treppe hinauf und lief geduckt weiter auf dem Trampelpfad, immer dem dumpfen Schaben folgend. Das grüne Dickicht lichtete sich und er stand vor einer Wiese, hier führte ein Weg durch kniehohes Gras. Er blieb in Deckung, legte die Hand schützend über die Augen, die Sonne blendete ihn, erschwerte die Sicht. Weiter hinten nahm er eine Bewegung wahr, dann machte er einen hell gekleideten Mann aus, der sich gut sichtbar gegen das ihn umgebende Grün abhob.

Der Mann stieß mit einer Schaufel in die Erde, grub und warf den Humus neben sich auf einen Haufen. Er arbeitete beständig wie ein Uhrwerk. Schaufel in die Erde, heben, werfen. Immer im exakt gleichen Rhythmus. Der Kommissar schlich hinter schützenden Büschen geduckt weiter. Er erstarrte, als er auf einen trockenen kleinen Zweig trat, der laut knackte. Der Mensch arbeitete weiter, wie er sehen konnte. Glück gehabt.

Es war Reinhardt Voss, der da hantierte und leise vor sich hinmurmelte. Er grub im Garten oder vergrub er etwas? Printz war hellwach und bewegte sich vorsichtig näher heran. Er lauschte angestrengt, bemüht jegliches Geräusch zu vermeiden.

»Euch werde ich es zeigen. Mit mir nicht, ihr dämlichen Weiber.« Die Stimme klang schrill, dann lachte er. »Ach wie gut, das Weiberpack, kommt in einen dunklen Sack. Weg damit, kein Gold der Welt, sie noch hier auf Erden hält.« Dann wieder: »Euch werde ich es zeigen. Mit mir nicht, ihr Miststücke. Ach wie gut, das Weiberpack ...«

Mittlerweile war Printz so nah herangekommen, dass er eine schon fertig ausgehobene Grube, die Platz für einen Menschen bot, sehen konnte. An der zweiten arbeitete Voss gerade. Der Kommissar bewegte sich behutsam rückwärts, ohne den Mann aus den Augen zu lassen. Weder Karina

Sprängel noch ihre Freundin konnte er sehen. Ob sie im Haus waren? Der Kommissar zog vorsichtig die Waffe.

»Bald bekommt ihr Gesellschaft, meine süßen Schnuckeltierchen«, kicherte Voss gerade, während er weiter schaufelte. »Dann könnt ihr mit den Weibern quatschen, quatschen, quatschen. Die sind nicht viel älter als ihr und genauso blöd.« Der Mann lachte, wurde sofort wieder ernst: »Mit mir nicht. Euch werde ich es zeigen, ihr Luder.«

Printz war inzwischen wieder ganz unter das schützende Blätterdach eingetaucht, steckte die Waffe ein, griff nach seinem Smartphone. Sein Alleingang war hier zu Ende, das war ihm klar. Er war sicher außerhalb der Hörweite und tippte die Nummer der Leitstelle ein. Als der Kollege sich meldete, forderte er leise Verstärkung an, teilte mit, wo sie Voss finden würden und dass ein Rettungswagen auch nicht schaden konnte. Kurz dachte er an das Wimmern, das er gehört hatte, daher wartete er nicht ab, bis die Kollegen eintreffen würden, sondern eilte zur Kellertreppe. Vorsichtig schob er die angelehnte Tür auf und schlüpfte in den dunklen Raum, der dahinter lag. Printz tastete sich langsam an der feuchten Wand entlang, es roch modrig. Er berührte eine Tür, dann eine Klinke, die er mühelos herunterdrückte. Knarzend schwang die Tür zu einem schwach beleuchteten Flur auf. Überrascht stellte Printz fest, dass hier Ordnung herrschte. Keine Zeitungsstapel, kein Chaos. Er öffnete vorsichtig eine Tür nach der anderen, überall Ordnung, ein paar Koffer und Schränke. Unter der Kellertreppe entdeckte Printz einen mit mehreren Riegeln gesicherten Holzverschlag. Der Kommissar schob einen Riegel nach dem anderen auf und drückte die Tür vorsichtig nach innen auf. Das Holz fühlte sich rau und faserig an. Die Tür stieß gegen einen Widerstand, auf dem Boden lag jemand, reglos. Bin ich zu spät? schoss es Printz durch den Kopf. »Hallo«, rief er und schlüpfte durch den Spalt. Der Körper gehörte einer Frau. Er beugte sich zu ihr hinunter. Natürlich die Sprängel. Verdammt noch mal. Sie fühlte sich kalt an. Er tastete nach dem Puls, sie lebte. Er kniete sich direkt neben sie. »Frau Sprängel, Frau Sprängel! Hören Sie mich?« Er klopfte gegen ihre Wange.

Sie war blass. Blut war über das Gesicht gelaufen, auf den Boden getropft. Er hob ihren Kopf leicht an, tastete vorsichtig nach der Wunde am Hinterkopf. Das mit den Haaren verklebte Blut hatte schon eine dünne Kruste gebildet.

»Hallo, Frau Sprängel.«

Karinas Wimpern zitterten, dann schlug sie die Augen auf, sah Printz verwirrt an, richtete den Oberkörper auf. »Sie? Woher wussten Sie denn ...?« Sie griff sich an den Kopf. »Oh Gott. Mein Schädel. Was war denn los?«

»Ich stelle hier die Fragen. Ich bin die Polizei, schon vergessen?«, brummte der Kommissar und strahlte vor lauter Erleichterung.

»Haben Sie schon Perlchen gefunden?« Sie sah sich ängstlich um. »Wo ist dieser Irre? Jetzt erinnere ich mich, er hat mir eins über den Schädel gezogen.«

»Voss ist im Garten, nach ihrer Freundin schaue ich jetzt.« Als Karina Anstalten machte aufzustehen, fuhr er sie mit erhobenem Zeigefinger an: »Sie bleiben schön hier sitzen! Die Kollegen sind schon auf dem Weg. Rettungswagen inklusive. Trauen Sie sich, hier zu warten?«, fragte er dann freundlich, obwohl er am liebsten losgedonnert hätte, warum sie überhaupt hier war.

Karina nickte.

Printz schlüpfte hinaus, zog die Tür wieder zu. Ließ aber die Riegel geöffnet. Dann wandte er sich der Treppe nach oben zu. Ein Geräusch hinter ihm ließ ihn herumfahren.

Jemand war im hinteren Teil des Kellers, dann hörte er Voss' Stimme: »Denn das Trachten des Weibes Herzens ist böse von Jugend auf. Verflucht wirst du sein bei deinem

Eingang und verflucht bei deinem Ausgang. Verflucht, verflucht, verflucht. Aber mit mir nicht, ihr dämlichen Luder.«

Der Kommissar wagte kaum zu atmen. Wo blieben bloß die Kollegen? Die Stimme wurde lauter, Voss näherte sich. Printz zog die Waffe und stellte sich neben der Türöffnung auf, den Rücken an die Wand gepresst. Er atmete ruhig, horchte und wartete.

Als Voss auf gleicher Höhe mit ihm war, sprang Printz vor, die Waffe im Anschlag: »Polizei! Hände hoch, keine Bewegung.«

Der Mann schrie auf und ließ den Jutesack fallen, den er in der Hand gehalten hatte.

Aus dem Verschlag stürzte Karina auf ihn zu. »Wo ist meine Freundin?«

Voss verdrehte die Augen. »Hier nicht, du blödes Stück Scheiße!«

Karina drängte sich an ihm vorbei. »Ich such sie selbst.« Sie rannte die Kellertreppe hinauf.

Der Kommissar drehte Voss den Arm auf den Rücken und schob ihn hinterher. Sein Griff war eisenhart. »Auf geht's, Herr Voss. Frau Sprängel, jetzt kommen Sie sofort zurück!«, rief er.

Doch sie war schon die Stufen hinauf geklappert.

Da endlich. Vor dem Haus ertönte das Martinshorn. Das hatte ja gedauert. Und die Kollegen kamen mit Musik, obwohl Printz ausdrücklich darum gebeten hatte, dass sie sich ruhig nähern sollten. Aber jetzt hatte er Voss ja schon festgesetzt.

Stephan Prinz übergab den Mann den Kollegen von der Streife, bedeutete den Rettungssanitätern, sich einen Moment zu gedulden und rannte ins Haus, um nach der Vermissten zu suchen. Die Verletzte, Frau Sprängel, sei im Haus, könne aber gehen, rief er noch über die Schulter.

Da hörte er Karina von oben schreien und nahm zwei Treppenstufen auf einmal, hinauf in das obere Stockwerk.

»Hier, Herr Printz, hier. Ich hab sie gefunden«, brüllte sie, als wollte sie die ganze Nachbarschaft informieren.

Er sprintete in das Zimmer, dessen Tür weit offen stand. Ein Bett mit einem Baldachin. Eine Frau war an Händen und Füßen mit Kabelbindern an die Streben gefesselt, sie atmete flach. Die Vermisste. Printz öffnete das Fenster und rief den Kollegen zu: »Schickt die Sanitäter sofort hoch. Und wir brauchen die Spurensicherung!« Dann griff er nach seinem Taschenmesser; ein Relikt aus der Jugend bei den Pfadfindern, das er immer bei sich trug. Mit schnellen präzisen Schnitten erlöste er Perlchen von den Fesseln und dem Klebeband.

»Durst. Bitte trinken. Bitte!«, flüsterte sie heiser immer wieder, und ehe der Kommissar sie davon abhalten konnte, rannte Karina los, um eine Flasche aus dem Auto zu holen.

Zwei Sanitäter und der Notarzt betraten das Zimmer, Karina, mit der Wasserflasche unter dem Arm, war direkt hinter ihnen. Der Arzt stellte seinen Koffer ab und untersuchte Perlchen sofort. »Dehydrierung«, diagnostizierte er.

Vielleicht hatte Voss sie ja verhungern und verdursten lassen wollen, überlegte Printz.

»Gut, dass sie rechtzeitig gefunden worden ist. Aber sie muss dringend ins Krankenhaus«, erklärte der Arzt. Mit ruhigen und geübten Handgriffen legte er ihr sofort einen Venenzugang und schloss eine Infusion an, die ein Sanitäter wortlos vorbereitet hatte. Dann versorgte der Arzt Karinas Kopfwunde und vermutete eine Gehirnerschütterung. Auch sie solle unbedingt mit ins Krankenhaus, um genauer untersucht zu werden.

Es dauerte eine Weile, bis die Sanitäter die Trage mit Perlchen durch die zugestellten Flure aus dem Haus bugsiert hatten, aber dann konnten die beiden Freundinnen gemeinsam im Rettungswagen ins nächste Krankenhaus transportiert werden.

Printz warf einen Blick auf die Kollegen der Spusi, die inzwischen ihre Arbeit aufgenommen hatten. Sie würden einige Zeit mit dem Haus und dem Garten beschäftigt sein. Erleichtert atmete er auf. Voss hatte es nicht nur auf die Sprängel und ihre Freundin abgesehen gehabt. Vielleicht war er auch für den Mord an Sander verantwortlich, überlegte er. Währenddessen saß der Sandersohn in Untersuchungshaft und verweigerte weiterhin die Aussage. Voss war jedenfalls jetzt aus dem Verkehr gezogen.

Er würde sich den Mann später in Ruhe vornehmen. Ihm fiel ein, dass er der Spusi noch auf die verschwundenen Schwestern aufmerksam machen musste. Vielleicht fanden sie ja einen Hinweis auf deren Verbleib. Printz sah prüfend zum Himmel. In der Ferne zog ein Gewitter auf. Schwarze Wolken türmten sich auf.

23

Anna Sabrowski war am nächsten Nachmittag schon mitten in ihren Ausführungen, als Printz eintrat. »Sorry, ich musste noch den Entführer befragen, aber dazu später.« Als er sich schnell auf den Stuhl neben sie setzte, schob sie ihm das oberste Blatt ihrer Unterlagen herüber. »Wie ich schon sagte, haben wir jetzt, was den Tod im Flüchtlingsheim angeht, eine heiße Spur.« Anna sprach ruhig, aber ihre Stimme vibrierte förmlich.

Das Gesicht des Dienststellenleiters Sassler nahm einen überheblichen Ausdruck an. Er zog die Mundwinkel nach unten und hob gleichzeitig die Augenbrauen: »Liebe Kollegin«, seine Stimme war reine Ironie. »Wie bist du denn an die Spur gekommen? Bei uns geht es ausschließlich um die fünf großen Ws – wer hat was, wann, wie, warum und womit getan? Woher stammt die Spur?«

Die Kollegen schwiegen, Annas Gesicht färbte sich rot, dann schüttelte sie den Kopf und schwieg.

Sassler schaute sie eindringlich an. »Wir konstruieren hier keine Spuren. Die Kollegen haben in der Flüchtlingsunterkunft alles genau untersucht und sind jedem Hinweis nachgegangen. Viel gabs leider nicht. Wenn du also nicht sagen kannst, woher deine Spur stammt …« Sassler wandte sich Printz zu. »Wie sieht es mit dem Fall Sander aus? Habe ich dich bei der Dienstbesprechung heute Morgen richtig verstanden, dass er so gut wie gelöst ist?«

Printz räusperte sich. »Na ja, sicher, der Voss steht unter dringendem Tatverdacht. Die Spusi hat in seinem Garten Knochen gefunden. Mit großer Wahrscheinlichkeit handelt es sich dabei um die Überreste seiner beiden Schwestern. Die Rechtsmedizin ist da noch dran. Die Schwestern sind keines natürlichen Todes, sondern durch Fremdeinwirkung gestorben. So viel weiß man schon. Schädelbruch und andere Verletzungen deuten darauf hin.« Printz schaute kurz zur Seite und warf einen Blick auf Anna, doch sie sah nicht auf, sondern studierte beharrlich ihre Unterlagen. »Bei der Vernehmung eben hat Reinhardt Voss Angaben gemacht, aus denen sich Hinweise ergeben, dass er wahrscheinlich auch seine Mutter und den Küchenchef umgebracht hat. Von daher …« Er stockte, weil Anna tief Luft holte.

»Auch wenn er seine Familie getötet hat, muss das nicht auf Theo Sander zutreffen. Du«, Anna sah den Dienststellenleiter mit bewunderndem Augenaufschlag an, »du sagst doch immer, wir sollten mehrdimensional denken und arbeiten und nicht alles schlucken, was auf den ersten Blick plausibel erscheint.«

Printz applaudierte im Stillen. Die Frau wusste genau, wie sie den Gockel zu packen bekam. Manchmal wünschte er sich, genauso geschickt im Umgang mit Menschen zu sein, aber nur manchmal, eigentlich kam er ganz gut zurecht.

»Ja, ja, liebe Anna. Das ist auch richtig.« Sassler gurrte förmlich. »Du bist ja auch nicht ohne Grund die Mitarbeiterin, die die meisten Punkte für ungeliebte Arbeitszeiten gemacht hat, dein Engagement ist wirklich vor-bild-lich!« Er betonte jede Silbe und sah auffordernd in die Runde.

»Lieblingsschüler sind nicht die Beliebtesten in der Klasse«, spottete ein Kollege und Anna tat so, als würde sie etwas nach ihm werfen.

»Manchmal schon. Für manche Mitschüler sind sie sogar eine Inspirationsquelle«, lachte sie.

»Genau, vor allem für die männlichen.« Kollegin Saskia zwinkerte ihr zu und Printz spürte, wie ihm, ohne genau zu wissen, warum, heiße Röte den Hals hochstieg.

»Kehren wir bitte wieder zur Professionalität zurück?« Der Chef sah demonstrativ auf seine Armbanduhr. Vermutlich hatte er noch eine Essenseinladung von *höherer Stelle*. Erst kürzlich hatte er ausgeplaudert, dass er sich um ein politisches Amt beworben hätte. »Jetzt, wo die Lage in Köln nach der Silvesternacht so schwierig geworden ist, ist hier ein Mann gefragt, der den Überblick und das entsprechende Kalkül besitzt, diese Herausforderung zu meistern«, hatte er betont und natürlich wusste jeder in der Abteilung, dass er sich selbst für den Richtigen hielt. »Was hast du denn ermittelt, Anna?«, fragte er milde und väterlich.

»Die Verletzungen, die dem Ermordeten zugefügt wurden, stammen, laut Rechtsmedizin, von schwerer Gewalteinwirkung und sie ähneln denen, die Sanders Leiche aufweist – was natürlich erst im Nachhinein auffallen konnte, denn zum Todeszeitpunkt des syrischen Flüchtlings Jenyat lebte der Küchenchef ja noch.« Anna sah Printz beschwichtigend an, denn sie wollte nicht, dass es so aussah, als würde sie seine Arbeit infrage stellen. »Der Bruder des Getöteten hat von drei Männern gesprochen, die mehrmals nach der Flüchtlingsfrau Raha Anzian und deren Tochter gesucht haben. Diese Männer sind mit großer Wahrscheinlichkeit Schleuser; es gibt weitere Taten, mit denen sie in Verbindung gebracht werden.« Sie hob kurz die Stimme. »Die Männer haben alle Frauen und ein minderjähriges Mädchen mitgenommen, die sich in dem Zimmer aufhielten, in dem Jenyat zu Tode kam. Wohin weiß niemand. Und das war anscheinend auch nicht Thema der Befragungen nach dem Mord.« Die Kommissarin war aufgestanden und ging an der Längsseite des Tisches auf und ab.

Printz wusste, dass sie besser denken konnte, wenn sie in Bewegung war.

»Meine Hypothese ist, dass diese Männer nach Raha und Ebony gesucht und sie im Schokoladenmuseum gefunden haben. Und Theo Sander war ihnen im Weg.«

»Eine Hypothese, Anna, gut. Wenn ...« Weiter kam der Dienststellenleiter nicht, denn Anna unterbrach ihn scharf.

»Ich habe im Flüchtlingsheim zufällig eine Sweatshirtjacke gefunden, die die Kollegen wohl übersehen hatten.«

Printz traute seinen Ohren nicht. »Zufällig gefunden? Willst du uns auf den Arm nehmen?«, fragte er.

Die Kommissarin sah ihn an. Ihr Gesicht rötete sich merklich. Aber ihre Stimme blieb ruhig und klar. »Ja, so was soll vorkommen. Ich habe zufällig in einem Nebenzimmer in einen Schrank geschaut und darin eine Plastiktüte gefunden.« Sie merkte wohl selbst, wie unglaubwürdig das klang und räusperte sich kurz. Sie würde den Bruder des Ermordeten nicht verraten. Er hatte so eine unmenschliche Angst in den Augen gehabt. Sie sprach schnell weiter: »Ich gehe mal davon aus, dass es sich beim Übersehen der Jacke nicht um eine vorsätzliche Verzerrung der Beweislage handelt, wie man es zurzeit beim Prozess in Hagen zu der Brandstiftung in einem Asylheim befürchtet! Wie dem auch sei, auf dieser Sweatjacke befand sich, laut Rechtsmedizin, Blut. Und«, sie zog ein Blatt aus ihren Unterlagen, »neben dem Blut vom Opfer gab es DNA darauf. Hauptsächlich Schweiß- und Speichelspuren, und sie stammen nicht von Bassam Jenyat.«

Saskia pfiff so durchdringend durch die Zähne, dass Printz zusammenfuhr.

Er warf ihr einen wütenden Blick zu, sagte aber nichts.

»Sondern? Jetzt spann uns doch nicht so auf die Folter, Anna«, knurrte der Chef.

»Sie stimmen mit einigen der DNA-Spuren an Theo Sanders Kleidung und an dem Bein des Küchenstuhls überein, das die Kollegen bei der erneuten Suche am Rheinufer gefunden haben. Und es gibt in der Datenbank zu diesen DNA-Spuren einen Dreifach-Treffer. Drei Männer aus dem Schleusermilieu.« Anna sah den Dienststellenleiter an. Und jetzt du. Sie sprach die Worte nicht aus.

Sassler verstand auch so. Er räusperte sich. »Nun, das ist doch tatsächlich eine Spur. Klemmt euch weiter dahinter. Vielleicht diesmal gemeinsam, du und Printz.«

Printz stürmte als Erster aus dem Besprechungsraum, Anna direkt hinter ihm her. »Jetzt warte doch mal, Stephan!«, rief sie. »Bist du sauer, ich wollte, dir nicht in den Rücken ...«.

Der Kommissar blieb abrupt stehen, sodass sie auf ihn auflief. Er drehte sich um. »Ich bin doch nicht sauer auf dich, Anna.« Seine Stimme klang rau. »Du bist einfach eine gute Polizistin und ich war auf Voss und Sven Sander fixiert. Das ist doch eine Superspur.«

»Aber wieso rennst du dann weg?« Sie fragte sich, ob sie ihn jemals verstehen würde.

»Wir müssen doch noch mal ins Flüchtlingsheim.« Nach einem Blick in ihre Augen strich er ihr leicht über die Wange. »Alles gut, Anna, alles gut. Wir kriegen sie, da bin ich mir ganz sicher.«

24

»Hallo Chioma«, grüßte eine freundliche Stimme.

Die Angesprochene drehte sich erstaunt um.

Die Kassiererin aus dem Supermarkt, in dem Karina und sie sich damals kennengelernt hatten.

Chioma kaufte immer noch dort ein. Sie lachte. »Hallo. Ich gehe gleich bei Supermarkt kaufen.«

Die Frau schnippte ihre Zigarette weg, dann deutete sie auf das Mädchen, das Chiomas Hand hielt. »Ihre Tochter?«

Chioma zögerte einen Moment, sah sich prüfend um. Nichts Auffälliges. Sie nickte. »Ja. Tochter.« Dann lächelte sie die Kassiererin noch einmal freundlich an und zog Ebony weiter. Insgeheim ärgerte sie sich, dass sie zugestimmt hatte, sie mit zum Einkaufen zu nehmen. Aber das Mädchen wollte unbedingt die Wohnung verlassen, nachdem sie tagelang nicht herausgekommen war. Gebettelt und gebettelt hatte sie. Sie passierten den Eingang zu einem kleinen Park, umrahmt von Büschen. Chioma konnte eine Frau erkennen, die dort mit zwei kleinen Kindern spielte.

Ein Mädchen saß auf der linken Schaukel, ein anderes grub mit einer kleinen Plastikschaufel im Sandkasten. Die rechte Schaukel war frei.

Sie wies auf den Spielplatz. »Willst du gleich? Aber zuerst wir gehen schnell in Supermarkt. Kaufen leckere Papayas und Mango und Couscous.«

Das Mädchen strahlte.

Nur wenige Minuten später verließen sie den Supermarkt, Chioma sah sich kurz um. Alles ruhig. Sie schlenderten gemütlich die wenigen Schritte den Gehweg entlang und wollten gerade die Straße Richtung Spielplatz überqueren. Ein grauer Van näherte sich in rasantem Tempo. Mit quietschenden Reifen und laufendem Motor stoppte der

Fahrer direkt neben den beiden. Und dann geschah alles fast gleichzeitig: Die Seitentür wurde von innen aufgestoßen. Ein Mann stürzte sich auf das Mädchen. Riss ihre Hand aus der Chiomas. Ebony schrie gellend und strampelte. Der Mann hechtete mit dem Kind zurück ins Auto und warf die Tür zu. Chioma brüllte um Hilfe, es klang wie der Schrei eines verletzten Tieres. Sie versuchte den Wagen aufzuhalten, fand keinen Halt, fiel hin. Da war der Van schon davon gerast.

Die Frau vom Spielplatz und einige Passanten liefen herbei, redeten aufgeregt auf Chioma ein.

»Ich habe schon die Polizei verständigt«, rief ein junger Mann.

Chioma beantwortete die Fragen der Polizisten wie betäubt. Sie gab ihre Personalien an, den Namen des Kindes und erzählte tonlos, wie sie die Kleine gefunden hatte. Dann trauten die Beamten ihren Ohren nicht. Dass die Entführer vermutlich Schleuser seien, die die Mutter des Kindes verschleppt hatten und jetzt auch das Kind. Wahrscheinlich, weil es Namen nennen konnte und im Schokoladenmuseum versteckt gewesen war. Sie redete und redete und die Beamtin notierte kopfschüttelnd alles, was sie sagte. Nachdem ihr Kollege die Zeugen befragt hatte, baten sie die Frau, nach Hause zu gehen und sich zur Verfügung zu halten. Doch Chioma folgte den Anweisungen nicht, sondern lief auf dem kürzesten Weg zu Karina. Sie würde wissen, was zu tun war. Chioma klingelte Sturm, sofort ging der Türsummer und sie drückte die Haustür auf, rannte die Stufen hoch, oben stand die Tür schon offen.

Karina sah sie verschreckt an. »Was ist denn los? Hast du geweint? Wo ist Ebony?«

Sie ließ die laut schluchzende Freundin in die Wohnung und schloss hinter ihr die Tür. »Ebony weg.« Ihre Stimme klang, als würde sie nie mehr mit dem Weinen aufhören können. »Männer sie geholt. An Straße. Auto mit Kennzeichen S. Polizei war da«, brachte sie zwischen den Schluchzern hervor.

Karina traute ihren Ohren nicht. »Wie bitte?«

Chioma weinte noch mehr. Sie legte ihre Arme um den Oberkörper und wiegte sich hin und her.

Karina atmete tief durch. Sie musste Ruhe bewahren. Jede Sekunde zählte. Oh Gott, jetzt war alles raus und sie hatte den Kommissar nicht informiert. Sie hatte ihn heute anrufen und mit ihm sprechen wollen. Verfluchte Hacke. Karina griff nach dem Handy, suchte mit bebenden Fingern in ihren Kontakten die Telefonnummer von Stephan Printz. Sie wusste, die Polizei reagierte sofort, wenn ein Kind verschwand. Da wurde nicht erst abgewartet, ob es wieder auftauchte. Nur, wie sollte sie ihm klar machen, dass sie die ganze Zeit eine wichtige Zeugin versteckt hatten? Die jetzt auch noch entführt worden war. Ihr Kopf brummte und plötzlich setzte ein Ohrgeräusch ein. Tinnitus. Vielleicht hatte sie den Schlag auf den Kopf doch nicht so gut verkraftet, wie sie dachte.

»Hallo, Herr Printz.« Karina holte tief Luft. »Ich muss Ihnen eine Mitteilung machen. Ein Mädchen ist entführt worden. … Sie war mit ihrer Mutter im Schokoladenmuseum im Keller versteckt gewesen … Wir hatten sie gefunden und jetzt ist sie weg.« Danach musste sie das Telefon erst einmal vom Ohr weghalten.

Selbst Chioma konnte hören, wie er brüllte. Ob sie noch ganz bei Trost sei und ob sie wisse, dass sie sich strafbar mache, wenn sie wichtige Informationen und Zeugen unterschlage. Er könne nicht glauben, dass sie sich das rausgenommen hätte. Sie solle bloß keinen Fuß aus der Wohnung setzen, bis er und seine Kollegin ankämen, sie seien schon unterwegs.

Als er verstummte, hielt sie das Handy wieder ans Ohr. »Nein, wir rühren uns hier nicht weg. Ich warte auf Sie und

Ihre Kollegin. ... Selbstverständlich kann ich Ihnen vorab ein aktuelles Foto des Mädchens und die Daten schicken ... Ach ja zum Abgleich mit Ihren Daten. Bitte helfen Sie uns, Herr Printz. Ja, danke. Bis gleich.«

Sie drückte das Gespräch weg, suchte ein Foto von dem Mädchen auf ihrem Handy und schickte es an ihn. Die Aufnahmen von Ebonys Zeichnungen der Männer und die Audiodateien der Gespräche mit ihr ebenso. »Das könnten die Männer sein, die sie festhalten und auch die Mutter.« Dann tippte sie noch deren Namen, die das Mädchen genannt hatte, und die Daten von ihr und ihrer Mutter ein. Karina blickte Chioma an, die sie beobachtet hatte. »Printz hilft uns. Er setzt jetzt die ganze Maschinerie in Gang. Die Polizei wird die Kleine sofort suchen. Ich wollte ihm das alles längst sagen, aber dann kam die Sache mit Perlchen dazwischen. ... Scheiße.«

Chioma griff in ihre Tasche. »Hier Karte von Zeugin auf Spielplatz. Hat Mann gesehen und Auto. Vielleicht kann sagen etwas.«

Karina fotografierte die Visitenkarte und schickte das Foto an Printz mit dem Hinweis, dass dies eine der Zeuginnen der Entführung sei. Auch wenn die Polizei bereits alle Daten der Zeugen aufgenommen hatte, konnte es ja nicht schaden. Vielleicht half es sogar. Es dauerte nicht lange, bis es unten Sturm klingelte. Karina drückte auf. Das konnten nur die Polizeibeamten sein. Schon an seinem Stampfen auf den Treppenstufen konnte sie hören, wie wütend Printz war.

Tabio Stüttgen riss mit Schwung die Autotür auf, beförderte seine Tasche auf die Rückbank und ließ sich auf den Beifahrersitz plumpsen. Karina hielt mit beiden Händen das Lenkrad fest und schaute ihn kurz von der Seite an. Sie hatte die ganze Nacht kaum geschlafen, einmal, weil sie sich um Ebony sorgte, die sich mit Sicherheit in den Händen der Schlepper befand. Wo sollte sie denn sonst sein? Wer würde das Kind denn am helllichten Tag entführen? Anna Sabrowski hatte gesagt, dass die Schleuser erfahren hätten, dass sie und Chioma im Flüchtlingsheim gewesen waren, um sich zu erkundigen, ob Ebonys Mutter dort vielleicht aufgetaucht wäre. Die Schlepper brauchten dann nur das Flüchtlingsheim zu beobachten, um von ihr selbst zu Chioma geführt zu werden. Sie könnte sich ohrfeigen. Die mussten doch bloß dasitzen und warten, dass ihre Freundin auf die Straße ging. Und dann nahm sie auch noch das Kind mit. Wenn sie doch bloß früher Printz informiert hätte … Karina konnte ihr schlechtes Gewissen kaum beruhigen. Dieses Mal war sie weit übers Ziel hinausgeschossen. Aber auch die bevorstehende Begegnung mit Tabio hatte sie beunruhigt. Ihre Besuche in der JVA waren für sie von Mal zu Mal schwieriger geworden. Sie wusste, dass ihre Gefühle für den jungen Afrodeutschen immer noch nicht rein freundschaftlicher Natur waren, war sich aber nicht sicher, ob es sich hierbei um Verliebtheit oder auch eine große Portion Mitgefühl handelte.

Tabio drückte ihr einen Kuss auf die Wange und bemerkte, wie Karinas Muskeln sich anspannten.

Sie atmete flach, schaute ihn nicht richtig an, sondern blickte sofort auf das Lenkrad, an dem sie sich festzuhalten schien.

»Kein Stress, Karina. Wir schaun mal, wie es wird.« Er zwinkerte ihr zu, als sie ihn kurz von der Seite ansah.

Dieser Kerl konnte anscheinend Gedanken lesen oder war mit einer guten Intuition ausgestattet, dachte Karina. Sie nahm die rechte Hand vom Lenkrad, legte sie auf seine linke und drückte sie leicht. »Es gibt ein dickes Problem«, begann sie, als sie losfuhr. Und dann erzählte sie ihm die ganze Geschichte der beiden Flüchtlinge, dem Versteck im Schokoladenmuseum und wie die Kleine geflohen war. Tabio hörte aufmerksam zu, während Karina auf der Autobahn Richtung Köln fuhr. Als sie ihm erzählte, wie Chioma das Mädchen gefunden und bei sich aufgenommen hatte, schnalzte er anerkennend mit der Zunge. Dass das Kind entführt worden war, kommentierte er nicht. Karina sah so schuldbewusst aus, dass sich jedes Wort erübrigte.

Sie berichtete ihm auch von Perlchens Entführung durch Voss und dass sie heute aus dem Krankenhaus entlassen würde.

Reinhardt Voss kannte Tabio noch aus der Zeit vor seiner Inhaftierung, als er im Schokoladenmuseum gejobbt hatte. »Ein Mörder, ein psychopathischer Mörder, das ist ja ein Ding«, murmelte er. »Wir haben immer alle gedacht, der ist harmlos! Obwohl der so durchgeknallt war! Es hieß dann immer: Jeder Jeck ist anders und so. Gut, dass er verhaftet wurde. Aber wie will man das Mädchen denn finden?«, fragte er unvermittelt.

»Die Polizei ist dran, ich habe Stephan Printz alles gesagt, was ich weiß. Er kannte die Namen der Flüchtlinge bereits von Theo Sanders Frau.« Karina fuhr mittlerweile auf der Rheinuferstraße. »Ich hätte viel früher mit ihm sprechen müssen. Jetzt ist es vielleicht schon zu spät«, fügte sie kleinlaut hinzu. »Aber er wehrt ja immer gleich ab, wenn ich ihm mit Chioma komme.« Sie klang vorwurfsvoll, doch Tabio konnte hören, wie schwer das schlechte Gewissen auf ihr lastete.

»Sag nichts gegen ihn«, meinte er schnell. »Er ist ein guter Typ. Er hat mich nie fallen lassen. Printz hat für vieles ein sehr, sehr gutes Gespür. Und ohne seine Unterstützung wäre ich nicht so problemlos in den offenen Vollzug gekommen und säße jetzt nicht neben dir. Ich mein, Chioma ist ja nun wirklich gewöhnungsbedürftig.« Er rieb mit den Händen über seine Oberschenkel.

Sie parkte die Ente auf dem Lieferantenparkplatz des Schokoladenmuseums und legte einen Parkausweis aufs Armaturenbrett.

»Die wissen aber doch nicht …« Tabio deutete zur Eingangstür.

»Nein, soll ja eine Überraschung sein«, beruhigte sie ihn. »Du kannst die Tasche erst mal im Wagen lassen, ich fahr dich nachher zu deiner Familie.«

Er war schon an der Treppe, nahm zwei Stufen auf einmal und sie hatte Mühe, ihm zu folgen. Als sie die Eingangshalle durchquerte, hörte sie schon lautes *Hallo* aus dem Café. Die Servicekräfte, die Tabio noch kannten, hatten ihn umringt. Einige umarmten ihn, bombardierten ihn förmlich mit Fragen, manche standen eher abwartend am Rand. Immerhin hatte er damals einen Menschen erschlagen und im Schokobrunnen liegen lassen. Da blieben sie lieber erst einmal auf Abstand.

Marius Menzel, der eigentlich für eine Zulieferfirma der Gastronomie arbeitete und übergangsweise die Stelle des Küchenchefs übernommen hatte, räusperte sich. Er machte ein Gesicht wie der Weihnachtsmann persönlich. »Tabio Stüttgen, es hatte im Vorfeld, angeregt durch Herrn Sander, schon Gespräche mit der Geschäftsleitung gegeben, an denen auch Ihre Eltern und der Kommissar Printz beteiligt waren. Theo Sander hat sich übrigens sehr für Sie eingesetzt. Nach reiflicher Überlegung gibt Ihnen die Geschäftsleitung die Chance, sich zu bewähren und bietet Ihnen versuchsweise einen Aushilfsjob an.«

Einige Kollegen schauten skeptisch, die meisten aber freuten sich. Karina konnte sehen, wie Tabios Augen feucht wurden.

»Danke.« Seine Stimme klang, als würde trockenes Holz aneinander reiben. Er räusperte sich. »Sehr gerne. Ich werde Sie und euch alle bestimmt nicht enttäuschen.«

»Perfekt. Alles Weitere klären Sie bitte noch mit der Personalabteilung und jetzt«, rief Menzel und klatschte in die Hände. »Hopp, hopp, alle zurück an die Arbeit! Die Pause ist beendet.«

»Hallo, jetzt reicht es aber.« Karina legte sanft die Hand auf die Hand ihrer Freundin, die wie eine Besessene ihre Rassel schwang. »Lass doch mal gut sein, Chioma.«

Die Afrikanerin hielt einen Moment lang inne, schaute, als erwache sie aus einem Traum. Dann schüttelte sie Karinas Hand ab, rasselte weiter, sang und wiegte sich im Rhythmus. So ging das jetzt schon eine geschlagene Stunde. Karina war schwindelig von dem intensiven Duft der Sandelholz-Räucherstäbchen, die in einer kleinen Vase vor sich hin kokelten.

»Chioma!« Sie wusste, dass ihre Freundin seit Ebonys Verschwinden fastete und die Geister anrief. Sie wurde jetzt lauter, stand auf. »Wenn du jetzt nicht eine Pause einlegst, gehe ich wieder. Das ist ja nicht zu ertragen. Ich bekomme langsam Angst. Du machst dich ganz fertig. Und mich auch.« Traurig schaute sie auf ihre Freundin, die völlig in Trance versunken zu sein schien. »Die Polizei wird sie finden, ganz bestimmt, reiß dich doch zusammen. Es ist doch nicht deine Schuld, dass das Mädchen weg ist.«

»Geister müssen helfen. Geister können helfen«, stieß ihre Freundin trotzig hervor. »Ich rufe Geister zu Hilfe. Immer. Immer.«

»Ja, das verstehe ich.« Karinas Stimme wurde leise und sanft. »Das verstehe ich ja, aber auch die Geister brauchen mal eine Pause. Oder nicht?«

Chioma sah sie mit einem Blick an, den Karina nicht richtig zu deuten wusste. »Geister dürfen nicht Pause machen. Niemals. Sonst Kind tot, wenn Geister nicht aufpassen.«

Karina setzte sich ganz nah neben ihre Freundin auf den Teppich und legte den Arm um sie. Chioma fühlte sich kühl an, strahlte eine Kälte aus, als wäre sie von innen schockgefroren. Karina fröstelte und versuchte ihre Freundin zu wärmen, indem sie ihr den Rücken rieb.

»Du bist ja ganz kalt. Warte, ich hol dir eine Jacke.« Sie sprang auf, zog eine Strickjacke vom Stuhl und legte sie um Chiomas Schultern.

»Was?« Die Afrikanerin zog die Jacke enger um sich, ihre Stimme klang dumpf. »Atem des Todes.« Plötzlich weinte sie, Tränen strömten über ihre Wangen. »Mein Kind tot, mein Mädchen«, flüsterte sie und starrte vor sich hin.

Karina schauderte, sie hatte am ganzen Körper Gänsehaut. »Meinst du, Ebony ist gestorben?«

Die Freundin weinte immer noch. »Mein Kind ist tot. Mayla.«

Karinas Magen krampfte sich zusammen, Tränen stiegen ihr in die Augen. Unendliche Traurigkeit, grau, kalt und schwer schwappte in den Raum, breitete sich aus wie eine Welle, war körperlich spürbar. »Was ist denn passiert?«

»Das nicht Ebony. Ich hatte Mädchen, Mayla – bedeutet *Hoffnung*. Sie gestorben, als ich weggelaufen mit es. Sie tot. Ich sie musste begraben am Straßenrand, mit meine Hände. Ich weiß nicht genau, wo. Irgendwo unterwegs.« Jetzt weinte sie noch mehr. Es schien, als hätte sich in ihr etwas gelöst, das sie lange fest in sich verschlossen gehalten hatte.

Karina saß regungslos da. Sie verstand auf einmal, dass Chiomas Traurigkeit Teil eines umfassenden Leids war, eines Schmerzes, den Mütter überall und zu allen Zeiten empfanden, wenn sie ein Kind verloren hatten. Ein Verlust, für den es keine Worte gab. Ihre Freundin beweinte die eigene Tochter, von der sie noch nie erzählt hatte. Und gleichzeitig Ebony, von der sie nicht wussten, ob sie noch lebte. Wahrscheinlich hatte die Entführung das alles bei Chioma wieder wachgerufen. Das Einzige, was jetzt half, war Nähe, verstand Karina. Es gab keine Worte, die trösten konnten. Sie legte den Arm wieder um die Freundin und hielt sie ganz fest. »Ich bin bei dir«, flüsterte sie leise. Mehr fiel ihr nicht ein.

Chioma lehnte sich an sie. So saßen sie ganz still und

schwiegen. Nach und nach löste sich die Schwere, die auf ihnen und im Raum gelegen hatte und Karina spürte, dass Chioma wieder wärmer wurde. Karina strich ihr sanft über die Schultern.

Kommissar Printz folgte seiner Kollegin Anna in ihr Büro. Er spürte einen pochenden Kopfschmerz. Angefangen hatte dieses Pochen schon während der Befragung im Flüchtlingsheim. Wahrscheinlich hatte er einfach nicht genügend getrunken. Er vergaß das manchmal und bewusst wurde es ihm oft erst, wenn der Kopfschmerz schon eingesetzt hatte. »Bin sofort wieder da«, rief er ihr im Umdrehen zu. »Hole uns einen Kaffee. Du doch auch, oder?« Sie lächelte kurz. »Auch Wasser?«

»Gerne.«

Er stellte zwei Wassergläser auf den Schreibtisch, holte eine Flasche Mineralwasser, klemmte sie sich unter den Arm. Während er in der Teeküche zwei Kaffee eingoss, dachte er über den Heimleiter nach, der ihnen bei der letzten Befragung einen Dolmetscher zur Seite gestellt hatte, so waren sie deutlich besser vorangekommen, als Anna zuvor. Printz jonglierte mit den Tassen und der Flasche unterm Arm durch die Tür, stellte alles auf ihrem Schreibtisch ab und goss ein. Dann setzte er sich zu ihr. »Kaffee schwarz war doch richtig, oder?«

Sie feixte. »Das hast du dir also gemerkt. Sehr gut.«

»Also, wir wissen jetzt definitiv, dass es drei Männer waren«, er spürte, dass ihm eine unangenehme Röte ins Gesicht stieg. Wie blöd war das denn? Jetzt wurde er auch noch rot, nur weil sie ihn anlächelte. »Vermutlich bringen sie regelmäßig Flüchtlinge nach Deutschland.«

Anna nahm einen Schluck Kaffee. »Der Heimleiter hatte ja auch etwas in dieser Richtung angemerkt, wobei ich mich frage, warum er der Polizei keinen Hinweis gegeben hat, dass hier vermutlich Schleuser aktiv sind.«

»Vielleicht überlastet oder einfach desinteressiert.« Er massierte sich die linke Schläfe. Das Wasser und der Kaffee taten schon ihre Wirkung. »Die Beschreibungen sind nicht schlecht, oder was meinst du?«

Sie startete den PC und loggte sich gerade ein. »Es gibt doch eine Ermittlungsgruppe von Polizei und Bundespolizei zu den Schleuserbanden, die arbeitet bundesländerübergreifend und, soweit ich es richtig in Erinnerung habe, sind die auch international vernetzt. Da gab es schon einige Festnahmen an verschiedenen Orten in Deutschland und den Nachbarländern.« Sie hatte eine Seite des Intranets geöffnet und las laut: »Die Schleuser sind der jeweiligen Landessprache mächtig und bieten den Flüchtlingen ihre Dienste im Ursprungsland an. Sie vermitteln die Bootspassagen. Wenn die Flüchtlinge es lebend über das Mittelmeer schaffen, haben sie keine Kontakte, kennen sich nicht aus und stehen vor großen Sprachproblemen. Ihnen wird von den Schleusern eine umfassende Betreuung – auch an den Behörden vorbei – versprochen, sodass die Flüchtlinge nichts mehr regeln müssen, sich ganz in deren Obhut begeben. Das suggeriert Sicherheit. Ihnen werden Fahrkarten für den Zug besorgt, oder sie reisen gemeinsam mit den Schleusern im Auto nach Paris, von dort nach Köln oder an andere Orte in Europa. Vielen wird ein Arbeitsplatz versprochen – bei Frauen und Kindern ist die Rede von Service und Hausarbeit.« Anna sah hoch. »Das können aber auch Bordelle sein. Seit dem 1. April 2016 gelten bereits an die neuntausend unbegleitete, minderjährige Flüchtlinge als vermisst. Davon waren rund eintausend jünger als dreizehn Jahre alt.«

»Das darf ja wohl nicht wahr sein.« Printz schob seine Tasse weg, der Kaffee schmeckte herb. Ein Schluck Wasser half auch nicht gegen das pelzige Gefühl auf seiner Zunge. »Sind es ausschließlich syrische Kinder, von denen man nicht weiß, wo sie sich aufhalten?«

Sie schüttelte den Kopf. »Nicht nur, sie kommen auch aus Afghanistan, Eritrea, Marokko und Algerien. Willkommen im neuen Sklaventum!« Ihre Augen funkelten wütend. »Diese Schleuser sind wirklich eine Pest. Sollen wir nicht mal jemanden aus dieser Ermittlungsgruppe anfragen, vielleicht kann er uns weiterhelfen? Je mehr Informationen wir haben, desto besser.«

Printz beugte sich vor. »Absolut. Gute Idee. Kümmerst du dich darum?«

»Mach ich doch direkt.« Sie hatte schon das Telefon in der Hand. »Das ist ja toll, dass ich Sie direkt erreiche«, Anna zwinkerte Printz zu und schilderte dem Kollegen ihr Anliegen. »Was, so schnell? Das ist spitze, wir kommen sofort rüber.« Sie legte auf. »Der Kollege Schott von der Ermittlungsgruppe Schleuser hat jetzt direkt für uns ein paar Minuten Zeit.«

Thomas Schott saß hinter einem gut aufgeräumten Schreibtisch und begrüßte sie kurz. Während Printz und Anna sich Stühle heranzogen, begann er ohne lange Einleitung: »Ihr wollt was zu den Schleusern wissen, aber dafür muss ich etwas ausholen. Fast alle Geflüchteten, die nach Europa wollen, kommen aus den Kriegs- und Krisengebieten des Nahen und Mittleren Osten oder aus Afrika. Dementsprechend verlaufen ihre Fluchtrouten. Das große Drehkreuz für Flüchtlinge aus Syrien, Afghanistan, Pakistan oder dem Irak ist die Türkei. Noch vor einigen Jahren versuchten viele, von der Türkei aus über den Landweg in die EU zu kommen. Doch seit die Bewachung der Grenzen Griechenlands und Bulgariens zur Türkei verschärft wurde, weichen die Schleuser auf das Mittelmeer aus. Die zweite große Drehscheibe, von der aus sich die Geflüchteten in Europa verteilen, ist Italien. Ein Sicherheitsexperte sagte dazu: *Wenn man erst einmal in Italien ist, steht einem Europa offen.* Insider sagen, die italienische Polizei sei mit der Situation total überlastet.

Italien fühlt sich dabei, meiner Meinung nach zu Recht, in der Flüchtlingspolitik von anderen EU-Staaten im Stich gelassen. Aber das ist nicht unsere Baustelle. Kommen wir also zur dritten großen Drehscheibe, Marokko. Das nordafrikanische Land ist das vorletzte Etappenziel der zahlreichen Geflüchteten aus West-, Zentral- oder Ostafrika auf dem Weg nach Europa. Zumal der Flüchtlingsstrom dort immer stärker wird wegen des zunehmenden Terrors im Land. Habt ihr noch Fragen dazu?« Er schaute sie an, beide schwiegen. »Dann komme ich jetzt zu den Schleusern. Unsere Informanten haben Bosse in diesem Business kontaktiert, aber auch kleine Schleuser, die die Organisationen, für die sie tätig sind, gut kannten. Das ist ein richtiges Unternehmertum mit großem kriminellem Geschick. Die Männer sind keine Dummköpfe. Es sind Unternehmer, Geschäftsleute. Und die Devise heißt: Kooperation, Allianz, Vertrauen, Business. Sie sagen von sich, dass sie ehrliche Leute wären und den Menschen etwas verkaufen, wonach sie sich sehnen, nämlich Träume. Und dann denken sie den ganzen Tag darüber nach, wie sie die Grenzen unseres Europa verletzen. Rund um die Uhr suchen diese Kerle nach Wegen, die Schwachstellen auszunutzen. Routen und Methoden ändern sich ständig. Konstant bleibt ihre Art zu arbeiten und der Wille, ungeschoren davon zu kommen. Und machen wir uns da bitte nichts vor, liebe Kollegen, die großen Bosse schicken die kleinen Fische an die vorderste Front und tauchen selber ab.«

Anna Sabrowski hob die Hand: »Eine Frage, Kollege. Sind die untereinander vernetzt?«

»Gute Frage. Die Schleuser sind nach Erkenntnissen von Sicherheitsfachleuten keine groß angelegten Syndikate mit gar mafiösen Strukturen, die Banden sind meist flach organisiert. Man kennt sich, kooperiert und ist gut vernetzt. Im Wesentlichen gibt es nur Kontaktleute und Leute für den Transport. Die meisten Schleuser sind *ethnisch organisiert*, heißt es. *Syrer schleusen Syrer, Afrikaner schleusen Afrikaner*, und so weiter. Das ist ein Milliardengeschäft, wie die UN-Flüchtlingsorganisation UNHCR sagt. Und die Kosten für Schleusungen hängen von ihrer Art ab. Wir unterscheiden drei Arten: die Garantieschleusung, die Etappenschleusung und die Verwandtenschleusung. An letzterer kann der Schleuser nichts verdienen, aber eine Etappenschleusung von einem Land ins andere – beispielsweise von Afghanistan in den Iran – bringt dem Schleuser schon gut dreitausend Euro. Er verhilft dem Geflüchteten über die Grenze und vermittelt ihm meist den Schleuser für die nächste Etappe. Besonders lukrativ ist natürlich die Garantieschleusung: Hier verspricht der Schleuser, den Flüchtling in ein Land der EU zu bringen, meist Italien oder Griechenland. Eine solche Schleusung kann bis zu zwanzigtausend Euro kosten. Und der Schleuser und seine Helfer verpflichten sich, es so lange zu versuchen, bis die Flucht klappt. Scheitern die Fluchtversuche, werden sie wiederholt. Das ist im Preis inbegriffen. Das wars erst mal, ich muss leider gleich los.«

Anna seufzte. »Viel Information, danke. Das rundet das Bild für uns ab. Soll ich dir unsere Ermittlungsergebnisse mailen? Vielleicht kannst du uns unterstützen.«

»Ja klar, dafür sind wir ja da.« Er stand auf, Anna und Printz auch.

Wenige Minuten später waren sie zurück in Annas Büro.

»Geh doch mal jetzt auf die Datei, in der die Kollegen Fotos und Beschreibungen der ihnen bekannten Schleuser auflisten, damit wir sie mit den Bildern der Kleinen vergleichen können.« Printz wollte beim aktuellen Fall bleiben.

Foto um Foto klickten sie durch, bis sie zu den Fotos der Verdächtigen kamen.

Die Kommissarin scrollte wieder nach oben und kopierte eine Adresse heraus und gab sie als Empfänger in eine E-Mail ein. »Ich schreibe jetzt an Thomas Schott von der Ermittlungsgruppe *Schleuser* und die Kollegen in Stuttgart. Moment, wer ist denn dort der zuständige Ansprechpartner?« Schnell hatte sie den Namen gefunden. »Schließlich hat doch einer der Befragten eben gesagt, das Nummernschild des grauen Vans, mit dem die drei Männer vor dem Flüchtlingsheim vorgefahren sind, hätte als Ortsbezeichnung ein *S* gezeigt. Bei Ebonys Entführung gab es ja eine ähnliche Beschreibung. *S*, für Stuttgart. Das Ergebnis der DNA-Analyse und die gemalten Bilder hänge ich auch an. Ich finde, die sind richtig gut erkennbar.« Mit zwei Klicks hatte sie es erledigt.

«Hoffentlich melden sie sich bald!« Printz nahm noch einen Schluck Wasser, dann rieb er sich das Kinn. »Sollen wir mal schaun, ob es in der Kantine noch was für uns gibt?«

Kurze Zeit später stocherte er mit wenig Appetit in seinem Salat herum, der Chicorée war an den Rändern schon braun. Eine Servicekraft wischte die Küche und den Boden in der Kantine, scharfer Putzmittelgeruch hing in der Luft.

Anna beeilte sich damit, ihre Apfeltasche zu essen. Vor dem letzten Bissen sah sie ihn an. »Was ist denn los mit dir? Denkst du an die Flüchtlinge?«

»Nein. Ja auch. Aber eigentlich ist's was anderes.« Printz spießte ein Tomatenstück auf.

»Du weißt, dass man mit mir reden kann? Ich bin quasi die Kummerkastentante vom Dienst. Nur Mut.« Sie zwinkerte ihm zu, aber er starrte nur auf seine Gabel.

»Eigentlich ist es nur eine Lappalie …« Er sah sie zweifelnd an. »Aber«, Printz schluckte, »ich hab doch versucht, mehr auf die Kollegen zuzugehen …«

»Was dir auch supergut gelungen ist, allen ist das aufgefallen!«, unterbrach sie ihn.

»Ja, aber, sie, sie bezeichnen mich jetzt als Trauerweide«,

platzte er heraus. »Zuerst *Printemann* und jetzt geh ich als so was durch!« Seine Wangen röteten sich, als sie losprustete. Abrupt stand er auf, griff nach seinem Teller, wollte sich wegdrehen.

Anna wurde sofort ernst, fasste nach seinem Arm. »Setz dich, Stephan, setz dich, bitte! Das ist ein Missverständnis.«

»Missverständnis?« Er sah sie skeptisch an. »Ich hab es doch genau gehört.« Trotzdem nahm er wieder Platz. Sie schaffte es immer, ihn zu erreichen.

»Das ist nicht bös gemeint, Stephan, wirklich.« Sie legte ihre Hand auf seine. »Die Truppe von der Spusi hatte doch vor ein paar Monaten eine Mitarbeiterfortbildung. Und der Dozent hat zum Einstieg ein Baumhoroskop präsentiert. Jeder musste sich seinen Baum raussuchen und damit arbeiten. Dazu gibt es auch etliche Seiten im Internet.«

Printz verstand gar nichts. »Heißt das, ich sehe aus wie eine Trauerweide? Das macht es jetzt nicht besser, Anna.«

»Nein, darum geht es nicht. Das kommt aus der keltischen Mythologie, ist so ähnlich wie bei den Tierkreiszeichen. Bestimmten Phasen im Jahr werden bestimmte Bäume zugeordnet. Du bist am 10. September geboren und zur Trauerweide gehört die Zeit vom 3. bis 12. September. Das wiederholt sich dann irgendwann im März.«

Er fragte sich, woher sie sein Geburtsdatum kannte.

Anna streichelte seine Hand leicht. »Und deshalb eben Trauerweide. Außerdem ist das ein guter Baum. Die Trauerweide steht für Melancholie, Ehrlichkeit und gute Intuition.« Dass man dem Trauerweidenmenschen auch nachsagte, er sei rastlos, kompliziert und man könne nur schwer mit ihm zusammenwohnen, verschwieg sie ihm vorsorglich. »Ich bin übrigens eine Eiche, ich habe am 21. März Geburtstag.«

Printz atmete tief ein und aus und hielt ihre Hand fest. »Und passen die beiden Bäume zusammen?«

»Könnte sein, Stephan, könnte sein.«

Die Servicekraft stieß mit dem Wischmopp gegen den Tisch, die beiden schreckten hoch, zogen gleichzeitig ihre Hände zurück. Die Frau hatten sie gar nicht bemerkt.

Annas Telefon blinkte, als sie in ihr Büro zurückkamen. Der Anrufbeantworter. Anna drückte auf den Knopf, um die Nachrichten abzuhören.

»Hallo, hier ist Mareike Neubert, Präsidium Stuttgart. Bitte rufen Sie mich baldmöglichst zurück.«

»Thomas Schott von der Ermittlungsgruppe, hallo Kollegin, ich habe euch eine Mail geschrieben. Es gibt eine Übereinstimmung mit euren Daten in unserer Datenbank. Eure DNA-Werte konnten einem Bordellmitarbeiter in Stuttgart zugeordnet werden. Er ist schon einmal wegen ähnlicher Gewaltdelikte unter Verdacht geraten, konnte aber leider nicht belangt werden. Der Verdacht des Schleusertums liegt vor, aber die Beweislage war bisher zu dünn. Jetzt kriegen wir sie. Hoffentlich!«

»Ja!« Anna stieß die geballte Faust in die Luft. »Ich werde mich mit beiden kurzschließen, was machst du?«

»Sven Sander will jetzt wohl doch eine Aussage machen. Danach geh ich mal bei den anderen Bäumen vorbei und gebe ihnen einen Kaffee aus. Kennst du den Spruch von Nazým Hikmet? Der lautet: *Leben einzeln und frei wie ein Baum und brüderlich wie ein Wald, das ist unsere Sehnsucht.* So ein Wald muss doch zusammenhalten.« Printz zwinkerte seiner Kollegin zu und war schon aus der Tür.

Sie klappte den Mund auf, dann wieder zu. Der Printemann schaffte es immer wieder, sie zu überraschen.

Am späten Nachmittag riss Anna mit einem Ruck die Bürotür auf und stürzte in Printz' Büro: »Das Bordell in Stuttgart wurde gestürmt!« Sie stemmte die Arme in die Seiten, schaute ihn erwartungsvoll an.

Der Kommissar brauchte einen Moment, um zu verstehen, wovon sie sprach. Gerade hatte er im Intranet gelesen, dass in einer Werkstatt in Mülheim Autoknacker eine Schlappe erlebt hatten. Sie überlisteten die Wegfahrsperre, aber der Kleinlastwagen fuhr trotzdem nicht, da der Motor ausgebaut war. Dann verstand er. »Haben sie die Schleuser? Und was ist mit den Entführten?«

»Es gab Festnahmen und der Kollege sprach von mehreren Frauen und Kindern, nein, Mädchen, die sich vor Ort aufhielten. Namen habe ich noch keine. Die Identitäten werden noch geklärt.«

»Diese Dreckskerle!« Printz presste die Lippen aufeinander und schlug mit der Faust auf den Tisch.

»Die Kollegen werden mir so schnell wie möglich Fotos und Namen schicken.« Anna fasste sich an den Hals. »Mir ist richtig schlecht.« Sie sah aus, als würde sie jeden Moment losweinen.

Das Telefon schrillte, der Kommissar hob ab. »Hallo Frau Sprängel … Nein, ich weiß noch nichts Genaues. Nur so viel, es hat eine Aktion in einem Bordell gegeben … Sobald ich die Informationen habe, melde ich mich. Bis später.«

Anna zog die Augenbrauen hoch. »Das glaube ich jetzt nicht! Du gibst Informationen an Außenstehende in einem noch nicht abgeschlossenen Verfahren? Bist du bei Karina Sprängel etwa befangen?« Sie sah verwundbar aus, als sie ihn fragend anschaute.

Printz verstand ihre Reaktion nicht, wusste nicht, was er antworten sollte. Daher räusperte er sich. »Stimmt. Aber keine Sorge. Also, Frau Sprängel will sich ja gar nicht in unsere Arbeit einmischen. Sie hat uns auch Informationen zukommen lassen …«

Anna fiel ihm ins Wort: »Aber mit Megaverspätung. Die meldet sich nur, wenn sie nicht mehr weiter weiß. Das kannst du doch wohl nicht für voll nehmen, oder?«

»Schau mal.« Er kramte die Ausdrucke von Ebonys Zeichnungen aus der Schreibtischschublade. Dann legte er die Fahndungsfotos der Schleuser daneben. »Die hat Frau Sprängel mir doch geschickt, mit der Personenbeschreibung. Das sind richtig brauchbare Hinweise, obwohl es Kinderzeichnungen sind. Und die Audiodateien sind auch nicht ohne. Und jetzt ist sie halt in großer Sorge um das Mädchen.«

»Die Bilder kenne ich doch. Aber trotzdem: Sie hat sie versteckt gehalten.« Anna verschränkte die Arme vor der Brust. »Das geht doch gar nicht. Diese Frau wickelt dich um den Finger, Mensch. Wo ist deine Professionalität? Seit wann arbeitest du denn mit Laien zusammen?«

»Zusammenarbeiten! Das ist doch Quatsch. Du hast mir gesagt, ich soll mich mehr in andere hineinversetzen, mehr mit*schwingen*. Und wenn ich es dann mache, ist es auch wieder falsch.« Er seufzte. Dann hatte er eine Idee. »Glaubst du etwa, ich hätte Interesse an ihr?«, platzte er heraus.

»Unsinn«, blaffte sie etwas zu schnell.

Er erinnerte sich daran, dass Anna damals, als es die Ermittlungen zu dem Toten im Schokobrunnen gab, auch schon so sonderbar auf die Hobbydetektivin reagiert hatte. War sie eifersüchtig? Er schmunzelte, dieser Gedanke wärmte ihn von innen, fühlte sich richtig gut an.

Anna drehte sich wortlos um und ging hinaus, jedoch ohne die Tür zuzuknallen.

Er wartete ein paar Minuten ab, dann folgte er ihr. Die Tür zu ihrem Büro stand offen.

Sie starrte auf den Bildschirm des Computers. »Sie haben das Mädchen, aber finden die Mutter nicht.« Ihre Stimme klang rau. »Laut ärztlichem Gutachten ist das Kind zumindest äußerlich unversehrt«, sagte sie leise und blickte kurz hoch. Printz sah Tränen in ihren Augen. »Körperlich«, wiederholte sie. »Sie ist ganz sicher traumatisiert. Und wer weiß, was sie schon erlebt hat, bevor sie hierher kam. Und jetzt das …«

Er trat zu ihr und legte die Hände auf ihre Schultern, begann ungelenk, darüber zu streichen, fuhr dann an den Armen entlang. Dann legte er die Hände wieder auf ihre Schultern und ließ sie dort.

»Die Kollegen suchen weiter nach der Mutter. Es gibt wohl einen Hinweis auf Verschleppung in die Niederlande. Ebony wurde vom Jugendamt in Obhut genommen, kommt vermutlich erst einmal in ein Haus der Jugendhilfe.« Sie kramte nach einem Papiertaschentuch. »Los sag deiner Karina Sprängel Bescheid.«

Printz strich ihr leicht übers Haar und wandte sich zum Gehen. Er musste die Staatsanwaltschaft über die aktuelle Entwicklung der Ermittlungen, sowie die Festnahmen in Stuttgart informieren. Sven Sanders Aussage lag der Staatsanwaltschaft schon vor. Er hatte zugegeben am Abend der Tat bei seinem Vater gewesen zu sein, aber erst nach seinem Tod. Als er das erzählte, hatte er die Hände vor das Gesicht geschlagen und minutenlang geweint.

Von Schluchzern geschüttelt war alles aus ihm heraus gebrochen: »Er lag mitten in der Küche, ganz verdreht. Ich hatte so eine Stinkwut auf ihn, hab ihn von der Tür aus angebrüllt, dass er ein Loser ist und dass ich ihn hasse.« Der junge Mann hatte sich mit der Hand immer wieder übers Gesicht gewischt. »Aber er rührte sich überhaupt nicht. Da bin ich zu ihm hin und überall war Blut. Das kam von seinem Hals, da war ein Schnitt. Die haben ihn abgestochen wie ein Schwein.«

25

»Hallo? Hier spricht Karina Sprängel. … Wie wer ich bin. Ich möchte gern mit Ihnen über das Mädchen Ebony Anzian sprechen, das gefunden worden ist. … Ob ich eine Verwandte bin? Nein. Aber ich möchte dem Kind helfen … Wie? Am Telefon keine Auskunft an Nicht-Verwandte? … Das Mädchen hat keine Verwandte. Die Mutter ist verschwunden, entführt. … Hallo?« Karina drehte sich um und sah ihre Freundinnen Hilfe suchend an. »Einfach aufgelegt. Kommissar Printz hat mir gesagt, wo sie steckt. In einer Kinderheim-Wohngruppe in Stuttgart. Aber was soll sie denn dort? Da ist sie doch ganz alleine.«

Perlchen hob die Schultern. Seit sie aus dem Krankenhaus entlassen worden war, sprach sie nicht mehr so viel wie früher. Sie war auch immer noch sehr blass. Die Sache mit Voss war ihr sehr nah gegangen. Auch Chioma schwieg. Ihre Augen glühten.

»Okay, dann eben nicht, liebe Tante.« Karina wählte jetzt Tabios Nummer. »Hör mal, Tabio. Du hast doch gesagt, ich könnte mich immer auf dich verlassen. Jetzt kannst du das mal unter Beweis stellen. Wir machen jetzt eine kleine Spritztour.« Sie lächelte in den Hörer und Nicole verdrehte die Augen, spitzte die Lippen und warf Handküsse. Karina drehte sich weg. »Ja, nur wir zwei. Ich hole dich am Schokomuseum ab.« Sie legte auf und lachte Nicole an. »Alles ganz harmlos.«

Perlchen kramte ihren Autoschlüssel aus der Tasche, warf ihn Karina zu. »Hier. Ist vollgetankt. Bring die Karre heil zurück. Und tschüss.«

Kurze danach hielt Karina auf der schraffierten Fläche gegenüber dem Schokoladenmuseum.

Tabio sprintete die Treppen hinunter, überquerte die kleine Brücke und die Ampel, die gerade auf rot umsprang. Dann öffnete er die Tür und stieg ein. »Na, schöne Frau«, rief er, warf die Laptoptasche auf den Rücksitz und lachte.

»Wir fahren jetzt nach Stuttgart«, informierte sie ihn. »Ich will gucken, ob ich das Mädchen nicht nach Köln holen kann.«

Er sah sie verblüfft an. »Und wozu brauchst du mich dabei? Du weißt, ich mach alles mit, was du willst, aber nichts, was mich mit dem Gesetz in Konflikt bringt.«

»Ich will nur nicht allein dahin fahren. Du musst ja nicht mit ins Heim rein, aber dich in meiner Nähe zu wissen hilft schon.« Ihre Stimme zitterte leicht.

»Na gut, gib Gas.« Er starrte aus dem Fenster.

Stunden später klingelte bei Printz das Telefon. »Kriminalhauptkommissar Stephan Printz«, meldete er sich, da er die Nummer nicht kannte, die auf dem Display zu lesen war.

Anna, die gerade vor seinem Schreibtisch stand, schaute ihn fragend an.

»Ach, die Kollegin aus Stuttgart.« Seine Stimme klang erwartungsvoll. »Moment, ich stelle sie mal laut, damit meine Kollegin Sabrowski mithören kann. Gibt es Neuigkeiten?« Er drückte auf die Taste und schon füllte die Stimme der Stuttgarter Kollegin das Büro.

»Kennen Sie eine Karina Sprängel?« Mareike Neubert kam sofort zur Sache.

»Ja, sicher.« Printz schaute Anna fragend an.

Sie hob die Schultern.

»Was ist denn mit ihr?«

»Wir haben sie vorläufig festgenommen. Sie ist hier auf der Wache. Kindesentzug. Sie hat versucht, ein Mädchen aus einer Wohngruppe des Jugendamtes zu entführen.«

Anna drehte sich weg, hielt sich die Hand vor den Mund, um nicht laut loszuprusten.

Printz starrte auf den Hörer, als könnte der ihm die Worte der Kollegin erklären. »Wie bitte?«, brachte er nur hervor.

»Ja, sie hatte das Mädchen schon im Auto. Aber die Betreuer haben sofort die Polizei verständigt, als sie sahen, dass sie das Kind mitnehmen wollte.«

»Okay, das ist ein Missverständnis.« Wiegelte er ab. »Das ist sicher ein Missverständnis.« Er biss sich auf die Lippe, die blöde Sprängel.

»Bitte, Frau Neubert, also Mareike, lassen Sie uns das auf dem kleinen Dienstweg regeln. Sie haben die ganze Angelegenheit bisher doch so umsichtig geregelt, Kompliment. Ich schicke Ihnen gleich jemanden vorbei, der die Frau in Empfang nimmt und die Verantwortung übernimmt. Bitte, keine Anzeige. Mit dem Stuttgarter Jugendamt spreche ich persönlich.«

Anna schaute ihm interessiert zu. Solche Engelszungen hätte sie ihm gar nicht zugetraut. Er schaffte es tatsächlich, die Kollegin zu besänftigen. Dann legte er auf, rief seinen Freund Frank an, den er während seiner Ausbildungszeit auf der Polizeischule kennengelernt hatte und zu dem der Kontakt nie abgerissen war. Frank hatte mittlerweile Karriere bei der Stuttgarter Polizei gemacht. Anna lauschte Printz und war begeistert. Er argumentierte vorbildlich. Nachdem er seinem Freund überzeugend erklärt hatte, dass die Hobbydetektivin einfach nur helfen wollte, aber auf die falsche Art eben, hatte Frank zugestimmt, sich sofort zur Stuttgarter Wache zu begeben, um sie auszulösen. Vielleicht konnte er sogar erreichen, dass das Mädchen dem Kölner Jugendamt überstellt wurde, da sie ja hier gemeldet war. Das wäre am einfachsten. Er verbürge sich persönlich dafür, das Mädchen in einem Kölner Kinderheim unterzubringen.

Der Kommissar wischte sich den Schweiß von der Stirn. »Danke, Frank. Du bist wirklich ein Freund. Lass uns die

Tage mal in Ruhe telefonieren, es ist viel passiert.« Dann legte er auf. *Ich werde der Sprängel gehörig den Marsch blasen. Mich so in Schwierigkeiten zu bringen. Menschenskind, jetzt war aber langsam mal Schluss.*

Er saß einen Moment schweigend da. Da brummte sein Smartphone.

»Tabio Stüttgen hier. Herr Printz, ich hab ein ganz mieses Gefühl. Karina will diese Kleine, ich glaub, sie heißt Ebony holen, aber ich erreich sie nicht mehr auf dem Handy.«

»Verdammt, Junge, woher weißt du das und wo bist du überhaupt. Diese Frau ist wohl völlig durchgedreht.« Printz wischte sich den Schweiß von der Stirn.

»Ich steh hier auf dem Rastplatz Sommerhofen, noch ein gutes Stück vor Stuttgart. Sie ist jetzt schon zwei Stunden weg.« Der junge Mann schien außer Atem zu sein.

»Bleib, wo du bist, ich ruf dich später an.« Printz schloss einen Moment die Augen. Dann holte er tief Luft und erklärte Anna die Lage. »Auch wenn Tabio die Sprängel nicht abhalten konnte, hat er nicht seinen kompletten Verstand verloren. Ich kann auch verstehen, dass er helfen will. Schließlich haben sich seine Adoptiveltern auch um ihn gekümmert, nachdem er so viel Schreckliches erlebt hatte. Die Familie ist super. Vielleicht kann sie ja auch Ebony als Pflegekind aufnehmen. Richtig nette Leute. Mal schauen. Was sagst du zu der ganzen Geschichte, Anna?« Ihm wurde plötzlich klar, dass er diese Frage sonst immer seinen Pflanzen gestellt hatte. Er schmunzelte. So änderten sich die Zeiten.

Sie trat schnell neben ihn, beugte sich vor, gab ihm einen Kuss auf die Wange. »Beruhig dich, noch ist nichts verloren. Du wirst das Richtige tun.« Damit verließ sie sein Büro. Der Kuss brannte auf seiner Wange.

26

»Dat is jeil!« Die Bühne des Rheinenergiestadions war in rotes Schottenkaro gehüllt. Das Hintergrundbild zeigte fünf nackte silberne Männerstatuen, nur mit einem langen Schottenschal bekleidet, der einzig die wichtigsten Stellen verhüllte. Aus über vierzigtausend Kehlen schallte es »dat is jeil!«, und Printz ertappte sich beim Mitsingen. Er stand Schulter an Schulter links mit seiner Kollegin Anna, rechts mit Tabio, neben dem Karina klatschte und hüpfte. Vor ihnen sangen Nicole, Perlchen und Chioma. Ihre Stimmen gingen im ohrenbetäubenden Lärm unter.

Printz konnte es noch immer nicht fassen, dass Anna und er die Karten für das Konzert angenommen hatten. Aber die Sprängel war zu ihnen ins Präsidium gekommen, um sich bei ihnen zu entschuldigen und für die Unterstützung zu bedanken. Eine Schachtel mit köstlichen und selbst kreierten Pralinen hatte sie ihnen als Dankeschön mitgebracht, die sie eigentlich als Bestechungsversuch abgelehnt hatten.

Doch sie weigerte sich standhaft, die süßen Köstlichkeiten wieder mitzunehmen. »Herr Printz, das war doch schon bei unserem vorherigen gemeinsamen Fall so, dass es zum Dank Pralinen gab«, hatte sie mit einem Augenaufschlag gesagt, der heftig um Entschuldigung bat, und war hinaus gerauscht.

Zwischen dem Konfekt steckten die Eintrittskarten, die sie aber erst entdeckten, als die reuige Hobbydetektivin längst das Haus verlassen hatte. Da Anna meinte, er könne seinen kölschen Horizont ruhig noch ein wenig erweitern, waren sie jetzt hier. Er hatte der Sprängel das Eintrittsgeld aber in einem Briefumschlag zugesteckt. Korrekt war korrekt.

Auf Nicoles Schultern saß Ebony und klatschte im Takt begeistert mit. Sie war für diese wenigen Stunden von der Angst um ihre Mutter abgelenkt, denn nach ihr wurde immer noch gesucht. Die letzte Spur führte nach Amsterdam. Die deutsche Polizei stand schon in regem Austausch mit den niederländischen Kollegen. Chioma hatte, so oft sie konnte und die Leitung des Kinderheims es erlaubte, die Kleine bei sich. Alle Freunde unterstützten sie tatkräftig.

Tabio formte mit den Händen einen Trichter und brüllte: »Sag mir, wenn ich sie wieder nehmen soll!«

Nicole reckte den Daumen der rechten Hand hoch, mit der linken Hand hielt sie das Bein des Mädchens fest.

»Sulang mir noch lääve, dat is jeil!«

Sie standen in einem Meer von Brings-Fans, rote T-Shirts und Hüte in rotem Schottenmuster wogten hin und her, während die Band die Bühne rockte. Noch war es trocken, aber dunkle Wolken zogen sich über dem Stadion zusammen und kündigten Regen an.

Peter Brings rief gerade: »Ich kann euch nicht hören, singt lauter, dat is ...«

Alle schrien zurück: »Jeil!«

Die vielen Fans hatten die Stadt derart überschwemmt, dass die KVB-Bahnen nur mit großer Verzögerung die Massen zum Stadion hatten transportieren können. Mit viel Glück waren Printz und seine Truppe noch pünktlich angekommen.

»Denn mir sin all all all nur Minsche, et Hätz om rechte Fleck.« Anna sang laut mit und strahlte ihn an.

Er freute sich darüber. Auch dass sie den Fall gemeinsam gelöst hatten.

Sven Sander wartete jetzt auf seinen Prozess wegen der Belästigung der jungen Frau im Zug. Printz hoffte, er bekäme ordentlich Sozialstunden aufgebrummt, möglichst in einem Flüchtlingsheim. Vielleicht würde er dann etwas kapieren. Er hatte Sven Sander auch das Nazi-Aussteigerprogramm NRW ans Herz gelegt und das nicht nur aus strafmildernden Gründen. Von seiner Mutter wusste er, dass Sven tatsächlich einen Termin mit einem Mitarbeiter vereinbart hatte. Da war also Bewegung.

Die Schleuser waren gefasst. Sie beschuldigten sich gegenseitig und saßen jetzt in Untersuchungshaft, da Fluchtgefahr bestand. Allein die Beweislage durch die am Tatort gefundenen Spuren war erdrückend.

Reinhardt Voss war festgesetzt und wartete auf seinen Prozess. Die Rechtsmedizin hatte eindeutig belegen können, dass es sich bei den Überresten aus seinem Garten um seine Schwestern handelte. Den Mord an seiner Mutter hatte er auch gestanden. Vermutlich würde er lebenslänglich bekommen, wahrscheinlich auch mit anschließender Sicherungsverwahrung in einer psychiatrischen Einrichtung. Printz überlegte, ob der Mann wohl voll schuldfähig war. Die Gutachter hätten das letzte Wort.

Der Kommissar schaute auf die Gruppe um ihn herum. Sie hatten es geschafft. Gemeinsam. Dieses Wort hätte es bis vor kurzer Zeit bei ihm nicht gegeben. Und sie wollten sich in Zukunft mit um Ebony und Tabio kümmern – und um andere, die Hilfe brauchten. Sie waren geschlossen dem Verein *»wir helfen – damit alle Kinder ein Zuhause finden«* beigetreten. Da würde noch Einiges auf sie zukommen. Printz sah Anna an. Sie war nicht nur ein absoluter Profi im Job, sondern eine richtig tolle Frau und jetzt stand sie hier neben ihm. Meine Güte, jetzt bekam er weiche Knie, als er ihre Wärme spürte. Aus dem Augenwinkel heraus nahm er wahr, wie Tabio den Arm um Karina Sprängel legte und sie ihm das Gesicht zuwandte. Gleich würden sie sich bestimmt küssen. Na, sollten sie doch.

Auf der Bühne stimmten die Musiker sanftere Klavier- und Gitarrenklänge an. »Du bis minge Rän, du bis minge Sintflut ...«

Wie von selbst rutschte Printz' Arm auf Annas Schultern und sie schmiegte sich sofort an seine Seite.

»Du bes ming Zuhuss, dat krit man jeschenk, sujet sök man sich nit us.« Da hatten die Brings recht. Das hier ist ein Geschenk, dachte Printz. Er würde jetzt zugreifen und es annehmen. »Rän und Sonnesching – mit dir is alles drin!« Printz hasste Kitsch. Aber das hier war etwas ganz anderes. Das pralle Leben eben.

Karinas Seelentrost-Pralinen

Zutaten für ca. 50 Stück:
200 g Schlagsahne, 300 g Kuvertüre, zartbitter, grob zerteilt, 200 g Nugat, (Nuss-), grob zerteilt, 150 g Mandeln, geschält, grob gehackt, 1 EL Orangenlikör (z.B. Grand Marnier, Cointreau), 1/2 TL Orangenschale, Abrieb, 2 Msp. Chiliflocken, (z.B. Pul Biber, zerrieben, gemörsert), 6 g Lebkuchengewürz, 40 g Puderzucker

Zubereitung: Die Mandeln mit heißem Wasser überbrühen und abkühlen lassen. Anschließend zwischen zwei Finger nehmen und aus der Schale schnipsen. Die Mandeln trocken rubbeln (z.B. Küchentuch), grob hacken und in einer Pfanne, ohne Fett und Öl, bei mittlerer Hitze (leicht) braun anrösten. Die Schale der gereinigten Bio-Orange fein abreiben. Die Chiliflocken zerreiben bzw. mörsern. Die Schlagsahne erwärmen (nicht kochen!), die grob zerteilte Kuvertüre und die Nugatmasse darin schmelzen. Das Lebkuchengewürz, die gerösteten Mandeln, Orangenlikör, abgeriebene Orangenschale, das zerriebene Chili dazugeben. Alles zu einer homogenen Masse verrühren und in Pralinenformen (Silikon) füllen. Die Pralinen können noch, je nach persönlichem Geschmack, mit Zuckerstreusel, -perlen o.ä. verziert werden. Die Pralinen auskühlen lassen und kalt stellen. Wer will, kann die Pralinen, nachdem sie fest geworden sind, auch nur mit Puderzucker bestäuben oder ohne.

Für die Eiligen: Eine entsprechend große Form mit Backpapier auslegen, Masse einfüllen, evtl. verzieren. Ist die Masse fest, mit einem Messer in *mundgerechte* Stücke zerteilen.

Oma Sanders ostpreußische Zitronenspeise von 1910 mit Schokoraspeln

Über 100-Jahre altes Gutsherren-Rezept

Zutaten:
5 frische Eier, 125 g Zucker, 2 große Zitronen, unbehandelt, den Abrieb und ca. 10 EL Saft davon, 10 EL Wasser oder Weißwein, lieblich, 1 Pck. Gelatinepulver weiß (9 g), n.B. Sahne und Schokoladenraspel

Zubereitung: (Arbeitszeit: ca. 1 Std.) Die Eier trennen und die Gelatine in etwas Wasser einweichen. Danach den Rest Wasser mit knapp 2 EL Zucker und der gequollenen Gelatine erhitzen, bis die Gelatine aufgelöst ist. Die Eigelbe mit dem Rest Zucker, Zitronensaft und Zitronenabrieb warm zu einer cremigen Masse aufschlagen. Anschließend die aufgelöste Gelatine unterschlagen. Die Masse unter öfterem Umrühren abkühlen lassen. Zwischendurch die Eiweiße steif schlagen. Wenn die Eiermasse leicht zu gelieren beginnt, sofort den Eischnee unterheben. Dann die Creme in Gläser oder Schüsseln füllen. Achtung, jetzt sehr schnell arbeiten, denn die Masse zieht schnell an!

Servieren mit Schlagsahne und Schokoladenraspeln.

Tipp: Man kann das Wasser auch durch süßen Weißwein ersetzen, wenn man mag.

Nusstrüffel für kleine Naschkatzen

Zutaten für 40 bis 50 Stück:
100 g Vollmilch-Schokolade, 100 g Zartbitter-Schokolade, 125 g Margarine, 125 g Puderzucker, 200 g gehackte Haselnüsse, Pralinenförmchen

Zubereitung: Schmelzen Sie die Schokolade im Wasserbad und lassen Sie die geschmolzene Schokolade ein wenig abkühlen. (Sie soll aber flüssig bleiben).
Rühren Sie die Margarine zusammen mit dem Puderzucker schaumig und geben Sie dann die Hälfte der gehackten Nüsse dazu (ca. 100 g). Dann wird die geschmolzene Schokolade unter die Masse gerührt.
30 Minuten abkühlen lassen und anschließend kleine Kügelchen aus dem Teig formen. Diese werden in den restlichen gehackten Nüssen gewälzt und in die Pralinenförmchen (Papier) gelegt.

Oma Sanders ostpreußische Schokoladentorte

Zutaten für 4 Portionen:
300 g Butter, 300 g Zucker, 1 PK Vanillezucker, 6 Eier, 200 g Mehl, 2 TL Backpulver, 2 EL Bohnenkaffee, frisch gemahlen, 100 g Kakaopulver, 100 ml Rum, 100 g Schokolade, gerieben, 150 g Nüsse, 200 g Puderzucker, gesiebt, 1 Prise Zimt, 1 EL Rum, 3 EL Wasser

Zubereitung: Butter gut schaumig rühren, dann im Wechsel Zucker, Vanillezucker, Eier, Mischung aus Mehl und Backpulver, Kaffee und Kakao unterrühren. Zum Schluss Rum, geriebene Schokolade und geriebene Nüsse vorsichtig darunterziehen.
Teig in eine gefettete Napfkuchenform füllen und im vorgeheizten Backofen bei 175 Grad auf mittlerer Schiene backen. Stäbchenprobe! Kuchen auf ein Gitter stürzen und mit dem Guss überziehen. Dafür Puderzucker mit Zimt vermischen, mit Rum und Wasser verrühren.

Danksagung

Wir sind mal wieder am Ende ... unseres Buches angekommen und bedanken uns bei allen, die uns so vielfältig und kompetent während des Entstehungsprozesses begleitet, unterstützt, informiert, (konstruktiv) kritisiert und beflügelt haben.
Wir danken besonders unseren Ehemännern Dieter Naber und Jürgen Kuhrau, unseren Kindern, Geschwistern und FreundInnen, unseren eifrigen Testlesern und unserer Verlegerin Karina Bleicher.
Ihr habt uns motiviert, korrigiert, inspiriert und nie die Geduld verloren, obwohl wir uns ständig mit Mord und Totschlag beschäftigt haben.
Ein besonderer Dank geht auch an *De Texelse Chocolaterie* für die fachliche Unterstützung und an Klaus H. Schopen vom Schokoladenmuseum Köln für die Informationen zu den Projekten, besonders für die anregende Führung durch die Kellerräume des Museums und die Möglichkeit, auch den zweiten Schokoladenkrimi wieder am *Ort des Geschehens* präsentieren zu dürfen.

Wir bedanken uns bei dem Unterstützungsverein »wir helfen e. V.« und insbesondere bei der Vorsitzenden Hedwig Neven DuMont. Die Arbeit dieser Aktion des Kölner Stadt-Anzeigers hat uns so beeindruckt, dass wir beschlossen haben, einen Euro aus dem Verkauf jedes *MordsSüße*-Krimis direkt an »wir helfen e. V.« weiterzugeben.

Und ja, wir freuen uns darauf, noch weitere mörderisch-genussreiche Taten zu begehen ...

Renate Naber und Cornelia Ehses